U0139889

疼痛史

黄毅 著

History
of
pain

作家出版社

目录

序

周　涛

　　现在是一个讲究养生、保健康、追幸福、盼长寿的时代，人们时兴这个了。忽然有个人冒出来，讲起自己的或别人的"疼痛"，不管是身体的还是精神的，都会使人觉得亲近几分，何况此人是黄毅呢！

　　认识黄毅也已经有近四十年的时间了，其中以20世纪90年代的一段最为密切。那是一段难忘的岁月，自从杨牧、章得益分别回了故土成都和上海，"新边塞诗"的第一轮战役解体之后，以军区总医院图书馆为基地的第二梯队正在毫无自觉地形成。没有口号，没有目的，更没有任何纲领性文件，几个爱好文学的朋友打打麻将，喝点儿小酒，聊天吹牛而已。周军成是庄主，北野、黄毅、刘亮程，再加上年龄比他们大十多岁的我，当时谁也没有想到这么几个趣味相投、性情相近的人，以酒为媒，以文学为缘，以麻将为中介的人，实际上搞了个文学讲习所，甚至于有了那么一点儿"竹林七贤"的味道。

　　二十多年过去了，时间证明了，这几个人各自都对得起文学，如果说"不忘初心"，文学正是我们的初心。周军成有《半截老城墙》，北野有《马嚼夜草的声音》及其他多部作品，黄毅有《新疆时间》和即将出版的《疼痛史》，刘亮程这些年成绩最大，有了《一个人的村庄》《凿空》《捎话》等大量作品。如此看来，许多有目的、有计划、有步骤去做的事，未必就一定比顺其自然、瓜熟蒂落的好。

这四个人当初我暗自更看好的是北野和黄毅，两位性格活跃，外形俊爽，善饮能歌，有诗人气场；反而对周军成、刘亮程两位有些误判，未能看出二位日后的精进。文学和一个人的性格关系密切，但并不是绝对的；更多的、更深的关系可能是和一个人的内心和视野有关。如果拿新疆常见的动物做类比，北野和黄毅接近马性子，军成和亮程接近驴性子。马的才华容易看出来，驴的本事就藏得更深一些。

现在，黄毅在疫情封闭的日子里写出了这部《疼痛史》，我一看书名就觉得捕捉到了什么。"疼痛"这两个字关乎人生、触及生命，却往往被人们忽略。当它降临，人们尖叫呐喊、哀伤哭泣；当它过去，人们又常常会好了伤疤忘了痛，假装它从来没有造成过什么伤害。人们怕它，不愿意提起它，疼痛、屈辱、灾难、恐怖……这些损害生命的东西，人们总愿意离它们越远越好，但愿一辈子也别碰上它们。

可是谁又能保证自己永远不碰上它呢？哪怕一根手指头被菜刀切破，也是"疼痛"啊！所以，既然养生啊健康啊幸福啊长寿啊什么的可以大讲特讲，疼痛当然也值得说一说。黄毅触动了这个众人较多回避的命题，我以为是他的一次大胆的尝试，其中《酒殇》《阳光不曾漂白的日子》《屋顶》《甜》《去看马老师》诸篇我都细心读过。七月流火，听旷野长歌，昏花老眼，面对激情文字，一下把人拉回到另外一种时空。成吉思汗在青河山峦上留下的那条大石头通道，我1982年曾经走过，蒙古人唱起古歌，闻之令人泪落；遗留在喀纳斯湖畔的两千个图瓦人，世世代代他们在守护着什么？还有也迷离的旧战场，还有和布克赛尔的女王爷，这些都是黄毅留下的故事和哀伤……如今，这个生在新疆，长在新疆，血管里却流淌着广西壮族人血液的人，已经年过六旬，两个故乡肯定会在他的身体里不断打架，不断争夺，谁知道那是一种什么样的"疼痛"？

答案他自己说了，在最后一篇文章《生为新疆人》中，他有这样一段话："我不是一个极端的人，但我是一个认真的人。生活在边地的人似乎都有些委屈，而这些委屈多了时间长了，往往就让人变得坚韧。一个人生在哪儿长在哪儿，既是宿命也是必然，我一向不认为一个美国钉皮鞋的修鞋匠，比新疆沙漠中和田玉鉴定家更尊贵，更幸运。"

对这个不是问题的问题，我也有个说法，借此话题说出来与黄毅共勉："什么叫边远地区呢？为什么会这么说呢？从历史上看，所谓远，是离皇帝的都城远；所谓边，是离皇朝的边界近。谁给山河大地分出了远近？当然是历朝历代的统治者，因为他们从来都是自命为中心。其实地球是圆的，地域是平等的，还是平衡的，各有风貌，各有作用的，从来没有什么远近高低！如果有中心的话，每个人生活的地方都是中心！"

是为序。

2021 年 7 月 8 日

日常的诗意（代序）
——黄毅散文品读

何　英

　　黄毅是一个被低估了的作家。尽管他已得过很多奖。任何一个时代，一方地域，总有一些真正的实力派被文学的流行所忽略。这种忽略的原因是多种多样的。对新疆作家来说，如果你不能鲜明地提供一副主流文坛对你的地域期待的典型或符合他们想象的面貌，偏远、偏僻不占人脉优势的地域背景，就将你置于某种竞争的不利位势了。而新疆书写的样貌无疑应该是多样的，是多姿多彩的，它必不是为了迎合某种流行期盼而硬将自己塞进模子的产物，它的由众多个性作家撑起的样态，也必将增加新疆书写的整体厚度与高度。

　　"我出生在新疆生产建设兵团石河子下野地。和一些兵团作家谈起这个时，我说，我是兵团下野地人呀！但和南疆的人在一起时，我又可以说自己是南疆的；和石油系统的人在一起时，我也可以说自己是石油人。从民族属性上讲，我是壮族人。"黄毅的出身，仿佛就是大部分新疆人的来历。整整一代人，我们要把根扎在这里了。一想到自己是新疆人，对新疆，怎么抒情都不过分了。所以，黄毅曾经写下过那么多新疆的篇章。归纳黄毅的散文写作，似乎不应该用写了什么，而应该问，什么是他没写过的？《新疆时间》《新疆四季》《不可确定的羊》《和田叙事》《秋之喀纳斯湖断章》，这些早年为他获得赞誉和声名的美篇，都浸润着黄毅对新疆的情感与认知。

近读黄毅的《疼痛史》，可以看出他乃至新疆文学整体的某种走向变迁。新疆书写，正在填补和充实自己风情地域书写之外的日常，或内心与灵魂。黄毅开始写病痛了。看到这个题目不免心中赞叹。中国人是偏爱喜庆、吉祥的，一般对自己的倒霉事讳莫如深。西方人则不然，对悲剧欣赏的文艺细胞格外发达。苏珊·桑塔格就不放过自己得病的经历，像是对袭击了她的癌症的报复，她写了《疾病的隐喻》。当然作为学者和作家的一体双面人，她这本书更高的目标似乎意在揭示、批判社会的病症。黄毅则更多的是用诗人的感受和笔触，将目光凝胶在被一再贬弃的"身体"之上，再现着自己对生活、对人生的体悟。一个一直被疼痛放逐的人，是一种怎样的精神或心灵状态？黄毅从纯粹的身体创痛，写到了人的精神之痛。疾病，从来不是一个简单的名词。它的隐喻和象征意义，像一条隐形的绳索，或远或近地威胁着人的脆弱的存在。纯粹的身体之痛与精神之痛有明晰的分界线吗？相伴一生或一前一后的人生之痛，其实早已不知不觉、浑然一体地主宰了我们。

"上帝造人时也在其血液中添加了疼痛的因子，并用它来控制人。""疼痛是肉体的哗变，灵魂的背叛，也是外部力量作用于精神而产生的不同梯次的震颤，是温暖的熄灭，甜蜜的稀释，美好的飘逝，健康的病变，阳光的黯淡，清风的污浊……""每一根铮铮白发，无不是被疼痛之霜打白的，而每一根白发也是疼痛的舰标，是疼痛敏感的触须，只不过经历了无数大大小小的疼痛，对疼痛的忍耐力有了空前的提高，表面上的无所谓，恰恰反映出了内心承受的巨大疼痛。疼痛是长期潜伏下来的卧底和线人，你的所有秘密它都熟记于心，在你毫无防备、得意忘形的时候，一击之下让你毙命。"

黄毅可能没有意识到，他从诗歌转到散文，留下了诸多的"后遗症"。这使得他的散文大多数时候近似赋，铺张扬厉、铺采摛文。

诗人的炼句本能、想象的奇瑰、抒情主人公的主场意识、对具象的迷恋……黄毅是散文的古典派。能坚持古典写法的，必是才华很高的作家。旁的作家，不东拉西扯、左右敷衍，或者依附于叙事，怎么完成一篇文章。而黄毅硬是凭着他的诗心诗眼，不偏不倚围绕某个主题，挥洒的全是才华。其中充斥着华丽的比喻、奢侈的想象、缤纷的色彩、繁丰的细节……黄毅的散文是写给同行看的。他的古典体现在他还是那么迷恋辞章。他的心里一定睥睨时下很多的散文。对比他的富丽繁华，很多人的文字显得太没修辞难度了，更遑论想象力。

一个人届中年的作家，最关心的是什么？一切都没有了早年的对世界的顾盼流连，争强好胜；一切峻急的、夸饰的、浪漫的、外向的激情与冲动开始向内收敛；连注视也变得平静、节奏放缓、调门调低；唯一不变的，可能还是放不下的对世界的一颗诗心。一个真正的作家，怎么会随便放下自己的笔呢？正如一个活人不会放下手中的食物。所以，有了这些漂亮的句子："我在狂奔的时候眼睛好像看不清东西，居然在短短的十几秒内不偏不倚跑出了一条直线。""那疼痛犹如晨钟，在我的体内铿然訇响，余音袅袅，经久不散……从此，我开始害怕早晨。""我目瞪口呆，就像革命干部接受被双规的决定宣告一样，再牛哄哄的人一下子就蔫了，所有的心性和胆气都给灭了。""当一个人的行为有所顾忌的时候，说明这个人被上天用了某种方式点化过，腰痛肯定是其中的一种方式。"

我尤其欣赏黄毅对疼痛采取的纪实主义态度。一般印象里，英雄是不应该轻言疼痛的，似乎那样的表现仅仅是妇女和儿童的专利。然而，谁能说身体不是一种政治？一种形而上学，一种意识形态？笛卡尔式身体、精神二分法早就受到后现代思想家们的质疑。身体似乎是罪恶的渊薮，是非理性的；在真理领域，身体也几乎完全没有发言权，在哲学上，更是不堪入目的笑话。必须有效压抑其作乱的能量与力量，将身体变为有用又驯服的生产工具，就是我们一直追求的意识形态。然而，从尼采开始，身体开始了反叛，走出了历史的阴影和屈辱。难道世间的一切不是以身体为准绳？正是身体操纵了历史，左右了哲学。福柯甚至认为，道德就是从身体内部的生物学冲动出发，是身体灵机一动的结果。身体是来源的住所。身体与主体如何区分？也许一直被贬弃的身体，才是真正的主体。从这个意义上来说，黄毅的《疼痛史》有着非同一般的价值。

一方地域是需要一批实力雄厚的作家的。出那么一两个拔尖的不算什么，有了高度更应具备厚度。这种积累才是真正的财富，才会惠及后人，惠及一方水土。我从小就喜欢文学，可是在我最敏感最有可能成为一个作家的时候，举目四望，没有看到写作的同类。孤独和自卑吓退了我。用了很多年修正一颗向往文学的心。等我可以光明正大地从事文学的时候，又已经过去了很多年。那时候我要是知道，在新疆，还有这么多像黄毅这样的作家同行，我是会有勇气在十几岁的时候发表作品的。实际上，黄毅和刘亮程、北野和周军成，曾经以"四小龙"的诨号在新疆文坛彰显着松散的流派特征，也许这种文学的团体就会影响后来者呢。四兄弟的文学品味都很高，对书法、绘画、棋类有着不俗的鉴赏和实践能力。是古代文人传统在新疆的自然接续。黄毅尤其涉猎面广，交游着一批新疆画家，他们钦服于黄毅的画评。美术评论不是那么好写的，既要懂得世界绘画史，又要有灵心慧眼，有鉴别力；黄毅还创作歌词、写电影剧本……除了聪明、天赋，还能怎么解释黄毅之才呢？

而有时黄毅也吃亏在他的复杂暧昧，他不能提供简洁、鲜明的新疆符号，或新疆款式，用来抓住读者。他似乎更热衷于写他眼里的日常的新疆，拒绝被轻松地消费，流行的轻文学显然于他不宜。他不讨好读者，也不当读者是蠢的，他用了全力，写每一篇文章，认真但也许并不被贴心地回报。实际上，精明的读者并不多。

"大师的意志愈坚定，众人的感觉就愈强烈。""忽然变得无所谓了，不愿意多想也不愿意深想，疼痛把我悬浮在半空，晃晃悠悠的，任凭什么风都可以把我吹到任何地方。""而我的这个时代，已经强力干了多少件力所不能的事，这个时代是否也患有椎间盘突出症？它的脊柱是否也在变形？疼痛从此根深蒂固？""人生无论清白与否，骨殖都会是白色的，这些白色，让我们懂得宽宥，原谅自己，也原谅别人。"他在散文中贯注了许多的智性思考，但对这个浅薄又没有品味的时代来说，这些思考让读者觉得是多余的负累。他们宁愿你在文中让他们轻松搞笑地度过一段闲暇时光，愿意不假思索地由你带领进入别人的故事。一切要轻松、猎奇、有趣，显得情商很高的样子。而不愿深入地去体味复杂、痛苦、不安以及孤独的韵味。这使得时下的散文，很多几乎沦为中产阶级消闲的时尚装点。黄毅却一以贯之地不愿提供这种简明读本，他更愿意将自己对生活的复杂况味、他的精神发现，以诗意的语句与世界对话。

他的两篇写人物的，巴登和老那，令人叹服。不用认识这两位，我以为黄毅把这两个人从外形到内心，从物质到精神都写透了。当然，我们刚刚还质疑了笛卡尔对身体与精神的二分法。在这里提到的物质是指酒，精神是指酒与人浑然一体后的状态。巴登和老那，就是我们身边的"熟悉的陌生人"。这种描形状物，抓细节，抓关键，抓意象，抓瞬间的本领，得益于他在报界从业过多年。形象的比喻、机智的观察、细腻的描写、精微的发现，这些叠加在一起，使黄毅的人物散文格外生动、引人入胜。

我们如何评价别人的一生？正如尼尔·波兹曼所说，也许我们将毁于我们所热爱的东西。看罢唯有感叹生活远比纸上的丰富复杂，而生活到了纸上还能保有那种丰润和鲜活吗？黄毅以他观察家的敏锐和诗人的穿透力，外加时间终于馈赠他的淡然的幽默，让我们看到他人的一生里可能蕴藏的自己的一生。"酒原本就是用来燃烧生命的。""自己欢乐了，天空就欢乐了，自己在云端行走，还在乎谁在地上爬行？"生活在苦寒又辽阔、寂寥又混血的新疆，还有谁比我们对酒更理解更依赖？在这两个人物身上，寄寓着黄毅对他们的深深的懂得与喜爱，以及在这之下的对世间的温柔和怜悯。

这种理解是哪来的，黄毅对此绝对是有准备的。正如胡康华对他的评价："我认为黄毅是最早进入西域历史文化精神腹地的探求者之一。""不了解新疆文化，不了解新疆各族人民的文化心理，怎么能够写好新疆散文呢？我看有些新疆散文纯属文字游戏！"黄毅是有资格批评那些浅薄的散文的。这资格就建立在黄毅书写新疆的视野、格局、知识和情怀之上。

我在文中一再提到新疆，并不是把黄毅定义为一个新疆作家，恰恰相反，我的比较系统背后有一个模糊而又清晰的全国图景。我也从来不认为新疆最优秀的作家有必要自我卑贱化，我们缺的就是像黄毅这样水准的作家的数量。黄毅也许不知道，他的文章已经或正在影响着新疆文学的整体风土，一批这样水准的作家正在垫高我们的文学积淀。新疆文学，将会是有传统、有来历、有大量代表作家的一支劲旅。

疼痛的缘起

  我在母亲的疼痛中来到人世，我是疼痛的产物，因此疼痛注定伴随着我的成长；形形色色的疼痛构成了我漫长而短暂的一生，说实话，许多时候不知道是活在梦中，还是活在现实，太多虚假构成了不真实的人生，以至于分不清魔幻与现实，有人说疼痛是生命的表征之一，因为疼痛，所以我知道我是活在当下。

  人为什么会疼痛？是因为我们有肉体吗？肉身仿若一块海绵体，只要落在了滚滚红尘中，便会吸附进形形色色的因果，然后它们又用不同的形式慢慢渗出，疼痛便是其中最致命的一滴，它冰冷而灼热，晶莹而溷浊，轻盈而沉重，无边无际又只有针尖那么一颖；或者肉体只是一块土地，不管贫瘠还是丰腴，都会播下前世今生的种子，也不在乎墒情的好坏，该发芽的注定发芽，该结果的必然结果，而疼痛是其中最疯狂的一株，它高大而顽强，狰狞而扭曲，根系发达，叶片粗糙，花朵破败，散发着浓郁、经久不散的气息，而果实更是丑陋，盈结成一串串的罪恶，在风中摇曳。

  但疼痛不仅仅根植于肉体，它还弥漫于人的精神。精神的疼痛似乎更加隐秘，它往往不以疼痛的面目出现，而是以不被人察觉的方式出现，诸如痴狂、疯癫、郁悒、亢奋、胆大包天或胆小如鼠。疼痛着的精神就好像一把锋利的刀子，在它的面前再没有一块完整的东西，一切都是支离破碎的，还流着淋漓的鲜血，面对无数的创口，最好的办法是把刀刃包裹起来，把疼痛的精神包扎起来。

有种说法流传已久：精神的疼痛远比肉体的疼痛更甚。而如果是一条被打断了脊梁骨的癞皮狗，其精神的疼痛肯定没有肉体的疼痛剧烈。上帝造人时也在其血液中添加了疼痛的因子，并用它来控制人。在很大程度上控制一个人的思想不如控制他的肉体，对具有痛觉的肉体所实施的各种方法，大都行之有效，否则就不会有纳粹的集中营以及林林总总令人色变的可怕刑罚了。对付肉体，其实就是利用了疼痛，假如哪一天人类没有了疼痛，这个世界不知会混乱成什么样子，疼痛是套在每个人头上的紧箍咒，谁敢蔑视疼痛，谁就是在跟一个国家和一个国家的法律作对，因为每个人的疼痛都掌控在国家的手中，疼痛让人守法知礼，让人温良恭俭让，让人心存敬畏。

疼痛是肉体的哗变，灵魂的背叛，也是外部力量作用于精神而产生的不同梯次的震颤，是温暖的熄灭，甜蜜的稀释，美好的飘逝，健康的病变，阳光的黯淡，清风的污浊……也许，疼痛一开始就潜伏于我们的肉体和精神，它也随着年岁增长不断壮大，疼痛是时间的另一种表现，对疼痛的感知，有人会说年轻人要比老年人敏感，他们以为人老了也就麻木了。其实不然，年高者，会对疼痛有更加深切的领悟，那每一根铮铮白发，无不是被疼痛之霜打白的，而每一根白发也是疼痛的觇标，是疼痛敏感的触须，只不过经历了无数大大小小的疼痛，对疼痛的忍耐力有了空前的提高，表面上的无所谓，恰恰反映出了内心承受的巨大疼痛。疼痛是长期潜伏下来的卧底和线人，你的所有秘密它都熟记于心，在你毫无防备、得意忘形的时候，一击之下让你毙命。

欢乐是属于所有人的，只有疼痛是属于自己，只有被分享的欢乐，没有被分担的疼痛，因此疼痛是难以言说也难以言传的。当一个人经历疼痛时，他很难用言语向其他人表述清楚他正在承受的疼痛，也就是说，疼痛的本质和它最经典的部分是无法传喻的。我们只能动用我们有限而多数是蹩脚的比喻来向别人描摹和形容自己的疼痛，比如我们常常会用"针扎一样"或"就像火灼水烫"来讲述我们的疼痛，并伴以扭曲的表情，惊惧的眼神，急促的呼吸，甚至夸张的手势，但对方是很难进入到你所描述的疼痛境界中的，他只是听你在喋喋不休地讲——如果有足够的耐心和良好的教养，他就不会打断你的絮叨，也许他还会发出几声同情的附和。你在对他倾诉疼痛的时候，就像从战场上死里逃生的人一样，重温噩梦是需要勇气和胆量的，倾诉疼痛也许会减轻疼痛，而倾听者多半是带有被迫的成分，因为你的疼痛与他的不尽相同，你的疼痛不是他的疼痛，你的人生与他不同，你的生活与他无法贴近，你也就不要指望他能体会你的疼痛，你认为天大的无法承受的疼痛，在他看来只是用来听的，真正的切肤之痛种植在各自的肉体中，蜗居在灵魂的深处，老婆是别人的好，孩子是自己的好，疼痛是谁的好？

我们生有眼、耳、鼻、舌、手，来到这个世界上，就是为了用这五觉感知各种疼痛，疼痛何尝不是一种财富，一个对这个世界感知灵敏的人，总比浑浑噩噩的混世者精神富有；疼痛不能等同于不幸，疼痛可以激发力量，亦可以让人更真切地实践作为人的种种艰辛与不堪；在我看来，谁的疼痛都是我的疼痛，因此，我也希望我的疼痛是所有人的疼痛，把彼此的疼痛视为自己的疼痛，是需要大胸襟和大气魄的。

其实，所有的疼痛只有一种，那就是疼并痛着。

2008 年 7 月 3 日

乌市公园南街四壁斋

我要飞翔

　　我始终认为天赋是很有些神秘的，既然是苍天所赋就不好去太追根究底，所谓天机不可泄，当然天赋也就不可破了。

　　所有认识我的人看到我现在的样子，一定不会相信我在少年时代还是很有些运动天赋的人，就像没有人会联想到以诗文著名的周涛少时也曾是乒乓球省队队员。我这个人耐力不行，八百米以上的长跑从来坚持不下来，倒是爆发力惊人，像跑跳类的田径运动，需将全身分散的力量聚集在需要的地方，并在极短的时间内释放出来，它不像长跑一类的运动，需要合理地安排体力，分阶分段地把那点气力排放完，那是耐力和精神的较量，时间对肉体的折磨，而这也是一个漫长的过程，有些过程往往会打消一个人对事物的正确判断。我总觉得这就像面对一碗酒，一口一口地小抿不如仰头一口干了来得痛快。这种偏好甚至一直延续到了我的写作中，突如其来的灵感犹如爆发力，更适于精短诗文的创作，激情澎湃，一气呵成。因此，到现在我的大部分写作还徘徊在诗歌和散文的领地，也许哪一天我的感觉迟钝了，想象力不能呼之即来，只能在记忆的深处倒腾那些陈芝麻烂谷子的时候，我可能就要开始犹如长跑一样写一些长篇的叙述文字，而我也明白，这个写作过程是对人的精神研磨的过程。

我的短跑尤为出色。我的脚掌宽而肥厚，几乎是平足，十八岁验兵时赤身裸体的我被人命令站在一块撒有细沙的地上，我的脚拓下了两个深浅几乎一致的掌印，没有像别人一样脚心那一块是虚虚的一个洼坑，验兵的人当即指出：一号平足。我不知道平足分为几等，但我知道平足是不能当兵的，它不适合长途跋涉行军，关键的时候会拖累部队的速度。就这样，我还没有当兵便被永远剥夺了军籍。

后来遇到了一个和我的脚惊人相似的朋友，他告诉我这样的脚形耐力不行，但弹跳力了得，他的田径成绩在中学时一直是他引为骄傲的。我像忽然找到了同类的独狼一样，有了一种归属感，原来颇为自卑的感觉顿时消失了。上帝在这件事上似乎很公平，拿走了我的耐力，却给了我良好的爆发力和弹跳力。

中学时一到开运动会，便是我大显身手的时候，平时特别羞涩的我，这时变得跃跃欲试，我知道这时只要有上佳的表现，便会引来众多瞩目，尤其是那些平日不敢多看一眼的女生们，此刻我可以大胆地从她们的眼睛里读出对我的种种评断，而我哪里是跑，简直就是飞，哪里是跳，简直就是表演，我的原动力就是她们温润的目光，是她们高一声低一声尖尖的大呼小叫。

百米跑的时候，枪响前心狂跳不止，不全是因为紧张，肯定还有别的因素，仰头深呼吸几口，把目光投向前方横拉起的那一条线，然后松弛的肌肉陡然绷紧了。枪响得总是比我们想象的要晚，但声音格外清脆，枪响之后所有的想法都没有了，耳边是呼呼的风声，头发都飘向后方。我始终搞不清狂奔的我究竟是怎么呼吸的，反正那时总觉得是一口气就跑下来了，中间好像没有呼吸或者记不起来了，只记得起跑前的喘不上气和跑下来的上气不接下气；还有让我百思不得其解的是，我在狂奔的时候眼睛好像看不清东西，居然在短短的十几秒内不偏不倚跑出了一条直线，你会说运动场上画着跑道，谁都不会跑歪的，而我始终认为这对我来说是个奇迹，因为快速运动的物体他的全部注意力只在如何保持并不断提高向前的力量，他不像一块被扔出去的石头，它的力量来自外部，它容易保持别人赋予它的直线，而来自内部的动力往往是难以保持一个准确的方向，它需要不停地修正，而我那时的精力主要用在了如何跑得更快上，怎么能顾及其他方面呢？可见人这架机器是够完美的。总之，人在狂奔的时候会被自己的速度左右，让不断加快的速率造成一种局面，深陷其中的人，自然就有了特别的韵律感和节奏感，就如奔逃的动物，在出击或躲避时，呈现出两种不同的身姿，出击时前腿尽量地向前刨挖，身子一蹿一蹿的，尾巴高高扬起，而躲避时后腿拼命蹬踹，身子一弹一跳的，尾巴夹得紧紧的。人只有两条腿，但仍能跑出出击或逃避时的身姿，像刘翔、刘易斯那样的奔跑应属于出击型的，而像我等的奔跑大多属逃避型的，脖子向前头伸着，总觉得背后有一条狗在咬脚脖子，跑着跑着还回一下头，手的摆动频率大于腿的跨幅，一副丧家之犬的模样。但就是这样的奔跑，只要速度起来了，照样可以让人激动不已，人对速度的向往和崇拜，让人不敢轻易小觑骏马或飞鸟这一类的天造之物。因此，我的奔跑使我的少年时代充满了英雄主义的色彩。

再看看我的跳跃，其实我是用我的速度把我自己扔出去。一个没有速度的人想要跳得足够远，就如同一个没有理想的人想要超越自己简直是不可能。除了速度还要掌握技巧与要领，起跑、踏板、腾跳和落地是一系列完整的连贯动作，踏板看似简单，但差之毫厘谬之虽不致千里，最终的结果往往却大相径庭。这是对度的把握，飞奔中的人如何踏准脚下的踏板，是靠感觉还是计算？如果脚下长眼何须如此劳神费力？只顾一路跑将下去便腾空而起，飞翔是一瞬间的，落地却是永久的。我们经常忘记了地球对我们的引力，忘乎所以的我们却无时不被它所控制，就像我们经常忘记了空气的存在一样，而谁又能短一口气？

随着快速奔跑中右脚的用力一蹬我便飞了起来，这一瞬间在空中手脚要配合着动作，首先双臂猛地向上扬起，连贯着打开胸膛并努力向前挺着，到了极致再遽然向下甩动手臂，伴随着猛烈的收腹，而双腿在空中快速划动就像水中受惊的鸭子，然后重重地掉下来，把平展展的沙坑砸一个大坑出来，还没有爬起来回头一看，已经飞出了四五米远。如果脚没有踩过线，如果踏板有力，再如果空中的姿势连贯正确，重要的是还要有足够的青春的冲劲，保准在极短的时间内可以挣脱大地的引力。为了挣脱大地，我们发明了飞机，发明了火箭，发明了航天飞行器，可怜的人类只有借助这些机械暂时脱离地心的羁绊。我们的先祖在没有发明这些东西之前，照样可以飞翔，那是靠想象，敦煌壁画里形形色色的飞天们，不是肢体曼妙，衣袂飘飘，想怎么飞就怎么飞吗？我们的肉身凡胎飞一次是多么不易，严格来说，根本不是飞，更遑论是翔了，充其量是蹦跶了那么一下，与鸟呵鹰呵根本不能相提并论，倒是与癞蛤蟆有几分相似，如果按身体比例与它蹦跳的距离来看，人还不及它呢。

就这样我们已很得意了。关键是我们让肩膀上扛着的那个具有思考力的东西，随着我们的身体一起飞跳了那么一下，就这一下，便体现出了作为万物之灵长的我们所具备的超越能力。

很长一段时间，我都是我就读的那所中学短跑六十米、一百米以及跳远的纪录保持者。三十几年过去了，这些纪录肯定早已让后来的学弟学妹们破了，也肯定早被人遗忘，这些纪录只清晰地保留在我的记忆里，它不仅说明我是多么看重荣誉，也代表了我曾经拥有的青春的力量，我的梦想和我一起飞翔过。

三十刚出头时我是一名教师，当上了孩子王才忽然觉得自己也不那么年轻了。一次学校开运动会，我把几个有点运动成绩的学生弄到运动场上，开个小灶，单独辅导。原本这是体育老师的事，而刚当上班主任的我，更想在学生面前小露一手，让他们知道这个老师不仅会写文章，运动场上照样不差。我一边活动着腿脚一边给学生讲解着跳远的要领，须知这曾经可是我的强项，然后开始示范。

我深呼一口气，身子向后挫了一下，猛地跑了起来，踏板，起跳，我又飞了起来，我的梦也飞了起来，我仿佛又回到了我的中学时代，少年的冲动和好胜重又回到了我的血液中，然而就在我飞到最高点时，我听到了咔吧的一声，犹如劲风忽地扫断一根树枝，那声音清晰又质感，干脆而短促，那声音来自腰部，来自皮层和肌肉包裹下的脊椎骨。我重重地落在地上，就像飞翔中的一只鸟突然中枪下坠，没有任何先兆。

我站不起来了。

2008 年 8 月 10 日
乌市公园南街四壁斋

亲爱的腰呵腰

　　我站不起来了，腰好像被分成了两部分，脊骨的某一部分成了临界点，疼痛站在两边。都说是腰拧伤了，不会有什么大碍，最多是软组织损伤，伤筋动骨一百天，休息一段时间就会好的。而我总觉得不太对头，很多疼痛甚至伤心事，在睡眠中会慢慢减轻，有的会淡忘。人选择那么个姿势，四仰八叉地把自己扔在床上，平日不够睡，这会儿却睡不着了，辗转反侧中又加进许多胡思乱想，自己把自己吓得不轻，某日早晨大梦醒来，翻身起床，所有的疼痛都消失了。是谁在睡梦中把疼痛悄悄拿走了？而这次我已在床上盘桓了近一个月，早晨迷迷糊糊醒来身子一动，便被一阵彻骨的疼痛弄得彻底清醒了，那疼痛犹如晨钟，在我的体内铿然訇响，余音袅袅，经久不散……从此，我开始害怕早晨。

　　疼痛在转移，缘着脊骨一寸一寸往下走，终于有一天，腰部的疼痛似有所减弱，但腿却剧烈地疼了起来，疼得晚上睡不着，只好在地上一步一步挪着转圈子。一天洗澡，水特别烫，白色的蒸汽让人喘不上气，那水柱如刀似火，舔在身上，人就得跳将起来，而我的左腿竟在这样高温的水下没什么大反应。我的腿麻木了，两条腿对比着看，左腿明显要细一些，尤其是小腿好像是别人的。这说明我的一条腿萎缩了，恐惧顿时攫住了我的五脏六腑，大叫一声，赤身裸体的我从洗澡间跑出来，站在镜子前，吃惊地打量着这个湿漉漉的人。

只好去医院。一个瘦瘦的上了年纪的医生问我一些基本情况，他长的样子给人有点不太信任的感觉，如果脱掉了那一身白大褂，他更像一个卖河南粉条的。我被指示趴在诊疗床上，老医生冰凉的手指像弹奏琴键一般在我的脊骨上按压，随着他手指的移动和力道的改变，我发出了不同音长不同音高的喊叫；我又被翻过来，他抬起我的右腿努力向上，看我没什么大反应，又抓起左腿用力蜷曲往我胸前压，看不出瘦骨嶙峋的他竟有如此的臂力，随着他的重压，我的一声长号被挤压出来，我为我的失去控制力而感到羞赧，而他好像就是为了听这一声响，这一声响是他期待的，凭着这一声响他果断地得出了诊断结论：腰椎间盘突出症。

天呵，腰椎间盘突出症，这是我第一次听到这个名词，这个专业术语所涉及的外延和包蕴的内涵，究竟是什么？它和癌症、心脏病、精神病等我知道的病痛有什么差别？人在知道自己得了某种疾病时，首先最想弄明白的是我离死亡还有多远，然后才是想知道这个病理是怎么回事。

我盯着老大夫瘦而晢长的手指，中指和食指间的焦黄，像玉石表面上好的糖色，刚才他在指压我的腰脊时，我就隐隐嗅到了一些烟草味。他为我解释什么是椎间盘突出，他用两只手比划着，把两个拳头拳锋相对，凹凸相嵌，严丝合缝，他说，这是脊柱，原先丁丁卯卯都各在其位，现在有些地方错位了，这里，他用拳锋碰了碰，就像螺丝和螺丝之间的垫片，可别小看它，这个小垫片稍稍错动一点就要出大事了——脊柱的周围密布着神经，哪怕它受到一丁点挤压，都会让人疼得要命。人的脊柱是一个完整的系统，只要一个地方出状况，其他部分都会受影响，现在你是腰椎有问题了，以后慢慢会感到胸椎和颈椎都不舒服。我目瞪口呆，就像革命干部接到被双规的决定宣告一样，再牛哄哄的人一下子就蔫了，所有的心性和胆气都给灭了。我想到了有些不妙，但没想到会是这么糟糕！我知道我将做好长期战斗的准备，用所有的坚韧与耐心来保卫我亲爱的腰。

但我还是抱着一丝侥幸，希望从老大夫那里听到一句让人心宽的话，难道真的这么严重？难道就没有救了吗？果然，见我面色大变，老大夫便安慰起我来：你也别灰心，赶紧治疗，再不能耽搁了，会慢慢好起来的，每个人的自身条件不同，对伤病的恢复也有差异，你要有信心，保持好的心情有利于……

你凭什么知道我没信心了？你怎么会明白我的心情对我是多么地重要？这个如此能揣摩人的心思的老者，他会不会知道其实我是一个经常自欺欺人的人，我有时活在自己的想象里，我自满而心虚，骄傲而胆怯，我接受打击的能力远远没有我接受赞誉的能力强，我的自信往往来自于我对懦弱的嘲笑，而现在我却被懦弱嘲笑着，敏感的我敏感地意识到我再也不是一个孔武有力、挥斥方遒、想干什么就能去干什么的人了，当一个人的行为有所顾忌的时候，说明这个人被上天用了某种方式点化过，腰痛肯定是其中的一种方式。

现在回想起来，当时老大夫问我怎么伤着时他说的一句话还是很耐人咀嚼的。我说我是跳远时拉伤了，听了我的话，他看了我一眼，是那种认真看的眼神，然后嘟哝了一句，好像是说给自己听：人要知道啥时候该干啥。很轻的一句话，却字字分明，我一时没反应过来，直觉告诉我那是很要命的一句话。人要是都明白这个道理就不会出那么多差错，闹出那么多人间悲喜剧了。该读书时读书，该恋爱时恋爱，该工作时工作，该结婚时结婚，该生孩子时生孩子，该当官时当官，该退休时退休，该病时就病，该死时就死。而不少人该干的时候不干，不该干的时候瞎干，一切不按照自然规律去办，颠倒时序，错乱季节，让不该发生的发生，让不该到来的到来，让如期而至的错过。

我们总觉得无所不能，草该黄的时候我们让它绿，果树休眠的时候我们让它结果，夏天降雪，冬天花开，这世界我们说了算，正如那句广告语宣称的那样：我的世界我做主。人的疯狂是从人自己开始的，而后再向他赖以生存的世界扩散，疯狂导致混乱，混乱必定让我们疼痛。君不听民谣所言：大棚把季节搞乱，小姐把辈分搞乱，级别把能力搞乱，金钱把官场搞乱。

　　我的疼痛让我明白，量力而为是多么重要。在不该起飞的时候强力去飞，只能折断翅膀。我仅仅一次超出能力的起飞，便让我付出了如此惨痛的代价，而我的这个时代，已经强力干了多少件力所不能的事，这个时代是否也患有椎间盘突出症？它的脊柱是否也在变形？疼痛从此根深蒂固？

2008 年 9 月 7 日

乌市公园南街四壁斋

我看到了我的白骨

老大夫不容置疑的诊断，并没有让我彻底信服。尽管他的几十年行医经验具有不可撼动的说服力，再加之声情并茂的理论解说，像我这样一个很容易被人说服，而且也容易相信人的人，理应相信他的专业水平，接受他的指导，但那时我却一百个不相信，一百个不相信就对应着一百个理由，我太高估了我的身体，就像一个老子绝对会高估他的儿子一样，不管自己的儿子是个什么货色。

相信人有时不如相信机器，所有的机器都是人造的，而人造的机器却比人平等待人，无论富贵亦无论长幼，你不用看它的脸色行事，它也不必仰仗你的鼻息过活。

我决定去拍个 X 光片。那时还没有彩超、核磁一类的先进医疗设备，B 超也只是刚刚推行，大部分用于妇科，在屏幕上便能看清楚是男孩或女孩，屏幕上已经成形的婴儿悬浮在一片混沌之中，如果不是偶尔地动动手脚，很像泡菜坛子里的一坨泡菜。两腿之间清晰的是女孩无疑，而两腿之间有比较模糊的那么一块，基本上是男孩了。这提前的预判，虽然方便了对产生畸形儿的诊断，也使不少婴孩在没见天日前便毙于非命，特别是那些女婴。在这个女权主义泛滥，大有阴盛阳衰的时代，男人存活下去的理由仍然比女人要充分，男人肩负的使命让男人在未出生之前就已获得了优先权。

这是一间巨大的屋子，厚厚的门帘尽可能地遮挡住光线，屋顶很高，仍有种压抑感，黑暗与空洞构成一种奇怪的氛围，虚无而厚重，黑暗把人定在原地动弹不得，空洞又令人惶惶想即刻逃逸。眼睛在一片黑暗的潮水中游移不定，摇摇摆摆，像缺氧的鱼，吐着黏稠的气泡，尾鳍疲惫地胡乱划动，绝望无声而喧闹无边。但眼睛终归适应了，在黑暗的深处，一台巨大的机器不动声色地静卧在地上，它的剪影有点模糊，但质感绝对坚硬。

我被命令剥光了上衣站到那匹机器的面前。我的双腿颤抖不已，胸前热辣辣的，后背却如冰敷，我仿佛听到了那匹机器的喘息声，那从胸腔里滚动出的威慑，对一个主动献身的猎物，捕猎者最大的欣慰是对猎物的不屑和轻蔑。我想听到它舌头上的软刺在嘴巴里搅动的刺刺声，坚硬的牙齿错动碰撞的铿锵声，而我最想看到绿莹莹的眼睛，在黑暗中遽然地一闪……

什么也没有发生。幸好我的懦弱和胆怯让我安于现状，我的腰脊椎骨被完整拍摄下来了。

我们一向对先人的骨殖怀有深深的敬畏，我们是他们骨血的继承和延续。元谋或者山顶洞，我们面对一块几千万年前的头骨，陷入的沉思肯定比太平洋要深，我们从哪里来的，我们又将去哪里？类似这样的天问会接踵而至，英雄不问出处，可每个人都想搞清楚自己是从哪块骨头分化而来的，自己将要还原成怎样的一块骨头。我们目睹了先人的骨殖，先人却无法看到我们哪怕一丝的骨屑，我们也无法在众多的子嗣里面听到谁的骨头发出与我们相似的铜声；我们的骨殖是留给后人的，我们骨殖的白色是那样地耀眼而沉静，人生无论清白与否，骨殖都会是白色的，这些白色，让我们懂得宽宥，原谅自己，也原谅别人。

奔走在这个世界上的是我们的一副好骨架，顶天立地、伟岸不屈的仍然是我们的一副好骨架，除去了皮毛和血肉，剩下的只有这一副触之有声的骨架。我们的骨头躲避着我们，在皮肉的掩藏下渐渐变粗变硬，又悄悄变细变脆，骨头让我们有了人的样子，骨头支撑起一个新世界，因为有了骨头，这世界出现了与山峰、大树、桅杆和精神一样宁折不弯的人。

有着这样一副骨架的人，从不相信因为骨头的问题而回避世界。我们从多少先人的骨殖那里读懂了这个世界的变数，已经存在的我们，骨骼和容貌呈现出这片地域的基本轮廓，与之对应的山川河流总能找到合理的解说。其实我们的骨殖一直裸陈在那里，其实我们不仅仅是留给后人判断的，这片土地的风土人情、民俗野史、官方典籍、正史传记，民间的眼神和庙堂的表情，都由我们或直接或曲折地呈现出来，那些最美丽最动人的地方是我们常常引以为荣的部分，而那些丑陋猥琐的地方恰恰是我们所不齿的。就这样我们一直裸陈在那里，毫不掩饰亦毫不设防，任它风来云去，日月星汉，沧海桑田……

而我却看到了我的白骨，看到了一串叠加连接在一起的脊椎骨，真切而怪异。

这是一张普通的 X 光片所完成的杰作。墨黑的衬底上骨头显得尤其地白，的确称得上森森白骨，犹如黑纸上的白墨书写的一幅作品，不是行书，更不是狂草，而是一笔一画的隶书或魏碑，点划疏密得当，布局合理，间架结构均衡，笔锋圆润有力，蚕头豹尾，笔画结实流畅，行云流水，无懈可击。是谁把我书写成这样？我的这把老骨头，我的本不该也不能看到的森森白骨。

病灶并不是显而易见的，如果没有医生指点，一般人是不会在一排排列齐整的脊骨间发现问题的，骨头们像等待检阅的士兵，个头一般，颜色一般，目光炯炯，表情严肃，它们中间的哪一个出了点状况，肯定一眼就发现。而我现在必须一截一截去分辨对比，果然就在骨节间发现了锯齿状的凸出物，但并没有我想象的那么大，它只是像刚孕育的青杏般大小，小得实在太不起眼，就是这么几个小东西，会害得我终日坐卧不宁，会毁了我的后半生？

我看到了我的白骨，我对着我的骨头指指点点、说三道四，像在甄别一件瓷器的真伪，它可能价值连城，也可能一文不值，崇高感和卑微感同时袭来，拿着薄薄一张 X 光片，就如同获取了一纸签证，从此可以自由出入我的身体、我的骨头。正所谓人生自古谁无死，留取白骨照汗青。

2008 年 10 月 21 日

乌市公园南街四壁斋

疼
痛
史

忍着点

这是一座很有些历史的医院。厚厚的墙壁高高的屋顶，地上铺着实木地板，人走在上面发出空空的回响，地板上暗红色的油漆已经斑驳，人经常走过的地方露出了木头的本色；而走廊的屋顶是拱形的，好像专门接收地板的回声，有很好的混响效果，走廊连着走廊，像一个人的血脉一样，缘着它便可以抵达医院的五脏六腑。

此刻，我走在这所医院的走廊里，这个地方大概是一截盲肠——很少有人从这个快要废弃的小偏门出入，而我偏偏从这个地方摸了进来。这截空无一人的走廊，回声尤其特别，前一脚的声音还没有散去，后一脚的声音又跟了上来，整个楼道都弥漫着我的跫音，我皮鞋上的铁掌叩击在木地板上，沉闷而尖锐的声响被放大了许多，城里人已经没有谁在皮鞋底下钉鞋掌了，凭着这个足音，就足以断定这个身子有点斜、肩膀满不在乎地晃来晃去的人来自这座城市以外。

的确，之前我还在距这座首府城市一千八百余公里的昆仑山脚下，为了我亲爱的腰，须搭乘长途班车历时一个星期，才能找到高明的人或者具有高明医术的人，来医治我要命的腰。为了消灭疼痛，人要忍受许多疼痛以外的东西。在柏油路无处不在的今天，那时的碎石子铺就的道路比历史更曲折也比岁月更颠荡。用腰带煞紧腰，上身尽量保持笔直——如果坐姿不好再加之突如其来的颠簸或跳闪，那时就不仅仅是疼痛加剧了，有可能让脊柱突出的部分更加突出，或者造成滑脱什么的也未可知，我还得双手托着腰，克制着单调乏味的长路带来的一阵阵睡意，随着汽车上下起伏的力让身子起来沉下，不敢有一点抗拒的力，我这样的腰身是不足以同强大的惯性较劲的。真害怕哪一次汽车猛地大跳起来，我的腰发出咔吧的一声，哪怕是极微小的一声响，都会令我有灭顶之灾。我最大的愿望是能够躺一会儿，放平了身子，让我独立支撑的大梁减轻点重压。路边小店的一切是令人终生难忘的。昏暗的灯光下仍然可以辨认出被单上一块一块的污渍，奇特的臭味被包裹在被子里，在你打开铺盖卷的同时你也释放出了气味的野兽，顿时整个房间回响着这匹怪兽的咆哮；最令人生疑的是那块颜色模糊的枕巾，它多数是被旅客用来掸打身上的尘土或者擦鞋。都不管这么许多了，屏住气，和衣钻进去，让肩背贴紧坚硬的床板，这时放松的骨节才透出一阵阵酸痛，特别是腰脊，在身子底下呻吟，一些不甚明了的碎语，搞不清是腰发出的还是床板发出的。人的感觉真的很丰富，单从气味就能引发世界末日的联想，从声音也可判定疼痛的深度。而令人尤其沮丧的是，床板腰下的部分竟然有一处大坑，想必不止一位如我一般的旅客，想在这块床板上调整恢复腰脊，抬起，放下，错移，扭动，总之让腰尽可能地熨帖，长此以往的折腾，床板的那一块岂能不深深地凹陷？有多少凹陷的床板，就有多少疼痛的腰脊。后来在无数的路边小店，我都发现，每一块床板都有一处明显的大坑。

　　我扶托着愈来愈不自在的腰，提心吊胆、满怀侥幸地来到这所据说能包治百病的医院，走在这条回声很大的走廊上。这条走廊很有些凶险的意味，在光亮不能抵达的转弯处，好像随时都有可能跳出个什么东西或者发生意想不到的事。

　　主任姓 Y，是骨科方面的专家。他面皮发黑，看上去比实际年龄要老不少，人很精瘦，目光散淡。后来接触认识了不少疗骨的行

家，几乎没有一位是肥胖型的，这似乎在暗示他们的专业特性——好的筋骨胜似一切。

Y主任的握力一定非凡，鹰爪一般的手指呈弧形摆放在桌面上，不动声色之间，我已感到了某种力量。他接过我小心翼翼递上的X光片，只在眼前对着亮光晃了那么两下，然后就扔在一旁，好像他不用看就知道是怎么回事，而看那么一眼也无非证明自己是不会出错的。他也并不想听我对病因的陈述，每一个病人都误以为给医生把病情讲述得愈仔细愈清楚愈好，生怕遗漏了点什么会贻误对自己的诊治，这种对自己完全负责的态度，只能感动你自己，医生是不会为之所动的。医生永远比病人站得高，你所喋喋不休陈述的一切，是他早已熟知，也是他早已预料到的，他的想象和经验，再加上那么一丁点专业知识，早已提前预知了你所有的病痛，因此常常出现这样的情形：你认为不得了的，天都要塌下来的病，在他们看来似乎不值一提。医生的冷酷表现在对熟稔事物的漠然，对陌生事物的淡然。

Y主任说他都知道了。他说先推拿推拿看，他说推拿有大推拿、小推拿。他像是自语又像是征询我要选用哪种推拿。其他病人被暂时请到了外面，嘈杂的房间顿时安静了，我单独面对他，有些不知所措，他散淡的目光渐渐聚拢起来，定定落在我的身上，我气有些上不来，心突突地跳快了，我甚至想逃跑。脱了鞋，解下裤带，我张开四肢趴在窄窄的推拿床上，像被剥了皮的田鸡。

他似乎并不急于下手，而是围着我看了那么两圈，像是判断这具肉体值不值得他下手。"你忍着点"。他突然冒出一句话，我全身一下子绷紧了，"别紧张，别紧张"，他拍拍我的后背笑模笑样地说。他的手开始在我的后背游走，他是想让我紧张的肌肉先松弛下来，然后再实施强硬的手段。他的手指冰凉，指肚子上仿佛有吸盘，在肌肉薄弱的地方让肌肉胀满了，在肌肉饱满的地方，又令其塌陷。后背渐渐就有了些许温热，血液的流速也快了不少，那些痛点在慢慢模糊，我竟有些昏昏欲睡的感觉……猛地，两枚钢钉直直楔进我的后背，那是他的两个大拇指并排齐齐压向我的受伤的腰椎。我的一声尖叫还没有发出来，更加猛烈的又一次推压却让我差点闭过气去。我已经不能用一声声的"啊"来表达我的疼痛，我的手背堵住我的嘴，手背上交错出两排深深的牙印。

"忍着点，我给你复位，忍着点！"他的声音好像从遥远的空中传来，我不知道我还能不能忍住，也不知道我还要继续忍多久。复位意味着还原，原先的东西不论错对，存在决定了一切，固有的并非都不合理，革命意味着破坏，被破坏了的哪怕是最卑琐的你现在把它恢复成了辉煌一片，那也没有用，原初的和谐和熨帖已经改变，表面的昌荣并不能代表内里的和睦，骨头间的争斗与战争，远远没有结束。

望着几乎瘫作一团的我，Y主任面色镇定，气息不乱，而我早已大汗淋漓，大气进出，好像是我为他刚刚做完推拿。Y主任告诫我："回去老老实实躺着，别乱跑动。忍住，千万要忍住！"

我知道从此我要忍受许多，疼痛的或非疼痛的，抑或与疼痛相关的。我想起一句话：大丈夫能忍常人不能忍之事，我是大丈夫吗？

只是我始终没有弄明白Y主任给我实施的究竟是大推拿还是小推拿。

2008年11月27日

乌市公园南街四壁斋

牵 引

　　我不知道究竟应该相信人还是机器。Y主任对我实施的大推拿小推拿，并未使我的腰彻底直起来。倒是病房里的几个病友，他们的病况让我大受刺激。这是几个因为脊柱的小毛病，最后演变成强直性脊柱炎的病人，据说他们的脊柱已差不多僵直，关节间锈死，几乎没有了缝隙。他们的腰像山羊的犄角弯成一个固定的样子，脖子已不能随意转动，看人的时候，整个身子都要跟着转过来。

　　病友小刘还是一位军人，小小的个子，瘦瘦的身板，他的腰是在昆仑山修路时被石头砸坏的。他原本应该是一个非常灵活的人，现在却处处显得笨拙，倒是他的眼睛滴溜溜地转着，随时泼洒着活泛的光。一个人不管得了什么病，只要他的眼睛没有停止四处游走，就说明他的心还没死，对生活没有彻底绝望。女护士进到我们病房的时候，小刘哪怕是躺倒在床上脖子不能随意转动，也并不能降低他的热情，往往是我们还没有看清进门的是谁，他的眼睛已经在人家身上转了三四圈，而且是先看上面后看下面，随口极亲切地喊出某护士的名字，前面往往还要冠以小字，为此病友老胡专门请教过他，小刘故作神秘地挤挤眼："我能先知先觉。"其实他不过是之前弄清楚了每个护士的倒班时间，凭着脚步提前预判而已。

　　小刘还经常歪着身子直着脖子去隔壁的女病房串门，他一去隔壁便不时飞出满屋的爆笑，一片尖声尖气的笑声里，并不能听到小刘的笑，只有他不紧不慢的讲话声。说，笑，再说，再笑。如果不见他的人，仅凭他的话语还有他被爆笑不时湮没的情形，谁也不能想象这是一个背负着巨大疼痛的人。强直性脊柱炎到目前为止全世界还没有一个完全治愈的办法，病发开始是脊柱的每一节被锈死，发展到最后是全身的所有关节都被锈坏锁死，整个人都不能动弹，甚至只能侧身睡觉，因为最后锈死的脊柱弯曲得像一张弓，人已不能平躺。但小刘经常宽慰我，对我说老哥你别灰心，你的那点病离死还差得远，赶我也有一截子路。人都是以自身为基准，去度量别人。是呵，我的这点病是没法与之相比，但如果拿我与所有健康的人相比，在他们眼里我不是和小刘一样吗？正如人不能比命，不能比富，疼痛也是不能类比的。

　　既然大小推拿对我的作用不大，那我就听从医生的建议，改换别的治疗方法，人都已经住到医院来了，我还有什么选择，听凭你们的摆布吧。就像告诉我推拿对我有效果一样，医生说牵引是我目前唯一的选择。

　　所谓牵引就是把人用几条宽大结实的牛皮带紧缚于一张金属机械床上，这张床由两部分组成，被编入了某种程序，电钮揿下，红灯闪烁，伴着隆隆的机器声，金属机械床如大陆板块漂移般上下两部分缓缓拉开，而被牛皮带固定在这张床上的人，也被朝向头脚两个完全相反方向的力扯拉着，就如同两队拔河的人手中的大绳。而重力表也从三十公斤一直往上摆动——据说这样持续不断地加大力度可以拉开腰椎，以减轻突出部分对神经的压迫，从而也缓解腰的疼痛腿的麻木。

　　渐渐分离的金属床之间距离愈来愈大，而我的骨节也开始轧轧有声，我可以想象到我的被强行拉开的骨头，每处结合部都使得肌肉凹陷下去。我不由得联想到小时候制服蛇，只要捏着它的尾巴倒提着手腕一抖，它的整个脊梁骨便被抖散脱了节，瘫软在地如一

疼痛史

堆烂草绳，再不能左突右撞、盘旋升风吐芯以啮人；也让我想到了商鞅或什么古人，被五马分尸车裂时的悲壮和惊心动魄，想着想着自己便也高大了。当然，更多让我想到的是我的骨头为什么要和毫无人性的机器抗衡？难道我的血肉之躯能够战胜钢铁？如果程序乱了，如果它突然失控，如果它不按照人的意志行事，我不是有被活活拽成两截的可能？就像大力的魔怪撕碎一个误入其领地的小毛贼，毫不费力，或者就像绑匪常用的手法"撕票"一般？我不知道究竟我该相信机器还是人。

我被保持在一个疼痛的基准上——皮肉被拉扯的浅层的疼与骨节间释放出的深层的痛，时间是让疼痛更加清晰明确的砝码。

为了解脱痛苦而去承受更大的痛苦。终于在经历了几十次这样的恐怖之后，在机器床并未如我设想的那样而始终正常运作之后，在重力表无数次达到一百公斤以上之后，我不得不停止了治疗，我忽然意识到，这根本不可能斩草除根的疗法，只能让我对其产生深深的心理依赖，一个以依赖疼痛而去对付另一种疼痛的人，此生该如何挨过？

我停止了治疗。腰虽还在隐隐作痛，但似乎也轻松了不少，这种肉体对疼痛的解脱使我深信：控制一个人，你给他肉体上来点什么特别的，效果会出人意料地奇特。

2009 年 3 月 5 日
乌市公园南街四壁斋

麦肯基

这是一位女军医。女军医一身宽宽大大的军服让她显得很中性，况且她已不再有莺声燕语，青春容易凸显的几个地方，都变得模糊一片。只有大白口罩上露出的一双眼睛，显现出了些许女性的内容，那是所有母亲都会有的眼神——悲悯而痛爱，温暖而柔软，就是在这种有内容的目光下，我被告知能否贴着墙根站直。和一面白墙站在一起，才显得我是多么卑琐，一面墙笔直敞亮，棱角分明，无牵无挂，而我则变形晦暗，含糊不清，左顾右盼。女军医指着我的背脊：看看，你的整个脊柱都变形了。原来这堵墙成了她的标尺，被测量的我，便挤兑出了多多少少的不堪，由此我想到当今世上，不是任何人都敢在一堵白墙面前站一站的。

女军医无不可惜地问我，怎么年纪轻轻的，脊柱就变形成这样？（天哪，我还年轻？这样是哪样？）我不想对女军医再重复对其他医生说过无数遍的话，而是直奔主题，我的腰痛该怎么对付？女军医表现出极大的耐心和极好的涵养：你现在首先要有耐心，然后还要有信心，一个病得了多少年，怎能指望几天就能治愈呢？

理疗管用吗？这话我没说出来，但我的怀疑已明明白白写在脸上。

女军医并不生气，依然对我循循善诱：不管怎么治疗，只要找对了方法，再难的问题都会迎刃而解的。

话虽没错，可不就是一个椎间盘突出症吗？医治它的正确方法在哪里？

她只不过是理疗科的一名医生，对她的学识我不敢有太高的奢求，假如她是一名外科或骨科的主治医师，我还敢心生怀疑吗？但很快就发觉我错了，她一定读过不少书，而且洋文了得！因为她随嘴就说出了一串与椎间盘相关的外文名称，不知道是拉丁文还是塞尔维亚文，这串话因纯熟而流利，因流利而让我莫辨东西，我的诧异让我惭愧我的俗。后来我才知道那是德文，女军医刚从德国进修学习回来，我不由得肃然起敬，一是对女军医，二是对雅利安人的医术。

女军医拿出一本医学杂志，封面全是我看不懂的洋字码，这是她的指导老师刚从德国寄来的。为了显示对它的珍爱，女军医一再仔细地用手去抚平杂志毫无褶皱的封皮，就像一个母亲在摩挲着孩子的头顶。她告诉我，这里面有世界医学研究的最新成果，包括对椎间盘症的最新医治方法，想不想知道？

我当然想知道，可我知道了管什么用？有什么绝招尽管使出来！自从腰上出了状况，便开始相信一切奇方异招，总觉得大千世界藏龙卧虎，高人多得去了，特别是有着五千年辉煌文化历史的泱泱中华，隐匿在民间的神医就不可胜数，常听说某位乡村世家中医，凭着一个药方就医好了已被一些大医院宣判死刑的疑难杂症，我坚信这样的人间奇迹总有一天会飞降到我的头上。

而这样的人间奇迹似乎更适合诞生在中国，这种奇迹是与民间传说紧密连接在一起的，奇迹无非是一些经过编排的故事被口口相传，一滴水的声音被放大成汹涌的波涛，一只猫的影子被放大一百倍以后，它就可以吃人了。

对外国人的绝招，我既怀疑，又迷信。神话和奇迹都让中国人造完了，彼黄发蓝眼的老外，还能弄出什么大的动静？但德国人的医术高超又是世人皆知的，其严谨而精湛的技艺，足以与我们的国粹刺绣媲美。

女军医看出我是一个容易被说服的人，而且是一个对于新事物有着极大好奇并乐于尝试的人，就郑重向我推荐：其实这个方法很简单，就是按要求做几个动作，它是我的德国导师发明的，这个方法叫麦肯基。

原来麦肯基不是肯德基，是不能吃的。

几个动作其实就有三个。女军医褪去白大褂，略显发福的身子颇费劲地爬上窄窄的治疗床，开始示范。第一个动作是把被子之类的填充物垫在前胸下，高度要适中，以腰部的压力最小为宜，原先人的腰都是向前弯的，现在刻意地向后折，所谓矫枉过正，这是腰部减压的第一步；第二个动作依然要把胸部垫高，只不过没有第一个动作那么突出，然后把双腿并拢，同时扳向腰痛相同的一侧，直到大腿上的筋被扯不动为止，如果是左侧的腿被压迫了，就扳向左侧，这时人仿佛是一张被折叠的纸，摆出一个极其艰难而罕见的造型，就像耶稣受难一般，它的作用依然是腰部减压，但必须要人帮助方能完成；第三个动作无需借助人和物，就能自行解决，人爬跪在床上，两手两腿同肩宽，头和臀部抬成一样高，腰部略塌陷，就如一条等待主人归来的狗一样，只不过没有尾巴可摇而已，女军医做这个动作时，显得熟练而羞赧，这让我马上想到女人生孩子时，如果胎位不正，就得采用类似的动作，在床上爬来爬去——而此刻我仿佛看到了女军医曾经美妙而难堪的一幕，幸福与恐惧集于一身，骄傲与惊悸汇于一腹，对于已知的结果，哪怕是一个恐怖的结果，人们并不会怕到哪里去，而对于一个随时改变的结果，就算这个结果比预料的好些，也足以令人胆寒，女人就这样爬来爬去，用自己的行动像改变自己的命运一般改变着胎位，谁知道哪一次的爬动就彻底改变了世界，乾坤颠倒，胎位一下正了过来……女军医完成了她的示范，示意我做做看。

这样就能治病？我在治疗床上重复这三个动作时，不时冒出这个疑问。老实说，在认真完成这一套动作后，感觉腰部的疼痛略有减轻，但绝不是我想象的那样"身轻如燕"，我滞重的腰背沉疴已久，岂是几个简单动作就能改变的？麦肯基的原理很简单，无非是在长期固有习惯形成的趋势中，加进反作用力，在一定时间的前提下，改变它的走向，你不会想到，最终决定事物发生质的根本性改变的，不是别的，而是时间。

在新疆的著名风口达坂城一带，我曾目睹了一溜荒野中的树，那里常年刮东南风，十级以上风更是家常便饭，那一溜树一律向东南倾斜匍匐着，竟也有碗口粗细，你可以明显感觉到，那是时间通过风之手，将一棵棵笔直挺立的树，一点点掰斜拉弯，让它们贴着地面，永远高不过风的势头。

女军医要求我每天至少做三次麦肯基，每次不得少于半小时。

在那以后的相当漫长的时间里，人们会经常看到一个行动迟缓而充满信心的人，在床上摆出几个看似颇为诡异的造型，眉头紧锁，面色严峻，不知何时而终，终于有一天，我在做第三个动作时，低头发现不知何时膝头的裤子已磨穿，露出白白的肉来。

而我的腰痛最终也没有完全好起来，也许是我没有坚持下去的缘故，也许那几个动作根本就是逗我玩儿的，总之，时间没有改变我，是因为我在那个特定的时间里浸泡得不够，还是时间在我身上彻底失效？

就像对肯德基的态度一样，我们古老的中国人的胃口，永远难以适应飘漾着异国气息的吃食，固执的味蕾，表现出强烈的爱国主义，一切舶来品在其曼妙的名称之下，都潜伏着让我们难以言表的尴尬与抗拒，不管是肯德基还是麦肯基，它们都让我们明白了一点：一切优秀的东西，对应的必须也是优秀者，否则何以领略优秀

的精髓？我们不优秀，故我们难以与之融合，重要的是，它们真的
那么优良吗？

2009 年 8 月 21 日

乌市公园南街四壁斋

疼
痛
史

大气功师

在我的印象里，气功就是杂耍班子里那些头开大石、咽喉断枪的主儿玩的把戏。殊不知在我的腰出了毛病，在历经苦难，遍尝疼痛，多种医治无果的情况下，气功居然找到了我的头上。

朋友急死忙活打电话，兴奋地告诉我乌鲁木齐来了两位少林寺的气功大师，看我没什么回应，就焦急地点拨我，气功可以治百病，你的腰椎间盘突出症，说不定整整就好了，我可是花了五十块钱才弄到票的。

对朋友的关心我自然不能拂他的好意，而我现在的心情是什么都想一试，却对任何治疗方法都保持怀疑。大不了浪费一下午时间，万一有用呢？

抱着对朋友的感激，对即将到来的未知的茫然，我挤进了有数千人麇集的会场。那是在七月，无数鼻孔粗重的长短呼吸，似乎一列准备启动的火车，制造着去远方必须具备的亢奋，而我们的远方是哪里？

汗已将不少人的胸背洇湿，那些从不同皮肤里钻出的几乎相同的水，在质地各异的衣裙上描绘出边缘曲折、绝不雷同的图形，就像不同国家不同地区的版图，大的足以夸耀，小的也很神圣，这些版图如果拼凑起来，能否就是全世界？而那时所有人感觉，全世界都在大气功师的掌控之中。

　　大气功师是一位出家人，看不出具体的年龄，微胖的圆脸在一袭灰色的对襟短褂的映衬下，颇有几分老成，倒是他的足下，一双类似现代旅游鞋的白鞋，很是扎眼，也很提劲，有种运动或者功夫的暗示。大气功师操着一口中原的话语，既普通又乡土，总之所有人都容易听懂，他说，这个世界说大很大，说小也很小，比方说每一个人都是一个世界，很多的小世界就组成了大世界。人这个世界的运行与天地的运行是一致的，因此人的任脉和督脉也就形成了大小周天，气功就是通过修炼，打通人的任督二脉，让大小周天随着天地的运行而运行不止，而这时，有些人就可能出现功能，我知道，这里所说的功能就是特异功能。这对不少人有着巨大的吸引力，想一想，一个人若是有了特异功能，他在芸芸众生里会一下就超凡脱俗了，他的有别于常人的手段让他脱离了人的范畴，仿佛位列仙班。他会首先去干什么？如果是我，肯定是用我已拥有的超常力量，让我的腰直起来，不要一点疼痛地想干什么就干什么。

　　大气功师说，他的报告是带功报告，也就是说，他在这儿所说的每一句话，比划的每一个动作，都蕴含了巨大的能量，在场的所有人都会感应到他的功力，仿若太阳，只要光亮照在了身上，就一定会感受到温暖，被他普照到的人，有病的治病，无病的强体。

　　大气功师指挥所有的人跟着他做，双目微阖，下颌略收，头要放松，颈要放松，肩要放松，胸腹放松，腰臀放松，腿要放松，脚趾放松。然后调整呼吸，想象每一根毛孔都打开了，气进气出的，皮肤也参与了呼吸。我不知道他一一强调的放松，能让多少人理解其重要性，在这里，放松是首要的，就像一块酥松的土地，阳光和雨露才能毫不费力地渗透，直至抵达生命的根部。当确认大部分人已按他的要求放松了，大气功师开始引导，他说，他的气已到了某个部位，有人感觉到没？他又说，天气很热，现在就让它凉下来，大家有没有感到凉爽？他在说这些的时候，我似乎真觉得有股微风自心头掠过，皮肤也来了凉意，就像极热难耐的情况下，猛地也会起一身鸡皮疙瘩，正所谓否极泰来吧。

其时所有人似乎都已进入状态，一个个微闭着眼，调整呼吸，表情泰然，像是很有形式感的雕塑，摆满了整个空间。我不是心有旁骛，而是适时地睁开了一下眼睛，我看见气功大师双手呈圆弧状向空中捧接着什么，然后又向台下的众人头顶抛洒，那是无形的甘露，还是有形的泽被，抑或是想象的意念？不少人开始轻微摇晃，那是完全自我的一种表现，旁若无人，心醉神迷，继而有人开始前仰后合，像风中的一株树苗，幅度愈来愈大，眼看着就要栽倒了，但脚下的根显然扎得很深，人复又直立起来；还有些人，忍不住哈欠连连，涕泗滂沱，痛哭不止，像是受了多大的委屈，面对亲人怎能不倾诉？

最不可思议的是，个别被担架抬来，被轮椅推进去的老者，在气功大师的带功报告进入高潮时，竟然站立了起来，尽管看上去那些脸还是口歪眼斜的，身体僵硬，但颤巍巍地毕竟向前开始迈步，曾经卧床十几年甚至数十年的苦楚困顿，在这一刻没经受任何新的创痛，就轻松解除了，怎能不令人激动万分？全场掌声雷动。

会场一下子就乱了，人们拥向气功大师，期望握一握大师的手，沾一点仙佛之气；有的把头在大师面前伏下，让大师的手为他摩顶；更有扑通跪在大师面前的信徒，祈求大师收为徒，这些现在一心虔诚，稽首伏拜，渴望成为未来大师的人，是否想到了某一天备受众人崇敬？现在的垂首折腰，是否是为了有一天昂首向天？

朋友把我推挤进人堆，请气功大师为我诊病，大师看了我一眼，那意思是哪里不得劲？我手扶着腰，刚要告诉他我的病状，朋友却在后捅了我一下，暗示我先不要说，试一试大师的本事。大师是何等之人，只认真端详了我一下，就朗声说道："你督脉沉滞，腰背不畅，这里痛吧？"随着话音他的手探向我的后腰，但并没有接触到我的身体，他叮嘱我站好，似乎在向我的后腰发气，似有一种力量抵达了那几节倒霉的脊椎骨，那是一种难以表述的感觉，气功中常说的胀、麻、酸、痒、痛五觉好像都有，好像又全无，这种似有似无的表征，加之会场的气氛，众人期待的目光等因素营造的所谓的场，再有就是强烈的心理暗示，顿时腰背轻松了不少，那隐匿于骨头深处的疼痛，不知是躲到了更深处，还是溜之大吉了。

在一片惊叹的目光中，大师徐徐吐出一口长气，这说明他刚才费了不小的气力，也就是内功吧，大师转而对我示意："活动一下，感觉怎么样？"又是感觉，这时当众来谈感觉，所有的感觉都是众人的感觉，而众人的感觉就是大师的意志，大师的意志愈坚定，众人的感觉就愈强烈。

那是一个诞生气功大师的年代，风云际会，浪起沙落，各类豪杰纷纷出山，横空出世，一时间大师灿若星辰，莲花妙指，指点迷津。在有无数大师护佑的年代，应该是我们的造化，病魔与灾苦或近身不得，或远遁无踪，而我的腰却固执地疼痛下去，不给大师们一点面子，我的腰就像一个坏分子，用疼痛破坏着大师们营造的祥和安宁，谁需要拯救？谁更需要普度？普世济众的情怀被无限放大，小打小闹，小不忍乱大谋，大慈大悲，大道无疆通小路，阿弥陀佛，谁的今生是我的来世？谁的来世是我的今生？

在许多年以后，有一个人偶尔还会伫立于清冽的清晨或温柔的黄昏，脚扣大地，头顶蓝天，身量渐渐拉长，冥想中与天地接通，天地之气贯通周身，循环往复，轰轰烈烈，只是在通过腰椎时，那气的速度会有所减慢，气的力度也会式微，有时甚至是磕磕绊绊的。

古代时把气也写为"炁"，我觉得它更准确，符合中国字会意的根本，那口无形的气，须臾不可少的气，充盈着身体的每一个地方，出气进气是一个人生存下去的最基本的条件，无意识的呼吸代表活着，有意识的吐纳代表修炼。我本愚钝之人，受大师的点化仍不能气贯长虹、羽化登仙，唯不时用沧桑的老拳，擂打那几节不争气的脊柱，在疼痛松弛之后，像一个伟人一样，双手叉腰，仰望天空，目光无限悠远。

2009年9月9日
乌市公园南街四壁斋

大气功师

比针更尖

小时候有个玩伴是个哑巴。在不说话的时候，谁也看不出他有啥问题，他有滴溜溜的一双大眼睛，满是露水和星光，好像随时都会泼溅出来。他还有一线薄薄的嘴唇，红而且润，大有能言会道的发展趋势。一般情况下，你说你的，他会用眼睛跟你搭话，不温不火，彼此都能心领神会；而有时，谁欺负了他，特别是谁冤枉了他，那情形就不一样了，他会跳着脚舞着手跟你抢话，满嘴呜哩哇啦的，越急越搞不清楚，越搞不清楚他越想表述，最后不得已往往是擂自己的头，扇自己的脸。每遇此等状况，我们都会静下来，替他着急，在很小的时候我就明白了一个人不能说出心里的话，是多么可悲，是多么凄惨。而大人们总是摇摇头：唉，可惜了娃娃。

有一天看电影，故事片前加映当时称为《新闻简报》的纪录片，类似现在电视上的《新闻联播》，那是了解世界形势、国家大事最便捷也是最形象的方式。纪录片的名称好像是《无影灯下颂银针》，讲的是一群白衣战士用小小的银针让聋哑人开口说话的故事，看那个纪录片我学到了一个词叫"千年的铁树开了花"。电影播映不久，我的那个哑巴玩伴便被他的父亲带去了北京，说是找那家部队医院的针灸专家去治疗，从那时起，我们这帮小孩子都期待甚至盼望着他归来，我们都设想着再见到他时，他会用卷舌头的北京话骂我们一句，骂我们没关系，这一骂就说明奇迹诞生在他头上了。几个月以后我们的玩伴回来了，那是一个傍晚，太阳比往日要落得早些，雾蒙蒙的空气中弥散着不祥的气息，我们呼啦围住玩伴，都盯着他的嘴看，可他什么也没对我们说，薄薄的一线嘴唇紧紧抿着，更别说用卷舌头的北京话骂我们一句了，我们不知道发生了什么事，真让我们失望，哪怕他的白牙齿在暗淡的天光下闪一下也好。

第二天，太阳一大早就明晃晃地挂在天空，对昨天傍晚的一幕我们都怀疑其真实感，玩伴出现在早晨的阳光下，对我们的问话仍用眼睛回答着，只是那目光里的露水和星光都飘了一层薄雾，就像昨天傍晚的天空一般。

从这件事以后，对针灸怀有的神秘和崇敬便打了些折扣，尤其是对它的崇敬之情，想一想，我们的玩伴是那么聪颖的一个孩子，多数情况下他的话都涌到了嘴边似乎立马就要夺口而出，但却在那一刻被什么封住了，比如说是一张纸。而针是多么尖锐的东西，只需一下，不管是纸还是别的什么，洞穿它们是再简单不过的事，突破封锁，便可大放宏声。关键是小小银针创造的奇迹，并没有在我儿时的玩伴身上兑现，这不能不让我对针灸心存疑虑。

没多久，大概是1972年吧，在报纸上看到美国总统尼克松在访华期间，现场观看了针灸治病，并对此大加惊叹，而从那时起，针灸也开始进入美国；又听说援助非洲的医疗队，在坦桑尼亚、赞比亚用小小的银针，治好了多种疾病，包括感冒、腹泻这些常见的疾病，小小银针被虔诚的非洲黑兄弟视为神物，而那些在银针下起死回生的人们，因为目睹和感受到了银针非凡的力量，认为是神迹的降临，在他们膜拜供奉的图腾里，又多了一件银光闪烁的尖锐之物，自然，那些穿着白大褂的医疗队员们，也被视为跟他们的酋长或大巫师一样有着超乎寻常的力量而无所不能。

在很长一段时间，我对针灸有种说不上来的复杂情感，这是从扁鹊华佗时就已有的治疗方法，其古老的程度所包含的内容就已经有了千万次实践为基础的安全、可靠和实用性，就像中国的餐饮一样，既可以重复，又因人而异，它总是不断被创新不断被改造，几十年前的一碟鱼香肉丝与现代版的鱼香肉丝肯定有着不小的差别，那是时间在一碟菜中的不同呈现；而一个四川人做的鱼香肉丝和一个上海人做的也肯定不会相同，因为地域的、文化的，甚至是性格上的差异，都会在一碟菜里找到答案，那是空间赋予每一碟菜的独特性。针灸何尝不是这样？在同一个穴位使用相同的针具，只是施治的人不同，其效果往往大相径庭。因为重复而不能证明结果是一致的，中医药常常被老外们斥为：不科学。彼洋人的所谓科学，是建立在庞大数字堆垒的基础上，它严谨、细微，一就是一，二就是二，容不得半点含混。老外学做中国菜最头痛的就是掌握不了调料的量，就是按菜谱上操作，也难搞懂，比如醋少许、老抽少许、料酒少许，这少许究竟是多少？没有几克几毫克的明确标识，老外就玩不转了。

在我看来，中医针灸也有"少许"之嫌，它在不少情况下是模糊而感观的，全凭经验感觉去进行，在这里经验是至关重要的，一个行医几十年的中医犹如驾驭了多年的马是可信赖的，其可信赖的基础是建立在把一条山道从无走到有，再从浅走到深，把厚厚的马蹄铁走得薄薄的，驭者甚至用不着再挥动一下鞭子，这匹识途的老马就可以把人驮到想要去的地方，而不必担心这马搞出什么大动静或者发生什么不测，一切都会按部就班，一切皆在掌控之中。一名学历再高，刚刚毕业于某所著名中医学院的高材生，其可信程度远远不如一名乡村老中医，这里面不是学识多寡的问题，而是谁拥有过大把行医的时间，老中医探出号脉的两指其实就是捉住了一段光阴，而时间坚硬无比，它打磨着一切，让粗糙的细腻，让浅薄的厚重，让幽暗的透亮，让过去成为历史，时间就仿佛是众多收藏品诸如瓷器、玉石、古砚上的包浆，那种泛着黯淡的光泽，细腻而光滑的附着物，它使器物的肌理润泽饱满，透出古色古香的韵味，老中医是被时间包浆的，他的价值是时间之外的任何东西所不能评断的。

我认为中医里的大师或高手，一定具有从一大堆模糊中条分缕析的超常本事，在模糊中寻求精确，在似与不似之间找到了鹄的，如果一味地模糊下去，就难免以其昏昏，使人昭昭，表面的模糊并不能代表本质的欠精当，关键是要看在要害的地方如何体现属于自己的发现，这发现其实有时就那么一点点，而这一点点是至关重要的，是足以让人扬名立万的要素，要不怎么会有庸医和名医之分呢？

现在，我看见年轻的女医生用白色的托盘端来一堆杂七杂八的东西，那里面有消毒的酒精棉球，有圆球形的玻璃火罐，再有就是一把长短粗细不一闪烁着金属光泽的针，那些针我只瞥了一眼，心里就猛地一凛，我一向对尖锐的东西有着比尖锐更加敏感的想象，很自然就能联想到颖尖突破肌肤，轻而易举深入到肌肉的深处，在谁也看不到但却被认定是穴位的地方，制造深度的恐惧。对疼痛的敏感，说明我清醒地活着，而往往想象的疼痛比疼痛本身更强烈，不堪的不是疼痛本身，而是想象疼痛并推及而来的心理负担，这负担就像一块黑色的石头，死死地压在心底，谁的手能搬得动？哪怕掀开一角，透出一丝亮光也足以令人舒心，可是不行，由此应坚决地相信，想象也可以置人于死地，上帝把疼痛随时给人，就是时刻提醒人，要心存畏惧。

看我面露畏葸之色，女医生嘴角有一丝不易觉察的轻蔑：一点都不疼的，这么细的针！言下之意是你这么个大男人，还惧怕这么细小的针？我真的不明白，疼痛与体量有什么直接的关系，一头大象撞在身上，远没有一枚针扎在心上痛，要知道，感觉的痛与实际的痛不是一回事，想象的痛是放大了一千倍一万倍的痛，是无与伦比的痛。

儿时看母亲为我们缝补衣服，不小心被针刺破了手指，指尖即刻便献出一粒红如宝石的血滴，母亲并不吱声，只是眉头蹙一下，便迅即用嘴将血滴吮吸去，我知道母亲一定很痛，会痛到心里的，但她怕被我们发现。现在，针被一根根扎进我的身体——的确没有想象的那么痛，针尖突破肌肤迅捷而有力，甚至听不到一点声音，笔直站立在身体上的针，就像我自己长出来的一样。

年轻的女医生用嫩白的手捻动银针，让我体会酸、胀、麻、痛等诸多感觉，痛是必不可少的，关键是针的颖尖不定什么时候就触到一些特别的地方，一股电击般的热流迅速传导下去，忍不住就想大叫一声，可是必须忍住，因为要的就是这样的效果，而且能不断重复几次，也就是出现反复被电击的感觉，效果才格外不同。

我趴卧在病床上，腰背扎上了一片针，如同一块仙人掌，而我不能动，必须趴够三十分钟，还不能受凉，背上就被扣上了一只脸盆，再盖上一床被子——既保温，又隔开了与针的接触，我知道那一刻我与驮着龟壳的乌龟非常像，只是我在与什么赛跑？与时间还是生命，抑或就是疼痛？但不管是勤勉而缓慢的乌龟，还是偷懒而迅捷的兔子，都跑不过疼痛，其实疼痛根本就用不着跑，它一直在目的地静候着我。

比针更尖的是疼痛，比疼痛更可怖的是对疼痛的想象。

2010 年 6 月 10 日
乌市公园南街四壁斋

疼痛史

活着真好

活
着
真
好

　　我是带着疼痛去探望他的。现在疼痛是我身体的一部分，就像头发、鼻子或者脑袋，甚至脑袋里的思想，也可能是鼻涕、脏话、大小便，在离开我身体之前，都是我身体的一部分，一个完整的人，肯定是由这些有用和无用的东西组成的，光是有用的东西，人活不下去，光是没用的东西，人就是一堆垃圾。

　　带着一大捧鲜花去医院，显得很有教养和品位，这肯定是从洋人那里学来的礼仪，让我们这些土得掉渣的国人玩得炉火纯青，鲜花是无奈中的最佳方案，买得起也体面，不掉价而具有人文关怀情调。

　　在秋天明丽的天光下，我捧着一束鲜花，像捧着一簇斑斓的火苗，穿过病房沉寂的走廊，脚下忽然被照亮了，走廊的另一头也传来似有似无的几声浅笑。但鲜花并没有照亮他的脸，他趴卧着，半个脸埋在被褥上，露出的面孔浮肿而黯然，仿佛是用了许多年被氧化得软塌塌的塑料制品，他的双眼紧闭，明显可以感到眼皮的滞重，他的呼吸机制完全失去了协调性，只能听到呼气的咝咝声，却几乎看不出他是如何进气的。

　　我的背脊一阵发冷，那几节椎骨又不失时机地隐隐作痛，像是提醒我什么。

他曾经是多么风光的一个人。大学他是学英语的，嘴里一天到晚叽里咕噜的洋文已经让女生们心生微澜，偏偏还是个校园诗人，经常和一群特立独行的狂人在一起，他们搞一个诗社也是顺理成章的，或啸吟高蹈，或颓丧宿醉，那是一个诗歌的年代，诗人们干出些出格的事，大家也都能接受。某次，来了个香港的诗人到校园演讲，那天天降大雪，行人嘴里的呼气多是尺把长的白，就像现在的汽车尾气，乌鲁木齐展露着西部城市特有的风雪情调，而那个香港诗人竟然短衣短裤，一身短打行头，且面色红润，这让校园诗人们匪夷所思，香港诗人广东话普通话参半的演讲，并没有给他们留下多少深刻的印象，倒是数九寒天露胳膊露腿，让他们崇拜不已，他告诉我，他和香港诗人握手时，对方的手热乎乎的，和所有南方人的手一样，潮湿而绵软，就像他们说的话。

香港诗人好像练过道家的什么功，脉气运行，真火护体，自然不怕寒冷，而他的诗兄弟里有个走火入魔的，不但把笔名改成与香港诗人白塔比较接近的白搭，而且也试着大冬天出门只穿一件 T 恤，结果可想而知，而白搭的笔名也喻示了他日后的运道，白搭在西北话里的意思是徒劳、白费力气，白搭果然一生无为，英年早夭。

我是带着疼痛来探望他的，好像是为了找到一种参照，而我的那么点病痛在他面前，简直不值一提，犹如门前的涝坝之于博斯腾湖，屋后的沙丘之于昆仑山，无论是规模和程度，都不具可比性。

大学毕业，他被分到一个诗刊社当诗歌编辑，据说有一种幸福就是把爱好当成工作。在 20 世纪 80 年代，他着实幸福了一把，全国不少报刊都可见他的诗作，一些校园诗社和地下诗刊，把他拉来当旗帜，那红火劲儿，早超过了当年的香港诗人。可有一天，他忽然消失在众人的视野，诗歌的天空每天有多少颗流星陨落，实在没人细数并记录在案，只有朋友们偶尔提及，皆叹可惜了。等再见到他，他已是西装革履，手里拎着一只密码箱，开口闭口间夹杂着几句时髦的粤语，据传他去了周边的独联体国家，倒了几批钢材，然后又杀向广州，捣弄起电子产品，总之他一下子变得有钱了。有些人永远走在时代的前列，文学时髦、诗歌吃香的时候，他们是作家、诗人，全民下海，金钱当道之时，他们又是老板大款，这个世道总有些无所不能的人，引领大众社会的价值取向，他无疑是其中的佼佼者。忽然有一天，他得了一种怪病，开始的症状也是腰背痛，与腰椎间盘突出症颇为接近，为此我与他还交流过，还打趣说：凡腰痛的人都会被人怀疑那方面弄得太多了，以后可得悠着点啊！万不可图一时之欢而自毁长城。他听后倒没反驳什么，只是无奈地摇了摇头，目光很是复杂。

不久，就传出他得的是骨髓癌的消息，还去了北京 301 医院治疗。他在北京的一个同学挚友 C，当年也是大学文学社的骨干，颇有几分异术神通，在民间和社会甚至有些官道都被传扬得神乎其神，特别受到我国港台和东南亚一些巨富的追捧，据说李嘉诚也曾被其一语中的，俨然一代大师。同学 C 不但为他找了 301 医院最权威的医生，还煞有介事地告诉他：你会没事的，以你的造化，这只是此生的一道坎，过去就没事了。以后还有大事等着你去做，你要放宽心。你想没事就会没事的……

从北京回来后，他果然像换了一个人似的，看上去神清气爽，信心满满。谁说不是呢？像他这样相貌不凡之人，就是我等这般凡夫俗子也看得出是大富大贵之人，怎么会出意外呢？在我的这圈朋友里，就数他长得有福相：个头不高，年纪轻轻就挺个将军肚，戴一副金丝边的眼镜，反而不那么斯文，圆头方脸的，几乎没有脖子，大脑袋好像直接安在肩膀上，特别是耳朵顺溜而长，耳垂明丽而肥大，一本正经的时候，与青年时代的金日成颇似。

可是不到两个月，他又被送进医院。

他刚刚做了个大手术，脊柱靠近尾椎的地方被整个挖去一大块，为了止血，在创口处用一个足有一两公斤的沙袋镇住，可床单、被子还有他的病号服上，渗出的血迹随处可见，显然血没少流，看来他是吃了不少苦，背上长褥疮的地方散发着难闻的气味，也许输液太多，肌体已对药物排斥，漏液的地方一片一片的，像是土豆皮被磕破了一般，形成暗疮的褐色。

他趴在那里，真正地只有出气之声，没有进气之功，活像一只伤痕累累的巨蜥。他的白发苍苍的老母亲，定定地看着自己的儿子，她已经不知道该怎样表达此刻的心情，只是定定地看着儿子，目光浑浊而茫然，仿佛身边的一切都已不存在，她就像浸泡在巨大悲伤中的石头，已经不能简单用词语来描述她的神形，想一想，一位母亲面对儿子饱受折磨，眼睁睁地看着他衰竭下去而又无能为力会是怎样的状态？

他的妻子愈发苍白，那副细黑边的眼镜现在显得尤其大，几乎占了半张脸；单薄的身体看上去摇摇晃晃的，尖削的背胛在衣服里明显地支棱着，悲伤和心力交瘁就像一个小偷的手，已经将这个女人掏空了。她趴在丈夫的耳畔，大声地告诉他：黄毅来看你了！还有军成！你听到了吗？……哪怕对着一块岩石呼喊，也会得到一点微弱的回声，可是他没有一点反应，这让我们很不忍，劝她不要再喊了，对一个深度昏迷的人，不能有任何要求的，而我们没有意识到，这是她让我们与他作最后的道别，活人之间不可能有第二回的一次交流，它的弥足珍贵是日后才让我们意识到的。

眼下我能做的就是劝慰两个承受着巨大悲伤的人。告别她们我不知还能说些什么，走到门边，我忍不住回了一下头，我的目光投在他趴卧的身上，那一刻我清晰地看到一滴晶亮的液体，从他的眼角滑落下来……

两天以后，他离我们永远而去了。

我的脊柱虽然一直疼痛，但至今仍活着，活着真好。

2011年2月10日

乌市公园南街四壁斋

军营里的病人

在我的印象里，军医有着不少神奇的地方，常常令人肃然起敬。一方面是因为他们所受的专业训练，另一方面是战争的因素让他们成了非常时期具有非常手段的拯救者，再就是他们纪律的严明与医学的完美结合，使得这一票人既有白衣天使治病救人的大慈大悲，又有知行合一、不达目的誓不罢休的果决与能力，白大褂之下的军装，犹如冬雪覆盖之下的麦苗，偶尔露出的一丝苍翠，就能让人联想到未来的日子将是一个殷实而富足的日子，会有一个令人踏实的年份。

我是从医院的病床上被人直接送到一所军营的。这是一个以旅为建制的军营，它的卫生所在社会上比这个部队本身还有些名气，原因就是卫生所原所长将祖传的治疗腰颈椎病的秘方带到了部队，并暗暗下功夫，焚膏继晷、悬梁锥刺，其刻苦精神差点就赶上研制"两弹一星"的科学家了，通过自己摸索，在学习西医理论的基础上推陈出新、不断完善，最终配制出独家秘制的良药，还总结出自己的一套医治方法，关键是能能人所不能，效果显著，求医者口口相传，日子久了，就多少有些神乎其神。

而据说真正让所长出了大名的是一次特殊的治疗，有位北京来的将军千里迢迢到部队视察，舟车颠沛、鞍马劳顿，不慎多年的老毛病椎间盘突出症又犯了，而且一下子就达到了深度疼痛，将军动弹不得，涔涔冷汗从他如雪的两鬓淌下，将军咬紧牙关，硬是让咀嚼肌在腮边鼓出两个有棱有角的块状。陪同视察的部队领导可慌了神，一时不知该怎么应对，还是底下的一名小干事反应快，悄悄报告领导这个旅卫生所的所长可以治这种病，首长听罢大喜，可转念一想，不对呀，将军的病在北京多家有名的医院包括301医院都看过了，那么多那么著名的专家尚不敢包治，你一个小小的卫生所所长有多大的能耐？再说了，如果期间出了什么问题，哪怕小小的问题，那都是吃不了要兜着走的。首长犹豫了，可将军疼得连呼吸都变了，脸色由蜡黄转为惨白，首长一咬牙，像决定一场重大战役一般，他俯下身向躺在病床上的将军报告了情况，没想到将军连一秒钟都没犹豫，点了一下头示意赶紧叫人来。所长果真不负众望，很快就止住了让将军几乎把持不住的疼痛，虽然在用针的时候手控制不住地抖个不停，但最终还是找准穴位，让将军又露出了习惯性的威严，也有人说要不是在关键的时候首长在所长的肩头暗地里狠捏了一把，所长无论如何是停不住手的颤抖的。大约十天之后，将军虽没痊愈，可已经能够下地活动了。

　　我住进这个卫生所的时候，所长已经不在这里，据说被将军直接带去了北京，按说所长是这个卫生所的灵魂，所长不在此行医，怎么还会有那么多病人呢？原来所长人是去了北京，可他秘制的良药源源不断地被寄回，他的继任者依法照样可以继，只是像我辈这样忠实的病人再也无缘接受所长亲手的诊治了。

　　这是一所典型的军营，高大的围墙围拢一个密闭的"口"字形空间，大门口有荷枪实弹的士兵把守，进出必须持证件登记，哪像我先前治病的医院，闹哄哄的人进人出，仿佛是南疆的某一个巴扎，充满了人间世俗的喧嚣，随时来探望我的朋友呼三喝四的，都表现得挺兴奋，好像看到我躺倒是一件值得弹冠相庆的事，往往欢声笑语多于嘘痛问伤，调侃者更是大有人在，大家其乐融融的样

44

疼痛史

子，可能会淡化病痛带来的抑郁从而有助于治疗，更多的时候是探望者没说几句话，就撺掇我出去喝两杯，我在住院，怎么还能去喝酒呢？劝说者则似乎早有理论准备：你的腰椎病，表现在神经压迫性疼痛，痛则不通，酒乃百药之首，具有祛风通络之神效，经络一通，百病不在，怎么还会有痛呢？在这样的劝说下，我还能有什么充分拒绝的理由？而喝酒回来后的结果常常是医生无可奈何地摇摇头：椎间盘突出症是需要卧床静养休息的，你这院住得有水平，天天去喝酒，哪一天动弹不得了，你才会老实。我刚想用朋友的话应付医生几句，可看见医生一脸严肃，到嘴边的话遂咽了下去。也许真应验了医生的话，没多久我就真的有些动弹不得了，被人转院送进了这所军营。

现在可好了，一下子清净了许多。一来这里远在城郊，二来大门口有当兵的把守，出入哪有那般自由？忽然地静下来似乎还有些不太习惯，特别是每天的几次军号声，让人觉得既突兀又怪异，寂静中突然响起的号声尖厉而迅捷，它冰冷地刺入温暖的梦境，让一切暧昧的颜色顿时变得苍白一片，因此我觉得号声是有颜色的，起床号是惨白的，集合号是黄色的，冲锋号是红色的，下岗号是绿色的，而休息号就应该是黑色的。这是我无聊至极，在一遍遍被军号从各种睡梦中戳醒之后，蒙眬中对军号进行的颜色判断，它印证了那时我的心里感受。

除了军营的特殊氛围外，别的倒也没什么新奇的，尤其是治疗，在我看来显得过于简单了些。一大早一位高个子的军医来到我的病床前，简单问了一些病情，便伸手在我的腰间摁了那么两下，然后就撩起我的衣服又让我褪去睡裤，在我的后背、臀部和脚后跟唰唰几下分别扎上针，不多不少共六针，告诉我趴好别动，半个小时后来取针。

还是扎针，我不免有些失望。早饭后，大个子军医叮嘱我去治疗室治疗，还特地交代带上自己的枕头。早饭还没吃完，就看见三三两两的病友抱着枕头往治疗室走去，心中大为不解，难道治疗还要抢位子？等我晃晃悠悠去治疗室时，治疗床已占满了人，这是一间大概能一字排列二十张治疗床的房间，每张窄长的治疗床上都趴着一个人，无论男女都裸出一块后背，有的甚至敞露出了灿烂的小半个屁股。他们告诉我：你先回去吧，等我们这一拨治疗完了再来。

这是什么治疗？每个人的腰背都被敷上一块巴掌大小的黑褐色秘制药包，那黑褐色热气蒸腾的，像是火山喷发前的山峰，空气中弥漫着草药味和类似醋酸的腥味，而药包上面还镇以加热的仪器，仪器有一个遥控装置，可以任意设置时间，调控温度。

大约三个小时后护士喊我过去，这回不敢急慢，抱着枕头赶紧抢占位子，第二拨倒是没那么多人，可是我们的治疗进行到一半就开中午饭了，背上火烧火燎地煎熬，腹中咕噜噜叫个不停，那滋味可不怎么样，难怪都抢头一拨，这其中有奥妙啊！

当药包湿漉漉地敷在我的腰臀，加热器不断令其升温并冒出可以营造特殊氛围的热气，我的背上已一片肃穆且混乱，这种似是而非的感觉有点像气功或者针灸传导来的异样，心里的感受是最直接的。对这样的治疗我颇有疑虑，骨头都错位里面已长出新的东西了，光凭这药敷就能解决问题？趴着难受无聊，还不如找大个子军医问清这个法子的机理。大个子军医对我的质疑很是不屑，他说，以前有个病人，来这儿之前先去大医院拍了 CT 片子，在我们这儿治了三个月后，再到那家大医院拍一张片子，结果大医院的医生极为吃惊，背上根本没有伤痕，而脊柱上增生突出的东西却不见了，简直匪夷所思！是啊，骨头上已经存在的东西，怎会不翼而飞呢？大个子军医的回答简短而不容置疑：增生的东西被我们的药化掉了。

化掉了又怎样呢？

被人体吸收了。

我无可反驳。联想到先前闻到浓烈的醋酸，就断定这秘方里肯定有醋，就像吃鱼不小心被鱼刺卡了嗓子眼，喝点醋刺就变软了，至于能否把刺化掉就不得而知了。但是敷在背上的药，要渗进皮肤，越过脂肪，穿透肌肉最后才能抵达骨头，在病变的部位保有持续有效的药力，那得经过多么漫长的等待，与其说在药物的作用下改变一切，不如说是在时间的浸泡下完成对一段历史的复原。

趴着，我必须趴着，想象能化掉顽疾的猛药正突破所有的障碍，一步步抵达病灶，心情便格外不同起来，趴卧的姿势犹如一个士兵，潜伏于杂草丛中，耐心等待着敌人的到来，而伏击者大多在忘情中遽然跃起，一击致命。

半个月之后，脊柱的疼痛果然似有减轻，原先骨头间生硬的摩擦变得柔和了许多。每天除了扎针与敷药，还有一项重要的任务就是倒着走路，据说这样有助于增强腰背肌肉的力度，脊柱有了强健肌肉的包裹与保护，才不至于动辄出轨。

于是，每天下午，平阔的大操场上，当士兵们列队齐整，练习向左转、向右转或正步走时，操场的另一头总有那么几个歪歪斜斜的身影，背冲着前方盲目地走着，虽然没有士兵们的刚猛与铿锵，但那份执着与坚持也足以令人肃然起敬。

2011 年 11 月 3 日

乌市公园南街四壁斋

永久寂静

母亲来电话，声音似比以往细弱些，说要给我送午饭。我赶紧说不用了，这个小医院伙食挺好的，千万千万别来！

我不想让母亲来主要是不想让她看到我现在的模样，让一个母亲干什么都行，就是不要让她知道她的孩子出了状况，特别是不能让她看到我头发凌乱、胡子拉碴一副颓丧的狼狈样子，母亲一向是一个很要强的人，她常对我们说，不管遇到什么，一个人的心劲儿不能丢，心劲儿没了，人就废了。一段时间来三番五次的椎间盘病发，搞到我颓丧之极，身心皆备受摧残，不说万念俱灰吧，至少对先前认为颇为重要的一些事，忽然变得无所谓了，不愿意多想也不愿意深想，疼痛把我悬浮在半空，晃晃悠悠的，任凭什么风都可以把我吹到任何地方。

这种状态，怎么好让母亲目睹呢？况且我住的这家小医院位于城乡接合部，母亲到这儿需倒两次车，平时经常搞不清道儿的母亲，总是错把面貌差不多的街道混淆，比如明明是去医院，转了半天却在她认定的地方找到了菜市场。我怎么放心让母亲独自前来？七十多岁的老太太，出门本来就挺让人不放心的，而她还要提着瓶瓶罐罐的热菜热饭上下公共汽车，我心何忍？

可是到了快中午，护士到治疗室告诉我一个找我的老太太在病

疼痛史

房等我。我心一咯噔，知道等我的是母亲，这老太太，不是说了不要来吗？与其说我在心里怨她，不如说我的心隐隐在疼。

推开病房门，只见母亲斜倚在病床的被子上睡着了，手中还攥着提饭菜的蓝花布兜。听到声响，母亲猛地坐直了身体，她的表情很奇怪，好像没明白怎么会在这里睡着呢。我想也许是天气太热，母亲太累的缘故。

母亲催我趁热赶紧吃。从保温瓶里倒出的汤还飘漾着热气，母亲说腰痛肯定是缺钙了，天还没亮她就去菜市场买了牛骨头，这汤炖了一上午，好好补补。我听母亲今天说话的语速较以往慢了不少，底气似乎也不太足，再看她的脸，好像昨晚没休息好，灰灰的一层少有光泽，泛白的嘴唇爆着细碎的皮。我不禁担心地问，是不是不舒服？这两天去医院检查一下。母亲笑望着我，你好好养病吧，我没事的，可能是你爸爸这几天血糖有点高，我没休息好……

母亲从医院走后，我的心里有种不踏实的怪怪的感觉。临出门，母亲对我说还想吃什么，过两天她再送来。我不知怎么作答，嗓子眼堵堵的，只能望着母亲蹒跚地走向楼梯口，蓝花布兜在她手上一晃一晃的，像是枝头最后一片秋叶。

几天以后的一个傍晚，明晃晃的天空忽然暗了下来，立秋后的空气还弥散着夏季的气息，大滴大滴的雨即刻就将一种属于秋的凉意传递开来。忽然一道明亮的闪电遽然斜刺里拉下，而紧接着一声撼天动地的大雷在我病房的屋顶炸响，我听到护士的一声尖叫，手中的托盘连同上面的药片、注射器之类乒乓跌落一地的乱响。就在那一刻，我不知什么原因猛然想到了母亲，而且真切地感觉到发生了什么事。

果然，第二天接到二哥的电话，告知母亲昨天在医院检查身体，被查出患直肠癌，明天还要做进一步检查，看癌症有没有转移。并告诫我，母亲还不知道自己得了什么病，要我暂时不要说破。

我怔怔地呆住了，二哥何时挂断电话我都不知道，直到听筒里传来嘟嘟的忙音，我才放下电话，而我早已泪流满面。我赶紧艰难地爬下床，扶着墙去医生办公室，咨询一下有什么好的救治方法。也许是医生为了宽我的心，他说得有些轻描淡写，在他看来直肠癌并不是什么不治之症，只要发现得早，将癌变的那一截肠子切了，就不会有大碍。而且还搬出现代医学科学的发展状况，言下之意是要我明白，对付这样的病也是小菜一碟。

我将信将疑地回到病房，心中祈祷着明天母亲的复检结果是癌症早期。一夜东想西想地难以成眠，恨不能冲到人民医院，陪母亲去看病。

等待的不确定，犹是季节的无常，等来好的消息，是忽如一夜春风，而坏消息，无疑就是秋风冷雨，在这种不确定中，等待的人是一棵不知道该开花还是该落叶的树。

我等来了坏消息。所有美好的祈愿都被枝枝叶叶地劈落一地，母亲虽然才被查出病状，但癌已转移至肝脏和肺部。我不禁在电话里质问二哥，怎么不早一点带母亲去检查？二哥说之前妈也没什么大反应，偶尔腹泻，之后有些便血，妈还以为是痔疮犯了呢。

从混乱和悲怆中静下来，我赶紧打电话找朋友，询问是否有独门绝技或偏方治疗此病。很快就有了反馈，我的一位搞电视的朋友，据说有个中药方子，治了好几例癌症，他的夫人患肝癌，本来最多能活半年，靠着这个方子吃药，硬是活了两年多，至今还健在。我似乎一下子抓住了一根稻草，不管它是否是真的，凭着它，我浮出内心的黑暗，喘了一口气。

曾给我治过腰椎间盘病的某医院前中医科主任，是一位资深的针灸专家，据说她的针灸医术高深莫测，治愈过不少疑难杂症，前一阶段一直在国外游医，还为哈萨克斯坦的总统展示过针灸的绝技。针灸专家明确告诉我，在吃药的前提下，用针灸作为辅助治疗，是有希望治愈的。

我也顾不得腰椎间盘的疼痛了，找了个朋友的车就拉着母亲直奔针灸专家的家。专家给母亲号了号脉，又让母亲伸出舌头看了看，舌头灰白且粗糙，上面还附有一层苔，问了一些问题，母亲的回答含含混混的。专家就拿出她的绝门密器——一包长短粗细不一的银针，还有几根指头粗细的艾条，沿着穴位，麻利地一溜排开了扎下去，仿佛是个插秧能手。我看母亲的表情很是不堪，每一针下去，她的眉头都微微紧一下，特别是在捻针的时候，我看见母亲的牙都咬在了下唇上。一会儿艾灸时，母亲就有些犯迷糊了，嘴里还喃喃地低语：疼、疼。我不知是病魔又侵扰来了，还是那针的刺痛所致。

艾灸温热而苦涩的气息愈来愈浓烈，慢慢就有些辣眼睛，母亲剧烈地咳嗽起来，我想开窗子，针灸专家制止了，她轻声说现在病人的穴位都打开了，不能受一点风。母亲这时也醒了过来，不知是使劲咳的还是屋里太过憋闷，母亲的脸上竟然出现了一点点红来。

治疗毕，母亲显得精神了许多，针灸专家拿出半个西瓜让大家吃，特意切了一块小的给母亲，母亲犹豫了一下还是接在手里，专家宽慰她："没事的，今天第一次治疗，效果肯定明显，吃一块瓜给我看看。"

母亲这次病后，一直忌生、冷、辛辣之物，也许是专家的治疗有了奇效，或者是别的原因，母亲竟一口气吃完了那一块西瓜，专家很是高兴，连连称有效果有效果。

这是我最后一次看到母亲完整地吃下一块西瓜。

而之后母亲的状况并未有大的起色。姐姐每天送母亲去专家那里扎针，姐姐告诉我，母亲嫌每天打的来去太花钱，以坐小汽车头容易晕为由，坚决要坐公交车，否则拒绝治疗，无奈之下，姐姐只好陪母亲去挤公共汽车，那时母亲已非常虚弱，几乎上不了楼梯，必须要有人搀着才行，我不敢想象母亲是怎样上下公共汽车的，而有时为了等车，还要在11月的寒风中站立半个多小时，母亲是如何挨过来的？

母亲再次被送进了医院。接受每一个癌症病人必需的治疗：化疗。

母亲好像对化疗一无所知，也许是医生有意把化疗说成是热疗，每次治疗回来她都说太难受了，热得不行。可她每次又希望治疗时能更热一些，按母亲的理解，既然是热疗，这热力就能够杀死病菌。

母亲开始掉头发，一把一把的，很快头皮上就稀疏了；人也开始浮肿起来，手背上拿指头按下去，下陷的深窝半天恢复不起来。

有个医生朋友悄悄告诉我们，别让老人家在医院受罪了，化疗不会有好结果，它能杀死癌细胞，也能破坏人的免疫系统。他建议让老人回家去，搞不好还能多活一些时日。

自从接受化疗以来，母亲几乎就水米不进了。前一阶段没有任何胃口的母亲，提出想吃玉米面糊糊，姐姐赶紧煮了一锅，结果母亲连一小碗都吃不下，往往是几小调羹后她就开始摇头不想再吃，我们家有四个孩子，我是最小的，平时母亲最宠爱我，母亲也最听我的劝，看到母亲不愿喝中药，不愿吃东西，哥姐们都会让我劝母亲多吃点，哪怕多一口，而此刻我觉得我是多么笨拙，竟然没办法让母亲顺顺溜溜吃下一小碗饭。

20世纪七八十年代，我们在南疆生活，那时我们家孩子多，虽然还没有到食不果腹的地步，但玉米面也得匀着吃，缺油少肉的，每天至少一顿的玉米粥就咸菜，常常让人胃里反酸，以至于多少年以后，只要一提起玉米糊糊就会让我们条件反射地犯怵，可母亲怎么会在这种情况下想起吃玉米糊糊呢？她是否忆及了那时的艰难以及艰难带给人的坚韧和不屈？她是否想通过唤醒味蕾的记忆重回青春的健康？抑或就是想在怀旧的老滋味里沉湎下去？总之，在物质条件无比丰富，想吃什么几乎都不成问题的今天，母亲偏偏选择了让我们犯怵的玉米糊糊，那盛在碗里不稀不稠的金灿灿的一坨，竟是母亲此生最后的食粮。

几天以后，母亲开始肝腹水，腹肚鼓胀起来，她偶尔会陷入半昏睡状态，但剧烈的疼痛常常迫出昏睡中的呻唤，而此时母亲也已经不能下咽任何食物。听说这种状况下最有效的药是人血白蛋白，而又听说因为人血采集的种种原因，这种药已停止生产。好在一个在医院工作的朋友知道哪里可以搞到，于是，在一位医院管理员的手中花高价弄来几支救命的药。

按惯例，元旦我们家人都会汇聚在父母家里，这个元旦当然也不例外，只是全家人再没有往日的欢笑。晚饭还是摆上了一大桌，在飘漾着饭菜的香气中，大家还是围坐在一张桌子上，母亲也被扶了上来，她勉强抬眼看了一眼，夹在她面前的菜，母亲没有动一下，二哥拍了几张有母亲在场的照片，母亲就又被扶到床上去了。

一个星期后的1月8日，是一个飘着零星雪花的周末，大家似乎都预感到了什么，早早都赶来了。母亲躺在床上已气若游丝，其实准确地说只能听到她呼气之声，而难闻进气之音，因为不进水米，只靠人血白蛋白维持，黄疸弥漫的全身，脱落出一层层银白的皮屑，就像四下里飘零的雪花。

父亲看到母亲的状况，催大哥赶紧联系急救中心，而我知道，母亲可能挨不过去了，静静的屋子里，只有母亲干涩的嗓子随呼吸发出嘎哑的声音，那声音就像指甲在生锈的铁板上抠出来的，让人揪心而难忍。我找了一根吸管，在水杯里吸了一点水，滴进她大张的干裂的嘴，很快，嘎哑声就弱了下来，这几滴水，干净而温和的水，犹如泪滴的水，是我为母亲最后的供奉，而我也没想到这是我为母亲做的最后一件事。

几分钟以后，沉沉昏睡的母亲忽然有了动静，所有人都围了上去，定定地看着母亲，母亲一下子睁开了眼，像是一个从睡梦中猛然醒来的孩子，一时搞不清自己身在何处，她环视了一圈，目光轻柔地拂过每一个人，最后落在我的脸上，她的目光遽然亮了许多，就像一盏即将熄灭的灯，最后总会发出超乎寻常的光亮，在母亲的目光亮到极致的时候，那光亮倏地撤退了，在最短的时间里彻底离开了母亲的眼睛，而伴随着那道光亮的离去，母亲也发出了一声类似叹息的出气，但那要比叹息沉得多，深得多，仿佛是劳累一生的母亲，用这一声叹息把一生的悲苦都吐出了。

母亲永久地寂静了。

2011 年 12 月 25 日—2012 年 1 月 10 日
乌市公园南街四壁斋

酒　殇

一

酒能改变什么？

没有人见过一滴酒是如何闯入人的身体的。我们只能想象一滴莹洁的液体，走进焦渴的唇舌，在暗礁密布的味蕾留下沉船般的刺激，又迅速翻过咽喉的鬼门关，缘着盘根错节的九曲回肠，在黑暗中一步步抵达，它要抵达何处？丹田因为那一滴酒开始灼烫，心脏也因此铿锵有力，而呆滞的大脑快速运转起来，显得无比亢奋与灵活，原本在黑暗中找寻光明的一滴酒，却倏地点亮了眼睛。

就是这样一滴酒，沉重如巨石，击碎了一切敢于藐视时间的头颅；还是这样一滴酒，轻盈如羚羊，一抬脚便穿越了所有的大光阴。在一滴酒的覆盖之下，历史从来没有清醒过，而步履跟跄的历史却意外获得了解脱，对于古旧的编年史而言，一滴酒的光泽是如此年轻而芒焰四射，它以不可理喻的蛮横轻易就涤荡了一切条条框框，所有既定的秩序在酒的面前都显得那么不堪一击。

1162年成吉思汗出生。少年成吉思汗已开始跟随父亲也速该四处征战，之前和塔塔尔人打了一百三十一次仗均为平手，直到第一百三十二次，也速该擒获了他们的首领，获得了最后的胜利。也速该的部落从此声名鹊起，威震草原。正是这个时候，被胜利的喜悦弄得醺醺然的也速该，没有提防也没有料到被他打败的敌人会在他的酒里下毒。在崇尚血亲复仇的草原，为了复仇采取什么手段都不为过，况且让酒参与这个阴谋也绝不会败坏谁的名声，当少年成吉思汗看到酒碗被尊敬的父亲端起，那些波光潋滟的酒液不可阻遏地缘着他大张的嘴顺流而下，有那么几滴不愿随波逐流地晶亮亮地攀附在他黑森森的髭须上，仿若牧草上的晨露，动人之极。而很快少年成吉思汗看到那些刚刚被父亲送进大嘴的酒液，又以更加迅猛的势头和速度被喷射出来，但被喷射出的不光是酒液还混合了血，那是鲜艳而灼烫的液体，在离开人的身体之后，就突然绽开了，好像节日的夜空五彩缤纷的礼花。

　　我想那时的成吉思汗肯定没见过礼花，但肯定在那一刻他有过类似的联想，成吉思汗第一次发现酒是如此地不可思议，这个被人制造出来的东西，却有着让人难以捉摸和驾驭的本性，酒是那样地复杂，它可以让一个无赖变得理直气壮，让一个懦弱胆小的人变得有恃无恐，让一个草包变成英雄，让一个木讷的人变成雄辩家。酒可以把想象的一切当成现实，酒夸张了眼睛，酒毫不费力地就把人内心深藏的反叛揪了出来，不管你平日表现得何等谦卑；酒是为了唤醒还是昏聩？酒也许可以让清醒者昏聩，让昏聩者更加昏聩，但我们始终坚信酒可以唤醒沉睡的失落，酒就是击碎一切的战斧，从来没有听说过哪个人征服了酒，只知道多少豪杰被酒打得满地找牙。也是从那一刻起，出于对酒的崇敬与恐惧，这个未来的征服者，盯着酒碗里那个犹疑不决的面庞，良久，才忽然悟出，一切重大的事情都会有酒加入进来，酒也会让所有重大的事情变得不可思议，蒙古人的一生从此将与酒有着纠结不清的瓜葛。

　　成吉思汗的帝国安置在一个宗教的基础上，蒙古人认为大汗就是腾格里，是神化了的或天神分化出来的，犹如中国历代的皇帝被认为是天子，腾格里就是大地上的代表，而成吉思汗对长生天有着一种特别的虔敬，当年他逃脱抢夺他妻子孛儿帖的蔑儿乞人的追赶，避难于不儿罕合勒敦山，他认为这个庇佑他的神就在鄂嫩河源。那次大难不死之后不久，成吉思汗就专程前往不儿罕合勒敦山朝拜。他以蒙古人的方式，脱掉皮毛蓬松的帽子，解下缠在腰间的腰带搭在肩膀上之后，开始跪拜，那是要进行九次的跪拜，他坚实如山一般的膝头触地有声，而之后将马奶子酒，一种属于游牧人的酒，用手播洒出去，就像一个农民在春天播撒种子。那些酒的颗粒，细密而圆润，在阳光中熠熠发光，弥散出的纯洌酒香随风飘向远方，在这种酒香的笼罩下，飘扬的旄帜愈发峥嵘，上升的桑烟愈发袅袅，连小草都愈发苍翠。

在以后的时日，在对中原发起进攻和对遥远的西方发动征伐前，成吉思汗都如是用同一种哀求的姿态把腰带搭在肩膀上，把酒播洒在脚下，只有他知道，那些被播洒出去的酒，将会带着他的意志游走世界，就像那些矮种的蒙古马一样，所到之处，必将玉石俱焚。

写作《草原帝国》的法国人勒尼·格鲁赛在他的著作中是这样描述蒙古骑兵的："每个人的进攻武器包括有两张弓，两个箭筒，一把弯刀，一把手斧，一根悬挂在马鞍上的铁棒，一支带有铁钩作拉人下马用的长矛，骑兵们还有一条马鬃制成而系有活结的绳子。"格鲁赛的描述可谓细致入微，但他还是把重要的一点遗漏了，那就是悬在他们腰间的牛皮酒囊和绑系在鞍鞯的另一个牛皮口袋，里面是肉干和奶渣制成的奶疙瘩。正是仗着这些原料的补给，蒙古骑兵才能保持旺盛的膂力和凶猛的进攻。

蒙古大军其实是一支迟缓的部队，当然除了它的骠骑兵发起突袭的一瞬间，其他时候整个队伍逶迤于苍黄的天地间，如果从一只在天空旋翔的鹰鹫的视野远远望去，他们的确如搬家的蚂蚁，拉着辎重的勒勒车，妻儿放肆地嬉闹，羊牛和马组成的畜群，踢荡起冲天的黄尘，这支被烟滂裹挟的队伍是在马背上完成一切的，甚至包括酿酒。

有着庞大的畜群跟随征战，自然不要指望多么神速，好在蒙古人有的是时间，完成对一座城池的包围需要足够的耐心和韧性，对他们来说，不存在错过了春种秋收之类的节气，把一座城市包围住，就如同把肉焖进了铁锅里，你只需慢慢添火再就是耐心等待，看着血红的肉块颜色渐渐变浅，油脂漂浮在汤水的表面，最后骨肉分离，成为一锅香气四溢的好肉。

而且，他们从来不担心粮草的供给，庞大的畜群就是最可靠的后勤保障，有的是新鲜的肉，有的是甘醇的乳，只要母畜还在发情，只要幼畜不断诞生，就会有源源不断的补给。那些喝不完的鲜奶，被制成奶酪和奶疙瘩之类的东西，再有就是酿制成奶酒，这是属于游牧人的酒，那些等待发酵的酒液被盛装在牛皮口袋中，悬于马的鞍鞯上，当战马疾速奔袭时，酒液也在一刻不停地搏跳激荡，仿佛是身体之外的另一个心脏，这是最好的拌匀不致沉淀的方法，酒在什么时候酵熟的几乎谁也不知道，也许是在战马高高跃起砍下敌酋首级的那一刻，也许是马的前胸叉子遽然中箭轰然仆地的那一瞬，总之，行军或激战中随便酵熟的酒，比平日休整或刻意酿制的酒要醇厚，更有力道；他们坚信，只要刀剑的碰撞声和对手的哀号声进入了酒囊，这酒便有了魔力，只要一口下去，再尿包的人都会变成骁勇善战的铁汉。

被同一种酒唤醒的同一草原的儿子，背负着共同命运，在同样的内陆高原的气候下，经受着相同的磨砺，他们便出落得惊人地相似：身材短硕，骨骼坚硬，丰厚的肩幅，短粗的脖子上是硕大的脑袋，直上直下的几乎没有什么过渡，而脸是方形的，颧骨突出，这种人的身体望之便潜藏着一种不可思议的耐受力；就连蒙古马也与他们有几分接近：也是矮小、短粗，结实的颈项，肌肉发达的小腿，鬃毛短而密实，极端抗寒，对水草不讲究，且非常节制，四蹄有力稳妥，如果从漂亮的角度看也许少了几分马的俊逸，但它的坚韧和长于远距离奔袭，是世界上任何马匹都无法望其项背的。

游牧的草原历来有它的法则，一向保持着原始的平等古风，饮酒便是极推崇平等的事，大碗的酒，大块的肉，再加之由酒肉催生出来的长调牧歌和即兴的笑话，构成了草原独有的社会，谁都可以喝酒，谁都可以讲笑话，不必有什么理由，也不用看谁的脸色，尊卑与身份退居在后，谁的酒喝得霸气，谁的笑话讲得精彩，谁就是王；酒具有冰释前嫌，化解不合的神奇力量，在多少都有些血亲关系的草原部族，人与人之间的龃龉猜忌不能靠暴力解决，只能用酒来摆平，不管心中的块垒有多大，酒是分解剂，几杯酒下肚，坚冰消融；也不管成见有多深，酒是黏合剂，其弥合之力远远超出了我们的想象，不似农耕民族几千年形成的官本位文化，即使在喝酒这样的欢场，也有等级的鸿沟，儒家的礼教更是在人与人之间安插了严格的行为准则，在酒场上被消灭的平等，更不要指望在其他地方找到。

游牧社会更推崇个人奋斗，总是鼓励人拔尖出众，一切从自我出发，千方百计开掘出自身的潜力，就如同用酒去唤醒一般，个人的荣誉高于生命，活着的最高境界就是在群体中创造荣誉，而取得荣誉的最佳途径就是杀敌取胜，割下敌人的头颅，制成饮酒的器皿是何等的豪迈之举，少女的目光总是会被这样的勇士牢牢吸引，一个草原上的真汉子的故事，是和酒一样长久流传在酒碗之间的。

在漫长的中世纪，短腿的蒙古马鞍鞯上悬挂着随时可能酵熟的酒浆，从黄河畔出发，向着乌浒河、莫斯科河以及多瑙河进发，向着北京、大不里士、布达佩斯和基辅的辉煌宫阙金顶飞驰。

旅游是消灭一切历史文化意味最有效的方式之一。喀纳斯成为旅游目的地之后，这个中国图瓦人唯一的聚居地最后的一点神秘感便随之彻底消失了。

在喀纳斯湖边生活的图瓦人不超过三千人，这是在中国境内他们的全部。关于他们的由来，一向有多种说法，最靠谱的是他们是成吉思汗西征时由老弱及伤残者组成的遗部，在原始森林中薪火不灭，一直生息至今。

从公元1219年成吉思汗把上帝的鞭子指向花剌子模起，成吉思汗便开始了六跨金山（阿尔泰山），率领蒙古铁骑席卷欧亚。

在距图瓦人居住地不远的阿勒泰清河县，有一个著名的地方叫卡增大坂，大坂上留下的成吉思汗大道至今仍清晰可辨，宽度在十余米的大道蜿蜒在巨大的群山之中，虽然不免显得有些纤细，但这可是四十匹战马拉着成吉思汗的金帐通过的地方，几十万的铁流轰隆隆地自大坂上奔流而下，黄色的浪头直逼遥远的西方。

让你不可想象的是，那些个穿着松松垮垮的蒙古袍子，会用一种叫芒勒达克的草梗制成"楚尔"，吹奏出幽幽怨怨的笛声，整天跟在牲畜的屁股后面无所事事，对自酿的奶酒沉迷不能自拔的牧民，其先辈就是那些弯刀冷月、铁血生猛的蒙古骑兵，就是"野蛮人的亚历山大"成吉思汗的后裔。

但凡去过喀纳斯禾木村的人，都不免会产生遁世的念头。小村宁静而恬然，狗的吠声似有似无，牛突兀的一声响屁，可能会迢递到另一个山谷；那些欧洲别墅一般的尖顶木屋，是真正的实木所建，云岭雪杉或者西伯利亚红松被整棵地用来当墙体，树皮的颜色在时间的浸泡中，有了一种类似包浆的晦暗光泽，但很沉的松香味你要仔细去体味才能嗅到，其实这种气味一直弥散在房屋中，就像这些家族虽然有老者故去，但他们的气息始终留存在这些木屋里，孩孙们在思念他们的时候，这气息便从木屋寂静的角落和缝隙悄然扩散出，思念愈甚，气息愈重。

在这些木屋中，还有一种味道是用不着仔细分辨，就能立刻准确捕捉到的，那是奶酒略带一点酸性的酒香味儿，这味儿可能来自发酵牛奶马奶的皮桶，为了让发酵更充分，一根胳膊粗细的木棍在皮桶里上下捣动，轰轰隆隆的声响中，白色的泡沫膨大了又爆裂，那生酒的气味便四散开来，所有人都会想象即将酿成的新酒是何种滋味，而不由自主地深深吸进一口气；这味儿也许来自热气蒸腾的蒸酒锅，这肯定是每个家中最大的一口铁锅，酿好的奶酒还需要蒸馏，浑浊的发酵酸奶在木材火上滚沸，大铁锅上覆一只木制的仿佛是南方斗笠一般的锅盖，煮酒的主妇要不停地向这"斗笠"外浇泼凉水，当炽烫的酒蒸气遇冷便会凝成酒滴，缘着大角度倾斜的"斗笠"汇流到一根小木管里，然后便如岩壁上下坠的渗泉，叮咚、叮咚地滑落进盛酒的大瓮中，半天下来，竟有了几公斤热腾腾香气四溢的酒液；这味儿兴许来自炕桌上已经喝了半碗的新鲜奶酒，这不是在战场和马的鞍鞯上用激烈和血腥催熟的酒，而是在耐心中用等待的平静去完成，它必然少了些大起大伏的意外，少了些直透胸肺的生猛，而有的是既定的熟稔，一如既往的平和与醇厚。

　　生活在禾木，是不必为生计太费心思的。这里林深草密，自然条件十分优越，图瓦人甚至懒得去养羊，只养一些牛呵马呵的大畜，早晨轰到林子里，晚上再吆回来就行了，既省事又简单，不像放羊那样人得始终跟着它，为它选择丰茂的草地，还要陪它东走西走，照顾它的情绪，保卫它的安全，不像是人放羊，倒是像羊在牧人，所有的自由全让羊占去了，羊左右着每天美好的时光，哪还有大把大把的闲暇时间用来喝酒？

　　图瓦人每家都酿酒，自然每家的酒滋味各有不同，或浓或淡，或甜或酸，全凭用心的程度来决定，当然，也要看有多少耐心，那些急性子的人往往等不到牛奶酵熟就加火上锅，这样的酒毫无疑问是寡淡少味的，而那些沉得住气，太追求完美的人，常常又发酵过了头，酒不发酸才算怪，只有那些时间分寸把握得恰如其分的人，酿出的酒才会甘醇味厚，从某种意义上说，这是时间的艺术，对时间的把控其实影响到很多事物的发展，甚至命运。

酒是必不可少的。图瓦人无论男女亦无论老幼对酒皆表现出由衷的热爱，牛奶酒的口感温和，却有较强的欺骗性，平常的一个人喝它几大碗或半壶一壶的似乎不在话下，但只消一会儿工夫，酒劲就会从头往下走，而不像别的酒是从底下往头上蹿，在脑子还算清醒的时候，腿却软得不行，根本站不起来，特别是男人，所有的腿都废了，因此这里的出生率较低也就不足为怪了，截至目前，在整个喀纳斯地区图瓦人仅有两千余人。

在禾木经常会看到这样一幅画面：一个老男人，歪斜着身子，半倚半靠在院子的木栅栏上，头舒适而自然地低垂着，脸上可能还有幸福的笑，只是这笑怪怪的，定格在那里再不会变化，像是戴了一个笑脸的面具；只是双目闭合，鼾声起伏，全然不理会周遭的一切，犬吠马嘶、牛哞人语、蓝天白云、丽日彩虹与之何干？一具沉湎于奶酒中的肉体，是对精神的放任，还是对自我的肯定？此刻，无一例外呈现出时间停止的虚无状态，仿佛等他醒来的时候，时间才重新开始。

有这样一个故事，早几年布尔津县还属国家级贫困县，拨下来的扶贫款大多被牧民们买酒喝了，县上领导看到这样不行，再多的钱也不可能让他们脱贫，只有用这些钱搞项目，发展经济，才有可能让他们摆脱目前的现状，县领导找来乡镇和村里的干部，研究搞什么项目，议论了半天，最后得出的结论是：办酒厂。

他们的理由很简单，人来到这个世界上，就要享受上天恩赐的一切，享受天地的循环带来的恩惠，长生天让大地长满牧草，就是为了让牛马牲畜有口粮，有了口粮就会有牛奶马奶，有了牛奶马奶就会有奶酒，有了奶酒人才会高兴，人一高兴，这个世界才有意思，否则，不喝酒还有什么意思？还算什么活过？

想要做一个禾木人其实很简单，融入他们最有效的方法当然是喝酒。有个在喀纳斯地区工作了不少年头的朋友问我，如果在禾木遇到了狗的围攻，该如何应对？望着我一脸的茫然，他告诉我：你只要装出喝多的样子胡乱摇晃着身子走路，没有狗会去攻击你。

我将信将疑。一日，在禾木想早起去村子对面的山上拍日出，推开门便被一只狗发现了，它的一声叫唤便引来无数的回应，而立刻就有一群狗情绪亢奋地蹿上跳下地拦住我的去路，像是劫道剪径的响马，我不留下买路钱肯定是过不去。情急之下，我忽然想起那个朋友教我应对禾木群狗围攻的招法，不妨一试，我摇晃着身形，步履踉跄，嘴里嘟哝不清，乜着眼看它们，就像一个真正的醉汉，奇迹就在那一刻发生了，狗们的嗓门瞬间低了下来，那些亢奋劲儿也没了，甚至让开了一条道让我安全通过。我相信摇晃身形、步履踉跄是禾木乡的标志性步态，所有的狗都能看得懂，只要出现这种步态，狗几乎不加辨别就能断定咱是一个村的，自己人。

三

不断有研究者指出，曾经叱咤风云、挥斥方遒、称雄世界的蒙古人，脱胎换骨演变为而今温良和顺、不问世事、安于天命、与世无争的状态，仿佛又退回到草原民族原初的模样，原因是他们信奉了藏传佛教，所谓放下屠刀，立地成佛。格鲁赛在他的《草原帝国》中有这样的表述："佛教首先使他们变得温和仁慈，然后使他们昏睡，最后使他们无力作出本性的反应。"佛教中的平和处世、克己隐忍、不嗔不怒、取舍由己，以及对来生转世因果的重视，都影响了他们精神的发展，遏制了个性的张扬，劈腿从马背的极端上下来，盘坐在毡包或木屋平和的地毯上，其实不仅是生存方式的转变，更是一种命运的改变。就如在禾木的木屋里，佛龛的位置上既供奉有成吉思汗的画像，也供奉有班禅的画像，成吉思汗属于过去的马背，是用来缅怀的，而班禅则属于现在的内心，是用来接引来世的。

也有人认为，是酒使这样一个激情四射、豪气盖世的民族走向了它的另一面。酒和时间有着异曲同工之妙，在它们的浸泡下，所有坚硬东西的外表都开始一层层剥落，渐渐变小变软，最终只剩下面目全非的残骸；是酒本身的侵蚀作用，还是渴望激情的内心不断被消耗的结果？酒是回忆的大海，有多少酒，就有多少回忆的舟楫，无论是沉湎在以往的辉煌，还是沉湎于酒带来的回忆中，醒来都是巨大的虚空，是比虚空更大的绝望。

酒还是一种忘却解脱，一种暂时的乐而忘忧，一个完全清醒的人，在短时间内抵达忘乎所以的境地，是仗了酒的力量，但被遗忘的部分，最终还是要被记起的，只不过一次次的遗忘和一次次的被忆及，在酒的云山雾罩下，原本清晰的一切，渐渐就模糊了，原初的记忆与无数次酒后的记忆，肯定已不能叠合，不是被缩小，就是被夸大，一个被酒重新酿造的神话，只能在一个酒碗和另一个酒碗之间流传；而我始终认为酒的终极目标是唤醒，每个人的内心深处都沉睡着另外一个自己，是将天使的善良和野兽的狰狞集于一身的怪物，它隐藏得巧妙，天衣无缝，拒绝任何形式的诱惑，只有在酒的面前它才会渐渐苏醒，伸一伸懒腰，打一个哈欠，环顾左右，然后突然爆发：最伟大的理想，最宏伟的抱负，最不敢想的事，最大胆的奇思妙想在那一刻统统喷薄而出；最大的口气，最硬的话，最解气的詈骂，最刻薄的羞辱，最豪爽的承诺，最义气的决定，最不可思议的举动也在那一刻以摧枯拉朽之势雪崩。

酒的本质是唤醒，是作用于深层的催化剂，每一个人都需要不断地被唤醒，每一个民族也需要被不断地唤醒，但奇怪的是我们只见过在酒中跟跄打绊的人，却从未见过一个在酒中奋起的民族。

在酒中可以认清一个人，在酒中同样也可以看清一个民族。

我已记不清与巴登·苏荣是怎么认识的。巴登是我认识的蒙古人中最帅气的一个，一米八几的个子，一头略带蜷曲的长发，圆圆的脸盘像个发光体，灿烂而柔和，稍有些弯曲的眼睛，仿佛永远在笑。

巴登是在博尔塔拉蒙古自治州的一个牧区长大的孩子，其家族流淌的是察哈尔蒙古的血液，察哈尔之前身，在早期就是成吉思汗的护卫军，它是一支特殊的武装集团，这支一万人的护卫军组织是从万户、千户、百户各级那颜等大小贵族子弟中择优挑选混合而成的。在蒙古众多的部落里，是唯一由非血缘关系组成的特殊集团，在蒙古历史上，不论是在蒙古帝国时期还是在北元时期，都立下了不朽的历史功勋，他们平时是大汗金帐的护卫军，战时为彪悍神勇的精锐部队，是成吉思汗赖以维持其统治的支柱，是成吉思汗"黄金家族"的坚实基石，在17世纪初的史书和流传于鄂尔多斯的关于成吉思汗的祭词中都盛赞察哈尔部是"利剑之锋刃""盔甲之侧面"。18世纪60年代清廷为确保西部边陲不落入俄国人之手，从今张家口、热河（原察哈尔省）一带的察哈尔兵营中选派两批骁勇的八旗官兵，携眷到伊犁、博尔塔拉、塔城一带屯垦守边，迄今已有二百三十多年历史。

这个察哈尔的后人，天生乐观而骄傲。那个时候全国都流行一首草原的歌曲《草原上升起不落的太阳》，巴登一直把"不落"当成了"博乐"，"博乐"是博尔塔拉蒙古自治州的州府，因此他很骄傲，全中国的太阳都是从博乐升起的，博乐一定名气不小，当他十八岁考上中央民族学院，同学们相互介绍，问他是新疆哪个地方的人时，他自豪地仰着脖子，"博乐"，"博乐呀！"看见同学们都没什么反应，他有些愤怒了："就是《草原上升起博乐的太阳》那首歌里唱的博乐呀。"

这是巴登从草原出来遭遇的第一次打击，很长一段时间他成了同学们嘲笑的对象，只要见了他，每个人嘴里都哼哼一段那首著名的草原歌曲。巴登决定用草原的方式解决问题，他请了一次大客，几乎把班里所有的同学都弄来了，关键是搬来了整整一箱白酒，

"咣当"一声砸在桌子中央，那个时候的学生哪见过这个阵势，顿时就傻了。巴登先给自己倒了一大茶杯酒，什么话也不说，十分潇洒豪迈地一抬手便往嘴里倾泻而下，然后才恳请大家以后再不要见他就唱歌了。可是酒喝到最后，巴登自己却带头唱起了这首著名的草原歌曲，大伙都醉醉歪歪地和着唱，这一场酒让巴登名声大振，他的酒，他的歌，一时成了同学们的美谈，当然，从此再也没人敢笑话他了。

巴登在大学遭遇的第二个打击是在他快要毕业的那一年。上大学几年，他从没给自己过过生日，每次同学们的生日，他总是被邀请的对象，他热情的天性和极强的感染力，是同学们最喜欢的，再加之他的酒和歌的力量，几乎让他所向披靡。那天，在同学的生日聚会上，有人问巴登哪天生日，提出是不是也该过一次生日。巴登很认真地回答他是六月份也就是下个月生日，届时一定请大家。

巴登决定隆重过一次生日，一是在大学生活结束前留个纪念，二来还要请几位不是一个班的女生，尽管班里有不少女生喜欢巴登，但巴登似乎更在乎没有围在身边的人，特别是那位来自内蒙古的大眼睛的姑娘。巴登早早就开始做准备，自己亲自设计手绘请柬，郑重地填写上被邀请人的姓名和请客的日期：6月31日。临近生日的前几天，他把请柬才发出去，没多久一个哥们儿就找到他，把请柬摔在他的脸上，骂他这个玩笑开过了！一头雾水的巴登不明就里，哥们儿只好说，6月哪有31号？6月只有三十天，并认真地掰着指头一月大，二月小，三月大地帮他算起来，这回巴登彻底傻了！在他的记忆里，生日一直是6月31日，从小到大填写的各种表格都是按这个日期来的，从来没有人提出异议，况且，这是尊敬的父亲亲口告诉他的，怎么会有错呢？

巴登跑到邮局，挂了个长途电话，打到父亲所在的公社，那时只有公社书记的办公室里有一部电话，人们费了不少劲儿才在一个牧民的毡包里找到了他正在喝酒的父亲，父亲以为发生了什么事，跌跌撞撞地跑去接电话，却是儿子千里之外的质问。巴登是带着哭腔来核实自己的生日的，看到事情的严重性，父亲只好坦白说，那天酒喝多了点，自己也记不清儿子具体是哪天出生的了，反正是草原花盛开的时候，就随口说是 6 月 31 日了。

还是巴登的哥们儿脑子转得快，又逐个口头通知每一位被邀请的人，找了个理由，提前两天过生日。巴登以为事情就这样瞒过去了，可不知为什么又让同学们知道了，好面子的巴登险些崩溃。

毕业回新疆后，巴登做了汉语电台的文学编辑，日子过得匆忙而糊涂，酒是这一时期最能让他游刃有余、施展才华的东西，后来结婚了，后来家庭又散了，重新归零，就像酒喝多了又吐了出来，一切回到初始的状态。再后来听说巴登找了一个女人，一同远走他乡，到意大利去发展，自然音讯渐渐杳然。

十几年后，巴登忽然又出现在我们面前，依然始终在笑的眼睛似乎又多了些其他内容，高高大大的人肩背已略显松弛，当年一身精壮劲儿的小伙子变成了一条蒙古壮汉。谈的全是意大利的新鲜事，国外回来的人好像都非常能侃，他们经历的一切多是我们不知道的东西，而这一切便使他们有了话语权，有时倾听者的倾听，是为了证明自己还具有思考能力，巴登好像在意大利刚拍完了一部什么电影，过了一把演员的瘾；好像和那个女人也不过了，有了一个孩子，巴登自己带着，搞不清他活得怎么样，当一个人有了发达地区做背景，特别是欧洲那样高度文明化的地方，这个人似乎也跟着了不起了，因为意大利成了他的意大利。巴登酒喝得很主动，跟每个人不停碰杯，对酒的迫不及待仿佛焦渴已久，意大利产美酒世人皆知，不可能没酒喝，我猜是没人陪他这样喝，当一个杯沿找不到另一个杯沿，那期许的清脆一声便是最美妙的音乐，正所谓寂寞的酒最难下咽。

两年后巴登又回新疆了，这次他在家乡博州找了一个蒙古姑娘，准备带到意大利去，姑娘叫吉布甄，吉布甄是州歌舞团的一名歌唱演员，漂亮小巧的吉布甄站在巴登身边显得精致而简约。巴登对和吉布甄的未来满是憧憬，之前他在移民局找到了一份工作，等吉布甄过去后，准备开一家新疆特色的餐馆，每天辟出一定时间让吉布甄演唱，生意一定会火爆，对未来的描绘，让我们相信此刻他是世界上最幸福的人，而他的神情也好像回到了少年时代，快乐单纯且充满幻想。这次巴登回来接亲，前后半个多月，每天至少两场酒，他说后半辈子的酒这次都喝完了。

趁着高兴，给我留了电话，一再要求如果到了意大利务必联系他。

意大利，有点太遥远。

其实意大利也并不遥远，没想到与巴登分手后才三个多月，我就有机会去了欧洲。急忙找出行程表，看意大利的安排，巴登待的那个城市佛罗伦萨恰好有一天的时间，我决定见一见在意大利的巴登。

巴登接到我的电话，反复问了几遍你是谁，当确定是我时，他又有些语无伦次，显然那是惊讶和激动的混合所致，问清我现在的所在地圣母百花大教堂，他让我稍等，半个小时之内赶到。早年读徐志摩的诗《翡冷翠的一夜》便对佛罗伦萨充满向往，佛罗伦萨被徐志摩翻译成"翡冷翠"，其实它在意大利语中更接近"鲜花之城"的意思，我面前的这座圣母百花大教堂，始建于1296年，是文艺复兴时期的第一个标志性建筑，直径达五十米的穹顶也被称为文艺复兴的报春花，它巨大的八角形穹顶仿佛是一枚随时绽放的蓓蕾，粉红、白色和绿色三色大理石的运用，与意大利国旗的颜色暗合，犹如百花开放。

等待他乡故知的到来，很有些奇怪的感觉，说不上是急切还是尴尬，巴登比我预计的要来得快些，在穿越一大队游客时就开始大幅度地向我招手，身后跟着他精致的新娘，哦，巴登，即使在一堆欧洲人里，他也显得突兀，远远望去，脸似乎又阔了一圈，洁白的牙齿一闪一闪的，他的步幅想迈大，但好像有什么在拖累，滞重而犹豫，就像一个得了风湿病的牧人在马背上待得过久，刚刚下地的样子。

巴登几乎把我扑倒，这样的拥抱只属于巴登。

我搔着他的胸脯打趣：一个婚就把人结成这样了？巴登苦笑了一下，回头看着新娘：唉，别提了，从新疆回来就病了。

我这才发现他的脸阔出的一圈是虚肿，原来红红白白的面皮变成了青黑。巴登说开始只是有点腹泻，检查来检查去，就诊断为胰腺类癌，按他的理解，"类癌"就是类似癌的病，还没到癌的份儿，言下之意尚有获救的可能。我不知道巴登已接受了怎样的治疗，或许是放射化疗之类吧，仅仅两个月时间，就把一条蒙古壮汉摧残成这样。巴登说，实在不行就回国治疗，他的同学已帮他联系了北京中医研究院的专家。

巴登提出我们照一张合影，背景是圣母百花大教堂西边的洗礼堂，洗礼堂三扇铜门上镌刻有《旧约故事》的青铜浮雕，出自文艺复兴时期著名的吉伯提之手，被称为"天堂之门"。其时一道明丽的阳光从云隙间劈出，仿佛舞台的追光，投射到我们身上以及身后的铜质大门，那些铜一片辉煌，犹如纯金，后来我听说这门也叫"金门"。

我说，巴登，见一面就行了，别陪我了，早点回去休息。巴登执意不肯。

去但丁故居。

又去佛罗伦萨市政广场，在行政中心老宫对面一个露天咖啡座，巴登请我喝一杯咖啡，告诉我这里的甜点非常有名，不尝一下等于没来过佛罗伦萨，而我们也按新疆的习惯以咖啡代酒碰了一下杯。巴登说别以为在国外很风光，其实还是在国内吃公家饭要省心得多，这些年在意大利他干过导游，帮人端过盘子，代客泊车，客串过演员，给温州老板当过翻译等等，用他的话说意大利人最不愿意干的活儿他基本上都轮过来了。

提到妻子吉布甄，巴登的眼睛顿时有了些光影。吉布甄现在一家语言夜校学习，巴登带她出席过几次当地朋友的聚会，在聚会上吉布甄唱了几首歌，她的蒙古长调令老外们大惊，他们表露出对艺术家才有的特殊尊重，在他们看来，这个来自遥远东方的蒙古女人，表情举止的陌生和一把天籁般的嗓音，都有着半人半巫的蛊惑力。巴登说，等他的病好一些，开一家饺子馆，新疆饭馆就算了，那样不用雇很多人，他和吉布甄两个人就能忙过来。

我的右前方不远处就是著名的琅琪敞廊，里面陈列着包括米开朗基罗的《大卫》、切利尼的《珀尔修斯与美杜萨》等闻名世界的雕像，而我眼前的巴登，曾经就像大卫一样青春俊朗，更有《掠夺萨宾妇女》的罗马士兵的孔武与强悍。

临别，巴登从吉布甄的包里拿出两瓶葡萄酒送给我，一瓶产自罗马，一瓶产自西西里岛。

必不可少的拥抱，我的肩背一片湿热，巴登在无声啜泣，我的心猛地一抽，我们不是约好了半年后在新疆见面吗？也许人在生病的时候会比平日脆弱些，也许自古多情伤离别？也许巴登预感到了什么？我心一片空茫。

两个月后，接到吉布甄的电话，告知巴登病危。巴登的父亲和哥哥已跑到北京办签证，准备接他回来。

一周后又传来噩耗，巴登故去。因为签证迟迟办不下来的原因，他的父亲和哥哥未能见他最后一面，我成了巴登最后见到的新疆人。

我忽然忆及和巴登在佛罗伦萨的合影，身后的金门也许是巴登特意选定的背景，这个"天国之门"按说多少年才会为上帝恩宠垂爱的人开启一次，那天的一道格外明丽的阳光直直投射到上面，辉煌灿烂的景象似乎已经预示了什么，只是我太愚钝，竟没能参悟出其中的玄机，而此刻，我确信巴登已进入天国。

四

如果是在魏晋时代，阿木尔肯定会成为和王忱、毕卓、刘伶一样的名士。

酒是这些名士得以流芳千世的载体。曾几何时，酒是那样地令人崇敬，当它从祭坛上走下，步入民间的时候，仍然是一种奢侈品，酒与一切重要事情联系在一起，它绝非寻常之物，只有在生丧嫁娶、寿诞年节才会沽酒助兴，可怜而可悲的农耕民族，虽然在四千多年前就发明了酿酒，但何曾真正汪洋恣肆地酣饮过一回？

倒是那些草原民族，把饮酒等同于吃饭，成了生活的必需，因此酒也承载了多种社会功能，狩猎时要饮酒，战斗时要饮酒，凯旋时要饮酒，夜晚围聚歌舞时要饮酒，还有什么比酒更有效的战争动员？还有什么比酒更具诱惑的奖赏？酒是草原民族的第二生命，离开了酒，草原民族的生活顿显黯淡无光，酒原本就是用来燃烧生命的。

阿木尔是来自内蒙古的蒙古人，这在新疆并不多见，新疆的蒙古称为"漠西蒙古"，由准噶尔、杜尔伯特、和硕特和土尔扈特卫拉特四部组成。在新疆的蒙古人看来，来自内地的蒙古人，是已经完全汉化的蒙古人，他们借用维吾尔语称他们为"科大依蒙古"，其实，"科大依"是俄语中对中国人（汉人）的称呼。

阿木尔原先是新疆蒙古师范的一名美术教师，如果不是凭着酒，尽管也是蒙古人，但他很难真正融入到他们中间去。同在一个学校任教的老那，最先被他发展成酒友，后来成了铁杆的那种。老那也是美术教师，业余打打木雕，酒是他们生活中最重要的内容，有一段时间，他们天天腻在一起，钻进办公室关上门，对各自的夫人称"讨论美术问题"，彼此互为掩护，互为佐证，其实就是对饮，也没什么菜，就着烟干喝，一瓶廉价的劣质白酒，就能让他们忘乎所以。阿木尔原本就属于薄唇利舌的那种人，几口酒落肚，老那只有听的份儿，但倾听者的潜能，就仿佛深埋于岩层下的煤，往往是通过无数次的语言轰炸蹂躏之后，去除了覆盖与禁锢，才渐渐显露出可以熊熊燃烧的本质。有一天在各自喝了一瓶酒之后，老那在关于"自我"的问题上与阿木尔发生了激烈的争辩，老那认为，现代人很少有自我，都活在面具之下，只有喝高的情况下，才能释放自我；而阿木尔坚持认为，即使喝高了，那些自我也不是真正的自我，是伪自我，人一出生就丧失了本性，靠其他东西是根本找寻不回自我的，当然包括酒在内。争辩没有结果，酒倒是有了结果，两个人四瓶酒，被人抬了回去，事情也彻底败露。

从此，两位夫人结成同盟，坚决不让他们一同"讨论美术问题"，还约法三章，一个月只能见面一次。迫于夫人的压力，他们收敛了不少，但也只不过把先前在办公室进行的事，扩展到外面，在一个相对更为广阔的空间，有更多人加入的酒局，照样喝得风生水起。

读书是阿木尔的另一大嗜好，喝酒的阿木尔毕竟没有忘记正事，喝酒不误读书，书读多以后便有了想法，在和一个领导喝了一场酒之后，他被调到了艺术学院任教，再不能与老那天天腻在一起了，不久又考上了首师大的研究生，三年之后成了常锐伦教授的博士生。这些年的苦读，让阿木尔心力交瘁，据知情人描述，阿木尔常常是青灯之下，一手执卷，一手握酒，满屋子的书卷酸腐味儿，满屋子的烟酒愁闷气，孤寂的背影被一盏小台灯投影在墙壁上，愈发沧桑。

学习期间，阿木尔出了一本小画册，名曰：《青果》，按他的说法，"青果"是对自身状态最好的解释，自幼习画至今尚未至圆熟之境，仍属青果，然亦不羡慕各种各样的"红果"。阿木尔果然有些个性与境界了。

72

学成回疆，阿木尔成了新疆第一个美术理论方面的博士，在酒桌上，老那根本不堪一击了，阿木尔一套一套的理论，一个又一个的新名词，再加上大段大段背诵大师们的语录，每每令老那之辈肃然起敬，被酒精燃起的倾诉欲却被阿木尔无情封盖下去，最后的结果是满桌子只有一个人激扬文字、指点江山，而其他人全趴在桌子上醉成一摊泥。

　　某天，在一个酒局上，遇到了两个人，一个是颇通易卦的命相大师，一个是很有些名头的诗人。命相大师不知是从阿木尔新剃的亮光光的秃瓢上，还是从他已变形不少的指关节上看出了端倪，告诫他木盛之人，切忌近火，易亲水，遇火则罔，逢水则欣；而诗人从来不会背诵谁的语录，诗人就是发明各种语录的人，阿木尔的大理论新名词遇到了诗人全不管用，诗人跳跃异常的思想，彻底打乱了阿木尔缜密的思路，诗人的话语就像吃手抓肉的刀子，句句都在要命的地方，所有筋筋绊绊、纠结不清的地方，一刀下去，了断分明。那天阿木尔第一次感到没有话语权的巨大悲哀，第一次知道被迫倾听是什么滋味，阿木尔大醉，和曾经的老那一样，趴在酒桌上，光亮亮的秃瓢上，一根青筋突突地搏跳不止。

　　阿木尔说，酒是你们汉族人发明的，但喝酒却是我们教会你们的，受到草原民族的影响，魏晋时期的知识分子才开始饮酒成风，在中国历史上开辟了一个饮酒时代，和草原民族一样，把酒与生命联系起来，饮酒遂成为生活中的重要内容，只不过草原民族闷头只管喝，而不似魏晋的名士写诗作赋把喝酒上升到理性的高度。阿木尔随嘴就把刘伶的《酒德颂》中一段扔了出来："止则操卮执觚，动则挈榼提壶，唯酒是务，焉知其余？"我猜阿木尔是把自己比作了魏晋时的名士，把饮酒确定为人生的第一要务，酒中乾坤大，谁知饮者心？喝酒的人最看重自己的心情，自己高兴了，大地就高兴了，自己欢乐了，天空就欢乐了，自己在云端行走，还在乎谁在地上爬行？

其实，阿木尔完全忘了自己是一个草原民族的子嗣，读书的确可以改变一个人的操守，可以改变一个人的判断，甚至可以改变一个人的信仰，唯独不能改变的是性情，岂不知，草原民族喝酒多是为了助豪情助豪兴，而农耕民族则是为了消愁。忧愁看似一个词，但忧与愁有不小的区别，这其中"忧"是一种提前的预判，带有主动寻求解脱的倾向，是积极向上的心态，代表着强者的品行；而"愁"是一种对现实的避让，对命运的退缩，是压抑自己掩饰内心的心态，是一种示弱的表现。

从这个意义上说，魏晋时代的酒与忧联系得更紧密些，曹操有诗为证：何以解忧？唯有杜康。到了隋唐时期，酒才与愁联结在一起，酒成了现实意义和精神层面的解愁剂，"五花马，千金裘，呼儿将出换美酒，与尔同销万古愁。""抽刀断水水更流，举杯消愁愁更愁。"怎一个愁字了得，所有平日堆积的阻塞块垒好像一遇见酒，便以愁的面目出现了，倏忽几千年，这一个愁再无法消去了。

阿木尔终于应验了命相大师的话"遇火则罔"，酒虽是水之形态，其内核却是火，按照五行之说，木遇火必摧之。阿木尔在一次大醉之后极度不适的情况下，被查出患了口腔癌。朋友们大骇，纷纷安慰相劝，以后烟酒可以休矣！而阿木尔全然不当回事，一方面去医院治疗，一方面烟不离手酒不离口，让这些直接刺激口腔的东西，照样穿行而过，朋友们苦心规劝，哪怕为了以后拥有更久长的口腹之乐，也应该暂时忍耐一下，毕竟现在断了烟酒不会要命；有人戏说，烟酒诚可贵，生命价更高。但这些都不管用，阿木尔不是不懂这些浅显的道理，而实在是不愿放弃快乐，哪怕片刻的牺牲。诗人朋友闻说他病后的举动，愤然宣称：如果阿木尔再这样下去，必与之断交，一个连自己生命都不珍惜的人，是不值得交往的。

阿木尔依然故我，青烟袅袅，酒声汩汩，然不足半年，口腔癌转移为咽喉癌，主治医生仰天长喟：口腔癌是要不了命的，不配合治疗，奈何啊！

74

疼痛史

阿木尔已难正常发声，远去北京治疗，电话那一头只能听到他低沉暗哑、断断续续的只言片语，也许是没有了酒的润泽，嗓音才变得如此锈结，也许是对以往滔滔不绝，浪费了太多话语的一种惩戒。

后来闲读庄子，在《达生》篇中看到关于酒的作用，说酒像酵母一样，能把人发酵到神全之境，方理解了阿木尔对酒最后的依恋，所谓"神全之境"就是超乎生死，超乎所以，超乎物欲，物我合一之境界。

《世说新语·任诞》中光禄大夫王蕴云：酒正使人人自远；又云：酒正自引人著胜地。这是酒的境界，是超越现实的境界，也是审美的境界，进入这个境地，尘世中一切耿耿不能释怀的都变得毫无意义，仿佛现在的宇航员进入太空时，享受着失去重负的怡然轻松。

阿木尔在酒中有过这样的轻松和解脱吗？

又半年后，阿木尔在北京撒手人寰。

我不禁想起尼采在《悲剧的人生》中论及酒的句子：在酒神的魔力下，不但人与人团结了，而且与被疏远、被奴役的大自然也重新庆祝她同她的浪子人类和解的节日……他的神态表明他着了魔，就像野兽开口说话，大地流出牛奶蜂蜜一样，超自然的奇迹也在人的身上出现，此刻他觉得自己就是神，他如此欣喜若狂，居高临下地变幻，正如他梦见众神的变幻一样。

那是我等不可企及的高远之境，是酒在非同寻常的名士身上的非同寻常的显现，显然阿木尔已进入或迫近这种情境，一次次的升华，让他忘乎所以，这个被读书异化的蒙古人，以为是刘伶的现代版，山涛的活化身，岂不知，真正在内心作祟的还是那股子草原民族的激荡情怀。

酒啊酒！

阿木尔去后，一次老那在酒桌上忽有所悟，他说，阿木尔的画集《青果》名字没起好，青果的意思就是果子还没熟，就被摘去了。

五

阿木尔去世后，形只影单的老那并未停止酒事，一个人的酒有时似乎更纯粹。

老那是一个不太会讲蒙古语的蒙古人，自然被列为"科大侬蒙古"，他会唱几首蒙古语歌，酒喝得差不多的时候，老那用不着谁起哄就会主动要求唱，歌唱得歪歪斜斜的，声音沙哑而粗糙，很费劲儿地吐字，有时就像在自言自语，反正我们没有一个懂蒙古语的，谁也不知道他唱得对不对，但从来没有人对此怀疑过。

老那表现出对时间的极大漠视以及对酒的极大热情。

就算是有人请客喝酒，老那也几乎从来没有准时过。生活在城市里的他，仿佛还在马背上，但这马从未疾驰过，而骑者也完全是信马由缰，走走停停，走哪儿算哪儿，再撒泡尿，拉几坨粪，轻松而自在，就像从一个蒙古包到另一个蒙古包，或者从这一片草地到另外一片草地，早一点和晚一点在他看来没什么太大区别，那些蒙古包和草有足够的耐心等待一个人的到来，即使没有人到来，蒙古包照样丰盈如蓓蕾，草照样该绿的绿，该黄的黄，它们对人漠视，一如老那对时间的漠视。快节奏的城市生活与之何干？时间就是生命，时间就是金钱，在他看来是何等荒诞可笑，你们遵守的是时间带来的约束，而他享受的是放任给他的自由。

但老那对待酒的那一份认真劲儿，却令人咋舌。

在酒桌上，谁也不用劝老那酒，他往往是喝自己的，不主动跟人碰杯，也不拒绝别人的敬酒，一口一杯，喝完了自己倒上，好像与其他人没什么关系，因此他喝酒的进度比所有人都快，显得有些迫不及待，在大家才刚刚进入状态的情况下，他已半酣，倒不是老那的酒量有多大，他喝三杯下去的状态和他喝了半瓶子时没什么大变，熟悉的朋友却能从一些细节上判断出他的酒到了何种程度，比如他的目光盯着一个地方长久不动，或者说每一句话的前头都缀一个"也就是说"，其实，在这之前他已有就要喝高的前奏，那就是他从一个沉默寡言的人渐渐开始说话，仿佛内心藏匿的一个植物人被唤醒，而这个植物人的前身肯定是一个政治家或者教授，总之是以演讲为主要谋生手段的人，现在慢慢回忆起了他曾经的精彩，老那从偶尔插别人几句话到自说自的，再到强迫别人听他大侃，这个过程一定不会太长，而如果有人接招，那就中了老那的圈套，你会发现他具有超强的雄辩能力，尽管他在不停地偷换概念，喝了酒的人哪有那么严谨的逻辑，只要能一刻不停地侃下去，就会令对手主动放弃仅有的抵抗。

从某种意义上说，老那是用这种方式怀念阿木尔，下意识里在追随那个让他险些丧失话语权的人，那个强势的、滔滔不绝的语言疯子，多数情况是那样令人厌恶，但少数情形之下又是那么令人兴奋，寂寞的老那，其实一直在内心与阿木尔对话，因此你会发觉，他一会儿是代表阿木尔讲话，一会儿又是自己的立场，左手和右手打架，而掌声也是这样被激发出来的。

某日，老那在一家红色怀旧的餐厅喝酒，餐厅被"文革"时代的各种图片、报纸和遗物所装潢，在卫生间，老那一边咬紧牙关往外挤尿，一边认真看尿池上方镜框里的一幅招贴画，画面的内容无非是几个工农兵手握红宝书，昂首挺胸，招贴画上的一行黑体字的标语，让老那大为震惊：哲学被广大群众掌握，便是手中锐利的武器。老那觉得这就是为他写的，他仿佛突然找到了理论依据，哲学与雄辩，太好了！随时准备与人论战的老那，仿佛怀揣了令人丧胆的秘器，从此可以纵横天下了。

喝酒是否一定得有理由？在什么时间开怀为佳？在什么环境下可畅饮？我们有太多的条条框框，我们遵守的礼仪让我们世代成为温良恭俭让的规矩人，能够随时随地喝酒，过去是游牧民族最起码的自由，如今却成了老那难以企及的事儿，但老那也有自己的方法，开始兜里揣一瓶酒，只要想起来了就会就地掏出来嘬那么一口，多数情况下都会令人侧目，这可是在城市啊！大家都有自己认同的行为准则，一个人怎么可以随便逾越？如果你是在马背上，苍茫地望着头抵着屁股，屁股拱着头的羊群，惬意地来一口，多少会有些诗情画意，而在摩肩接踵的电梯间，你也如法炮制，那情形就大为不同了，没准会有人为此报警呢！老那也发现了这样不行，严重影响了心情，原本想重拾游牧民族的遗风，做一个我行我素的快乐人，可这样在朋友圈里都不受欢迎，无奈之下，老那只好改变策略，把五块多钱一瓶的小白杨灌进矿泉水瓶，谁知道那里面是什么。就算发现是酒，也不会想到是劣质的打工的人才喝的酒，老那有时也很爱面子。

老那获得了暂时的快乐，掉了两个门牙的嘴巴黑洞洞的深不可测，长久被酒精刺激的牙龈，在他笑的时候艳红艳红地龇出来，像是嘴里有一块生肉。但老那没笑多久，就笑不出来了。原因是老那的夫人发现了他的这个秘密，就算是五块钱的劣质酒，这样长此以往地喝下去还了得？夫人开始严格控制他的支出，老那的兜里常常不足十元钱，他的烟瘾也不算小，常常两者不能兼顾，如果出去玩儿，晚上太晚错过了晚班车，老那是断不会打的的，甭管多远，他都能走回家去。

有时兜里的钱不够，实在又想整两口，就开始四处讨酒喝，到朋友家里，别人给他倒茶，老那就会说，不喝茶，有酒倒一点。第一次主人往往有些不知所措，忙找来酒给他斟在原先准备泡茶的大杯子里，看他一口一口地干喝，主人搓着手，为没有下酒的菜为难，觉得这样慢待了朋友，而老那毫不在意，这样已经很满足了，如果再有几根烟抽，以烟佐酒，岂不美死！慢慢老那四处乞酒已被朋友圈熟知，再到朋友家讨酒，主人也不会拿出多么好的酒了，经常是一些喝剩的小半瓶酒，直接扔给他，连杯子都免了。

老那是个基本汉化的蒙古人，血液中的成分已经很难找出那个马背民族的鲜明特征，只有在他饮酒的时候，在他少了两颗门牙的大嘴撕咬手扒肉的时候，才依稀窥见其野性流露的一面。我不知道这是社会大融合让他变成这样，还是时间在他身上的具体表现。

除搞木雕以外，老那平生有两大嗜好，其一饮酒，其二围棋。就像他的酒一样，老那嗜棋有时到了疯狂之地步，老那下棋必以酒相佐，就如同他喝酒必以烟相佐，一口酒一招棋，围棋要求的是头脑绝对的清醒，有次序、有逻辑地谋算，而酒的最大功效恰恰就是让人混乱，老那也许要的是酒鼓起的作战勇气，而其他就管不了那么多了，如此的矛盾在他的头脑中作用，因而棋的质量忽高忽低。某日，酒大酣，而棋大臭，一个平日里根本不是其对手的朋友，趁机连斩他三把于马下，老那蒙羞，愤愤而去。翌日，朋友还在梦中，他便擂门叫阵，不管朋友有多少事，是否很忙，定要捉对厮杀，言称为荣誉而战。棋局拉开，一切皆已消失，尤其是时间，在手谈的落子声中，其流速更是快得惊人，从第一粒棋子开始的故事，结局其实早已了然，纵横的棋格也预设好了细节，在每一个交叉点无事生非，不觉间棋局从清晨便到了深夜，老那手中的一瓶白杨老窖也告罄，怀着胜利的巨大喜悦，老那踏夜色而去。

那日诗人与老那对饮，话题最多的是他的木雕与围棋。

老那的木雕粗粝而大气，这符合他的本质，长期的边疆生活经验，让他的作品与这里的自然风物有了某种契合，惯于刀砍斧斫的老那不过是让一截毫无意义的木头，按照自己的意愿呈现出一种新的哲学取向，让一切由此而来的新的意义去占据空间，使原本模糊含混的抽象体渐渐清晰而具象化。老那把石头和木雕结合起来的《木石系列》，实际上是把作品放置于周围空间包容下的一种相对连续的体量，而且在相当的程度上达到了体量向空间的渗透。

对诗人充满玄机的话语，老那不置可否，但从老那的表情，诗人的确发现了他的误读。其实诗人明白，老那的木雕不仅向空间索要，更重要的是向时间索要，这已完全超出了三维的艺术形式。

从老那的木雕中，分明可以感到时间的流速，那些被时间撕扯、打磨、摩挲、把玩、爱抚、咀嚼，由光洁渐渐毛糙的过程，其实代表了所有渐渐老去的东西。是否可以这样理解：一个事物从诞生之日起，它就在向衰朽和死亡迈进，这是自然的铁律，更是哲学的宿命，谁能逃脱这样的命运？老那试图通过他的雕塑回答这一切，他执拗地坚信，只有艺术是历久弥新的，当万物的诞生向衰朽和死亡迈进时，艺术恰好从诞生迈向新生，从起点抵达新的开始。

在新疆这样一个孤悬塞外的地方，除了酒还有什么与时间如此接近？时间的意义愈明显，酒的意义就愈发含混，当时间浩茫有了启示录的意味，酒便是精短不变的箴言。

终于也有力量让老那不得不放弃酒。有一天老那被人从酒桌上抬下来，到医院一查，为严重钾缺乏症。好像是酒后大量汗液排出导致钙、钾等随之流失，而钾缺乏最终会导致心脏衰竭，老那只有选择暂时停杯，之所以是暂时，是因为他还抱有观望的侥幸，待病症减轻，有朝一日重返酒坛。但没有了酒，老那好像被谁抽走了神髓，一下就成为一个无所事事的人，这里的无所事事严格地说是不知道该干什么，整日没精打采的，拿走了酒也仿佛拿走了他的舌头，他忽然变得愈来愈不会说话了，不说话的老那是个乏味到极没意思的人，而他所有关于艺术的灵感也不知跑到哪儿去了，他甚至拿不住雕刻的刀，不是真的没力量了，而是，当一个人的酒途被宣布完结的时候，这个人已经不再是原先的他。

老那至今还顽强地活着，有人说他还在喝，也有人说他已完全戒酒，其实这都不重要，重要的是他曾经被酒唤醒过。老那也绝少唱歌了，但早年听过的一首叫《鬃毛稀疏的银鬃马》的长调牧歌，现在总是在心头萦绕，歌词记不太全，只有那么几句老是反复，就像一张老唱片上有一个裂痕，唱到那儿就过不去了：鬃毛稀疏的银鬃马，格外地般配它的笼头，同姿势优美的你们，并肩坐在一起欢娱，烈性的枣红马，拖着绊绳奔跑，跟性情友善的你们，同饮美酒马奶联欢……

2014 年 4 月 25 日

乌市骑马山望雪斋

酒
殇

选 举

从小到大，一直觉得自己的人缘不错。

所谓人缘，就是被大家接受的程度，我这个人一向不苟言笑，初次接触不免让人紧张，许多人竟然不敢直视我的眼睛，与我的眼神对接，每听此言，都觉得自己特阴森，接触稍多，又说我这人其实挺和蔼的，前后的反差之大，好像不是出自一个人之口，我只好解嘲：面恶心善。

给人的第一印象太重要了。而我给人的初次印象，好像是要拒人于千里之外，脸板得平平的，没有太多的表情，其实是保护自己的一种方法，不知道该用什么方式待人，只好以不变应万变，说到底一个内心羞涩的人，不管经历了怎样的世故，最终他还是一个被动型的人，他期待的是被人发现，而非主动亮相，更不可能用什么方式引人注目了。

少年时代最怕当众发言，每遇被老师提问，定会面皮涨红、张口结舌，需费很大的努力才能让自己镇静下来，而必须回答的问题早已乱成一堆，其结果是可想而知的，因此对那些各种场合抢着发言、口齿伶俐、思路清晰的人素怀钦佩之心，这种状况随着年岁的增长和各种场合的历练已大有改观，但内心深处还是本能地拒绝当众发声——所有的即席开口，均为不得已而为之的强迫之举，而非我本愿。

这个社会却偏偏看重那些在不同场合都能口若悬河、滔滔不绝的人，判断是否为社会精英的一大方法，便是看其有无临万人之上如入无人之境，长于雄辩、挥斥博引、自圆其说是为博学，雄辩加博学是名士的武库，好口才抵得上雄兵百万，在一个并非诸子百家的年代，纵横之士仍有着广阔的市场，人人皆有唇两片，上下翻飞大不同，在词语的土地上，谁的唇舌摇曳开成不败的花朵，谁就能赢得人心，谁就是骄子。

少年时想要赢得人心却要靠别的办法。一个班的同学来自不同的地方，男孩在一起首先要排个座次，看谁是老大、老二、老三，耍嘴皮子可不管用，靠的是摔跤，谁把谁赢了谁的排名就会上去，可以不服气，拍拍身上的土再撕扭在一起，直到觉出心服口服。从小学到高中，我的个子都没长起来，一直坐在最前排，别看我个小，可我的跤摔得不错，那时我们这里来了一些北京天堂河劳改农场出来的"新生人员"，说白了就是劳动改造释放犯，称之为"新生"，而我们管他们叫"北京青年"，这些"北京青年"有的会拳击，有的会武术，更多的是会摔跤，据说有几个在北京天桥练过把式，什么大背包、小背包、别子之类招式看得眼花缭乱的，的确令我们开眼。其中有个最厉害的小个子，人极精瘦，两眼放光，手脚利索，我亲眼见他与当时的一个曾获全国摔跤冠军的维吾尔族汉子交过手，那个冠军叫大毛拉，体硕腰肥，一脸络腮胡子，体重快有小个子的一倍之多，过招没几下，动作都没看清，冠军就被撂倒在地，冠军不服，爬起来再战，很快又是这样的结果，如是者三，冠军不得不羞愤而去。

我学会了小个子的杀手锏"别子"，而且在与同学的对决中屡试不爽，排位上升得很快，除了几个发育过早的大个子挡道，我几乎所向披靡，几十个男生至少被排在了前五的位子，而身后自然就有了追随者，人五人六的感觉不错，看谁不顺眼了，伸手拨拉一下他的头也是常有的事，而且不会有谁提出异议，这是不成文的约定，大家都这么着，强者永远不会去考量弱者的感受，只要不是太过分，就不会爆发争斗，因此感觉自己的人缘也说得过去，谁让咱有底牌呢？

但不久后发生的一件事让我明白人缘的好坏和自我的感觉出入颇大。那是一次参加全校运动队的选拔，老师引进了一种我们从来没见过的方法：把全班同学的名字都写在黑板上，再每人发一张纸，以无记名的方式写下你认为可以当选的人，然后一个同学唱票，一个同学在名字后面画"正"字，一个"正"字五画，得到一个说明你有五票，最后累计看谁得到的"正"多，依次排列下来，取前几名，结果自然就出来了，也许这就是我们现在所说的民主选举吧。

我的奔跑跳跃，同学中少有人能比，再加之不错的人缘，我信心满满，觉得参加校队肯定不会有太大问题。开始唱票，平日里嘈杂的教室一下子安静了，不是我一个人而是所有人都挺紧张的，唱票的同学声音单调而空洞，倒是粉笔在黑板上画出的一道道竖横"唦唦"的像是刻在心上，白色的粉笔灰纷纷飘落，从来没发现粉笔的书写那样惊心动魄。

显然，我得到的"正"字远没有我预期的那么多，我的手心开始出汗，在心里，我把平日里跟在我身后的兄弟们数了一遍，除了小头、大耳朵、黑雀等几个和我平日不太对付的家伙，我怎么也该过半数票啊，可是我只得了十九票，最后的一个"正"字底下少了一横，仿佛一条腿金鸡独立一般，我彻底落选了。

在以后的多少年，每遇各种选举我都会无端地紧张，不管这选举是否与我有关，尤其是那种以获得多少"正"字为终极结果的选举，那一横一竖的笔画仿佛站立的腿和伸出的胳膊，谁踢了你一腿，拉了你一把，并不能看得清清楚楚。最让人可怕的是，每次选举结束，都会有人跑过来套近乎，告诉我他投了我的票，有时遇到我怀疑的目光，会咚咚拍着胸脯发誓：骗你是孙子！可是把这些已知的我的支持者全部加在一起，往往大于我实际得到的"正"字，那么这个里面肯定是有水分的，到底谁在撒谎呢？我能相信谁？选举后的一段时间，我总想在这些同学的脸上找出答案，每遇到我睃巡的眼神，就会有人慌忙躲开，而我也颇以为找到了线索，可那些我心里有数，最不值得信任的几个人，有时却表现得极为坦然，对我的充满了怀疑的眼神视而不见，我知道最终是不会有结果的，但从此我也明白了：人心不可试。

　　在我的一生中，有过无数次的选举与被选举，特别是在一些关乎利益的选举，诸如三好学生、先进分子、新长征突击手、五好家庭、民族团结模范等等，选举一结束，便赶紧溜之大吉，最怕遇到被选举人的微笑，哪怕是友善的目光，即使真的投了他的票，也心里打虚，生怕他怀疑你就是那个不让他过关的人之一，一次选举，让人迅速成长。

2015 年 5 月 19 日

乌市骑马山望雪斋

告　密

　　告密，是当下使用量颇为频繁的词语，好像被遗忘了多年的一个邻家之子，因为一件强奸杀人的坏事而忽然恶名盈天下，回头细想才发现，这个曾经在我们左右出现的孩子，恶的一面也许与生就俱来了，只不过谁也不会把他往那个方面去想，在大人们善意的期许中，他未能按照我们预想的去发展，却向着恶的方面慢慢滑去，不觉中一个拖着鼻涕的孩子长成了满脸青春痘的少年，当他用已经变声的语调调戏女人的时候，我们才惊呼：看不出他原来是这样一个人！

　　一个人在对另一个人耳语，呼出的热气和密集的词语不断撞击在耳鼓，一个是亟不可待的样子，一个是面色凝重的神情，这是告密者典型的摹写；在一个悄悄话流行的国度，谁又不是他人的话语摹写的对象？他人即秘密，对一个人的判断基本有三种可能，一是自己对自己的判断，二是他人对自己的判断，三是摒除自己和他人判断的真实的你。但真实的你永远不会被承认，你只有活在他人对你的评判中，你有许多自己并不知晓的善举恶行，却在他们中间广为流传。秘密是专属于个人的东西，或者是一个小集团共同拥有的，因为共守的秘密而使一群毫不相干的人集合在了一起，有了自己秘密的人就会有了信念，秘密的深入与转化，就变成了共同的信仰，秘密成全了多少英雄豪杰，为了保全一个秘密，而取消舌头的功能，为了一个秘密而制造更多的秘密。

在秘密中，有人流血，有人流泪，有人命丧黄泉，为共同的秘密宣誓，为共同的秘密奋斗终生。每个集团和每个人都拥有各自的秘密，秘密与秘密之间的对抗，就是人与人之间的仇恨，种族与种族之间的隔阂，国家与国家之间的战争。迄今为止，还没有谁对秘密的持有者表示非议，不管是谁的秘密，都会受到极大的尊重，在世界范围内秘密的告解者都不会有啥好名声，告密者如同贼，这世间有多少秘密都价值连城，并没有征得谁的同意，让秘密不成为秘密，与盗何异？

秘密是一种力量，秘密的持有者具有相对完整的人格，一个人一旦丧失了秘密，就意味着人格的破碎，由此也反证了：说出你的秘密，就意味着出卖和背叛。

第一次被人告密还是在童年时，但我清楚地记得老师准确地点出我和其他几个同学的名字时，我们不约而同地把头转向他——那个和我们一样有着脏乎乎的脸，鼻涕随时像要坠落的少年，我们被他撞见了，我们去了不该去的地方，我们以为他会替我们保守秘密，可我们都知道向坏人坏事作斗争是每个孩子从小就被灌输的道理，那是一件很光荣的事，换了我们其中的哪一个也都会这样做，可那种被出卖的感觉还是让我们几个格外不爽，投向他的愤愤的目光几乎没有任何遮掩，连老师都察觉到了我们的表情，忍不住对我们厉声呵斥：你们几个有什么不服气的？想怎么样？还想报复吗？

的确，我们太想报复他了，小男孩的自尊也是自尊，有时也许会特别强烈，当着全班同学的面让我们几个出糗，尤其是还有女同学在场，就更让我们抬不起头了，难道这世上还有比这更糟糕的事吗？估计当时我们几个的想法都是下课了找一个没人的地方先往他脸上结结实实地贴几个耳巴子，然后再质问他为啥要告我们的黑状。

那么多的麻雀啊，绝不少于成千上万只，铺天盖地的，呼啦啦落一地，哄的一声又群起，无数的小翅膀一起鼓动竟也扇起了一股劲风，眼睛看得久了，一闭眼都是麻麻点点的黑影子。

这是团场的粮食加工厂，全团场十几个连队生产的粮食全部都运到这里进行加工，一袋一袋的玉米和小麦堆得像山一样，麻雀比谁都知道，在那个金色的山峦上只要俯冲下来，片刻工夫就能把嗉子装得满满的，而我们更清楚，在这里设埋伏抓麻雀其他地方没法比。只是让我们不明白的是，麻雀属于"四害"之列，我们逮麻雀应该属于干了好事，减少了麻雀对粮食的糟蹋，那可是粒粒皆辛苦啊！可加工厂的领导却因为我们抓麻雀告到学校，言称我们糟蹋浪费了粮食。唉！真搞不明白，舍不得孩子就打不到狼，连小孩子都懂的道理，这些个大人却想不明白，我们逮麻雀总得用一点点诱饵，如果用一小把麦子能逮住一只麻雀，那会避免多少损失？

我们伏击麻雀的方式有多种，总的思路都是用小麦当诱饵，让麻雀上当。有的用马尾巴的细丝绾个活套，在下套的地方撒一把麦子，贪嘴的麻雀在忘乎所以的时候，就有可能把它们纤如兰叶的指爪伸进圈套而最终被捉；有办法的会弄一只大箩筐，用一根树枝撑起半边，树枝上拴一根细绳，迤迤逦逦另一头就握在谁的手中，照例会在箩筐下撒一把麦子，用马尾巴下套，一次最多能捉两三只，属于小打小闹，而用大箩筐，就有可能一次扣一群，整建制地被活捉。

我们几个既找不到马尾巴，也没有大箩筐，但我们也有自己的办法，只要找几块砖头，在地上刨一个拳头大小的坑，砖块就在坑边，用一根细木棍极其险峻地撑起来，再在坑里零零星星撒上一些麦子，如果有麻雀光顾，在扇翅弄尾的时候不定就碰到了细木棍，而在那一瞬间，落下的砖块就有可能把麻雀压在底下。

就在我们相互攀比谁的战利品多的时候，一下撞见了他——那个拖着鼻涕的家伙，选这条路回家虽然有点绕，但是人少不会出麻烦，这家伙好像知道我们去干啥了，专门在这里候着我们。看见他我们都一愣，他好像突然从地底下冒出来的一样，我们甚至来不及把手中的战利品藏在身后，而他的目光直勾勾地落在我们手上，那意思再明白不过了。还是大耳朵反应快，极其豪气地从几只麻雀中挑了一只大个的塞到他的手中，我看见他快要过河的那一溜鼻涕嗖的一下就缩回去了，按现在的说法这算是封口费，我也讨好地从裤袋深处摸出一根鞭炮——那是冒着被炸伤手指的危险从别人正在燃放的一大挂鞭炮上抢下来的，捻子已经被点燃，而被我抢到手掐灭的，现在我急切地把它展现在手心，慷慨地送给他，我想这下他总不会去告状了吧，而且他也接受了我们的贿赂，关键是他接过那只麻雀的时候，还用手指轻轻摩挲着鸟的头，就仿佛那鸟儿还活着一般，就凭他的这个举动，我就放心了许多，我们这可是双重保险啊！只见过拒绝之后的翻脸无情，谁见过接受之后的背叛？

由于违反了学校的规定，我们几个被老师强迫留下来打扫全班的卫生，这倒不算什么事，关键是老师还要告到家长那儿，这是治我们的杀手锏，没有不怕的，那个时候当爹的出手似乎从不手软，我们都不太像亲生的儿子。

我们也没有真正意义上地收拾那个告密者，只是把那首流传在我们童年的儿歌一遍遍对他唱：告状台，拉韭菜，一拉拉了一口袋！不过他还真有那么一段时间在我们面前抬不起头来，他甚至想讨好我们，而我们总是高仰着头，一副不依不饶的架势，告密者和被告密者，搞不懂究竟是谁做错了事！

2016 年 3 月 22 日

乌市骑马山望雪斋

出　身

小时候上学，最怕假期结束后的开学报到。

倒不是因为暑假的偷瓜摘菜、嬉水摸鱼的神仙日子不能再继续，也不是寒假的溜冰滑雪、斗鸡摔跤的快乐时光宣告结束，而是每次升班报到，新老师都要在新生花名册上填写学生的相关信息，诸如年龄、性别、籍贯、民族和家庭出身等，我最怕也最恨的就是老师当众问及家庭出身，每遇此况便大窘，不能不答，而答之后果又异常可怕！如果是一个故意刁难人的老师，那情形就更不堪了，老师问：家庭出身？目光躲避着他，声音极弱地嗫嚅：地主。老师：这么小的声音，听不清，再大声说一遍！我只要按他的要求一张嘴，这世界便立刻不同了。

前来报到的认识不认识的同学，马上就自动地把我划分到另外的阵营，他们是不屑与我们这样的人为伍的，每个班级都有那么几个成分不好的学生，有的是地主、富农、资本家，有的是商人、业主甚至可能是军阀（在国民党部队当过兵的似乎都适用这个），还有几种成分，比如中农、知识分子等，划分比较模糊，属于比上不足，比下有余的成分，最牛的成分是贫下中农，就是贫农和下中农组成的阶层，其中更了得的是雇农，这是比贫农还要贫的成分，是和工人阶级一样无产阶级专政最倚重的对象，他们有责任也有义务对我们这些"狗崽子"进行监督，虽然我们被定义为是可以教育好的一代，但我们也是多么让人不放心的一代。

我不止一次在心里怨怼我们家的出身为啥是地主呢，哪怕是个富农或商人也行啊！如果前面再加上一个"小"字，比如小业主、小商人什么的，那简直就是一种幸福，而地主是什么？黄世仁、刘文彩还有南霸天这些吃人不吐骨头的恶霸，都是地主阶级的代表，把我们和这些人联系在一起，好像我们都是亲戚一般，还能不被同学唾弃？

有个叫李瘸子的校工，经常被请上台来给我们做忆苦思甜报告，所谓"忆苦思甜"就是忆旧社会的苦，思新社会的甜，从而激起对地主阶级的仇恨，对新社会的热爱。李瘸子每次都从他九岁开始给地主扛活讲起，一直讲到十七岁相了个媳妇，被地主强占了，他去讲理，被地主打断了一条腿，从此落下了终身残疾。每讲至此，李瘸子都声泪俱下，而这时保准有人站起来大呼口号，而口号不外乎"不忘阶级苦，牢记血泪仇！打倒万恶的旧社会！"之类，跟着他们在高呼口号的时候，心里总是在发虚，仿佛自己在声讨自己，喊出去的口号太响亮了，别人一听就是有假的成分，喊得太弱了，又会被人指责不愿意跟地主成分划清界限，不愿意接受改造。

比起喊口号，忆苦思甜大会之后的忆苦饭就更让我们这些个狗崽子不知如何是好。所谓忆苦饭是用麦子的麸皮拌着一些老白菜帮子和烂萝卜之类，煮成一锅不干不稀的吃食，那气味热乎乎地弥漫着酸馊，还没入口就差不多要呕出来了，但这时千万不能有丝毫的怨言，否则后果是不言而喻的，既不能吃得津津有味，也不能表现得难以下咽，保持匀速的咀嚼，适时地下咽，关键是表情还要严肃，有一种陷入往事回忆的庄重才最好。最怕的是被人问及好不好吃，不管你怎么回答都会被别人揪住辫子，你如果回答好吃，他们会说这是贫下中农干的牛马活，吃的猪狗食，怎么会好吃？你是站在什么立场在说话？假如你说不好吃，那你极可能被污蔑为没有阶级感情，劳动人民一年四季都是靠这个填饱肚子，怎么到了你的嘴里就难吃了呢？对待忆苦饭的态度，是检验每一个像我们这样出身不好的人的极好手段，一次考验便有可能发现重大问题。

哥哥的一位同学，就因为在吃忆苦饭时忍不住呕吐，被人告发到工宣队那里，这成了一件很严重的政治事件，继而对他们家整个开展了深入调查，查到最后竟查出他们家是漏网的大地主，家也被抄了，在一个大会议室里展出了出自他们家的许多东西，我们都被要求去参观，谁也不能逃避。在那间临时的展厅里，一条长铁丝上挂满了林林总总的衣物，一溜桌子上满是一些稀罕之物。我第一次见到真的虎皮，那是一件他爷爷穿过的大衣，比起样板戏《智取威虎山》里杨子荣的虎皮坎肩要漂亮多了，华丽而内敛，斑斓而灵动，仿佛一只真老虎被挂在那里；原来传说中的人参是这个样子，像洗手剩下的肥皂头，黄不黄白不白的，一点也没有名贵补药盛名之下的模样，倒是盛装人参的那个金丝绒盒子，显出几分华贵之相；最不可思议的是一对类似香炉一样的带有三足的金属器具，但与香炉不同的是，它的表面不是平直不带凹陷的反而是呈几丛尖锐立于中央，没有人能搞懂那是什么，解说员说那是惩罚人的刑具，专门让人下跪的东西，可不是吗？大小正好和膝盖相仿，上面的尖角也正好对付不服软的膝头。我们整个被震惊了！地主恶霸实在太可恶，贫下中农四季辛劳却衣不蔽体，地主老财不稼不穑却穿着虎皮大衣，贫下中农吃糠咽菜，他们却喝燕窝吃人参，对付那些可怜的农民，竟然会想出那么可怕的刑具，简直太没人性了！

我的爷爷也是地主，他也是如此这般对待他的雇农吗？我们的老家是否也藏匿着大量令人震惊的罪证？而我又总是庆幸我的父亲没有留在乡下继承土地，否则日后被打倒在地再踏上一只脚是在所难免的，命运肯定不会好到哪里去。

我父亲是个革命军人，是共产党较早的军事院校生。我们家有一张刚刚解放的1950年父亲在中国人民解放军中南军政院校就读时的照片，那是一张类似于毕业照的合影照，照片上有好几百号人，一律的马裤大檐帽，父亲尤其醒目，除了浓眉大眼、唇线分明的帅气，再就是从肩头斜斜披挂着一条类似绶带的东西（后来父亲告诉我，那叫执勤带，拍照那天他恰好是执勤官），背景是广西桂林著名的七星岩，虽是黑白照，但山势的恢弘衬托得那一群军中骄子格外精神，一个个都是龙精虎猛的架势。

从军校出来，父亲就随军进了新疆，成为莎车骑兵六师的年轻军官。可没多久就集体转业到了兵团，那时的兵团是个半军事半地方的建制，主要的任务是开荒造田、生产粮食，这对于当时的军事院校生来说，的确是没有用武之地，好在父亲进过学堂，比起那些放下肩头的枪又扛起坎土曼的老兵来说算是大知识分子了，又被保送到八一农学院学机械，至此农用机械伴随了他的一生。

按理那个年代像父亲这样的学历在各方面都是很有优势的，就因为出身的问题，父亲一直郁郁不得志，仅有才学是不够的，而才学也是不可靠的，一个满手是老茧，指甲永远黑乎乎的贫下中农，肯定比那些面皮白净、咬文嚼字的家伙让人放心，历次的运动父亲都是被审查的对象，尤其是"文革"，父亲的出身问题不仅累及自身，连哥哥姐姐们的参军、招工、上大学都受到了影响，那些被推荐上大学的工农兵学员，除了要表现好以外，最重要的便是出身好。而父亲从来没有抱怨过什么，我猜想倒不是他境界高，而实在是不敢对自己的出身问题提出异议，出身是不能改变的，出身和血统是不能被选择的，认命也许是最安全、最实际的办法。

那时有些激进青年，因为出身问题影响了前程，公然宣称与自己的父亲脱离父子关系，更有甚者对自己的老子拳脚相加，就是为了证明自己与地主阶级彻底划清了界限。

20世纪70年代，父亲在离乡二十多年后第一次回广西故里省亲。让他没想到的是，因为成分问题，老家的亲属竟无一人免受牵连，隔三岔五被拉出去批斗一番是家常便饭，我的已经到了耄耋之年的奶奶也被强迫参加劳动改造，更可怕的是全村人都可以随意体罚我们亲属中的任何一位，在全村我们家就是坏分子中的老末，属于猪圈里的垫土，谁都可以踩踏，连猪都可以。所有这些比父亲在新疆兵团所受的委屈似乎更让他难以接受，他把没有帽徽领章的卡其布军装穿戴齐整，还特意戴上了一双白线手套，上公社去找公社书记，父亲从四个兜的干部服中的其中一个兜里拿出了一个牛皮纸信封，把一张盖着大红印戳的介绍信递给公社书记，那时没有身份证，所有人出门都得单位开介绍信，父亲的介绍信落款是中国人民解放军新疆军区建设兵团农业第三师某团某连，职别是连长，而通红的带有"八一"字样的圆形公章，分明透射着某种威势，一向口拙的父亲，那天据说表现得异常神勇，父亲说的大意是自己在戍边守土，自己的家人竟长期受到如此的不公正待遇，这是对革命军属的迫害，必须加以制止，否则，他有必要向上级汇报此事。

关键是父亲在说这些话的时候，不时用那戴着白手套的手指在公社书记面前指指点点，公社书记顿时就有些晕了，他哪见过这种阵势，被白手套晃得心慌，那时军人的社会地位很高，一般人也搞不明白正规军和兵团的区别，军人不敢惹，是那时社会的共识，公社书记在白手套的面前立马矮下了身形，答应马上处理此事，他可真搞不明白父亲威胁说要将此事汇报给上级的这个"上级"究竟是什么，是县上、省里还是部队？总之父亲把他镇住了，在以后的很多年里，包括奶奶在内的亲属基本上再没有因成分问题受到更大的冲击。

在多年以后，遇到发小，闲谈中得知，从小给我们忆苦思甜的校工李瘸子，他的腿并不是因为找地主评理被地主打断的，而是趴在屋顶上偷窥被人发现，慌忙中跌下来摔断了腿；而那个被抄家的哥哥的同学，出身也并不是什么大地主，而是东南亚的归国华侨，他们家有那么多的奇奇怪怪的东西也就不足为奇了，只是一直想不明白，那一对香炉一样的玩意究竟是干什么的。

2016 年 4 月 8 日

乌市骑马山望雪斋

出身

甜

人的味蕾在发育的初期，对味道的敏感是超乎寻常的，那些充满了热望的颗粒，分布在整条舌头和口腔内，仿佛是鹅卵石铺就的一条条小径，通向咽喉的深处，所有快感都是踮着脚在味蕾上行走的脚踵，匆匆而过的一般不会留下深刻的记忆，徐徐缓行的通常会遗落下些许涩苦，而唯有涩苦才永难忘却。

我经常诧异我的童年，味蕾怎么会如此发达，对一切滋味都有着疯狂的渴望，尤其是对甜味的向往，完全可以和现在一个瘾君子对毒品的需求相媲美。

那是一个物质与精神同样极度贫乏的年代，我家兄弟姐妹四人，正到了长身体的年龄，配给的口粮根本不够填饱永远处于饥饿状态的肚子。我们的眼睛时刻搜寻着所有可以吞咽的东西，地上长的，树上结的，只要放进嘴里不出问题，都会被我们坚硬的牙齿嚼碎，哪怕不能下咽，也要榨干其中的滋味，因此那些植物的块根和枝头的果实，在还没有成熟的时候，就被我们偷偷摘下，大嚼特嚼，于生酸涩苦中汲取那微乎其微的甜来，也许是太过艰难的生活，才会对甜格外向往，对甜也分外敏感。

那时对春天的盼望，与现在的内容大相径庭，现在更强调这个季节的花红柳绿带来的精神上的愉悦，而那时对我们来说，春天

疼痛史

到了，就意味着上天将要给我们送来各种各样的零食，最先来到的是榆钱和槐花，那是可以大把大把往嘴里塞的鲜嫩之物，经过一个冬天的煎熬，几近僵木的唇舌一下子就被它们激活了，想一想那些美丽的花瓣和多汁的花蕊，在我们的口中翻搅起的是怎样的波澜？最难忘的是那些灿若星辰的沙枣花，金灿灿的，馥郁浓香，花型虽小，却密密匝匝的，一个枝头总是挤满了千百计的花蕾，沙枣花和沙枣一样，虽香甜却略显干涩，如果像榆钱槐花般大把塞入口中，肯定会呛得背过气去。

新疆的维吾尔族人对沙枣花有着特殊的解读，老人们认为，女孩子最好不要接近沙枣花，因为它经久不散的甜腻腻的香气会令怀春的少女把持不住，容易堕入某种情境中难以自拔。而其实是沙枣花过于外露的性情和过于张扬的表现，有种不管不顾的气概，香就香出点名堂，甜就甜出点魅力，用不着委屈含蓄，直截了当，干干脆脆。作为我们的零食，我们才不管它是否有催情的作用，我们更在乎它甜到了什么份儿。

春天短暂的花期之后，各种青果便占据了枝头，果然是"花褪残红青杏小"，实在忍不住向往，也会偷偷摘那么一两个青果解馋，只是酸多于甜，白生生的果核还是一包浆水，嚼着酸涩，脑子却早已到了果实压弯枝头的六月天，那储满了蜜汁的果实，一个个沉甸甸的，屈指一算离那个可以大快朵颐的季节还有不短的时日，便禁不住吧嗒几下寂寞的嘴。

不过我和哥哥发现，所有蔬菜长在地下的部分，埋在余烬的炭灰里，都能烤出热腾腾的甜味来，像老白菜根、青白萝卜、胡萝卜、洋葱、大蒜之类的统统都能如法炮制，如果运气好，弄几个土豆，那就算过年了！面目生硬的土豆在炭灰里渐渐变得松弛，吹掉表面的黑灰，便露出些许焦黄，烫烫的在手中倒着，刺啦一声撕开一道皮，冒着香气的沙白内瓤便露了出来，还没有吃，牙根里的酸水已近横流，先是甜，从舌头接触的一刹那，猛然的灼烫带来的是甜丝丝的气浪，紧随其后的才是铺天盖地的香，从唇齿两侧一直汹涌到咽喉深处。

粮食不够吃，一个星期中总有几天要以瓜菜代饭。最常吃的是煮一锅胡萝卜，全家人每人碗里几根被煮得已经蜕皮的红红黄黄的东西，吃得多了，便没了胡萝卜的清香，一股子烂菜根的味道，幸好还有点甜味，否则真不知该如何下咽，只是胃里常反酸。有一天母亲照例要煮一锅胡萝卜，只是不知从哪里搞来了一个丑陋的大个萝卜——那是用来榨糖的糖萝卜——我们称之为甜菜。母亲把甜菜洗净，切成指头厚薄的片，把胡萝卜放在底下，把甜菜片码放在胡萝卜上面，等煮的时候甜菜熬出的糖汁就会把整锅胡萝卜都弄甜。

我们几兄弟围在灶台边，从来没有为一锅胡萝卜这样期待，大家都瞅着从锅盖边钻出的热气，从热气中捕捉着熟稔而又有些特殊的味道，二哥说他闻到了甜菜的甜味，我没有闻到，却开始咽口水，很响的几声，引得大哥、二哥都忍不住咽口水。这是个漫长而难耐的等待，柴火比往常塞进炉膛要多许多，却总觉得火不够旺，但不觉间一股甜味已弥漫在整个屋子，且愈来愈浓重，那种深入肺腑的气息，让我记忆了多年。终于可以出锅了，掀开锅盖，几个头都扎进热气蒸腾的锅口，只见甜菜片软塌塌的，被逼出糖汁之后纹理显得很粗糙，而它之下的胡萝卜则裹了一层橙黄色的糖汁，尤其是锅底的那一层，焦黄且灿烂，就如同冰糖葫芦一般。也不顾它有多烫，张嘴就咬，接着就一声"啊"，原来糖汁粘住了牙，一张嘴竟扯出满嘴晶亮的丝来。

那些年我们家的病号饭非常特别，几个孩子中不管谁病了，玉米糊糊里加一勺糖便是最高的慰劳，每次母亲从紧锁的柜子里取出那个铁罐子，我们都会格外期待，目不转睛地看着铁盖被撬开，鸡蛋大小的铝勺子伸进去，舀出来的只有拇指盖那么一小坨白亮白亮的东西，它叫白砂糖，在牙齿间被粉碎时，的确有点沙砾的感觉，但却甜得要命，每次进沙漠里打柴看到沙丘，我都在想这些沙砾如

果都是糖粒那该多好，我不敢想象整个一个隆起的丘地都是砂糖，那会是怎样的一种疯狂？那一小勺砂糖倾倒在玉米粥上，很快玉米粥的表面便出现一层薄薄的液体，我知道它是糖溶化的结果，它非常甜，但不够我两口吃的，我必须将其慢慢搅匀，让那些甜味扩散到碗的每一个角落，尽管稀释下去的结果会使甜味愈来愈淡，但整整一碗的白糖玉米粥看上去多让人舒服，而吃掉一碗粥是需要一定时间的，慢慢享用是一种过程，唯有这个过程才是最令人心生快慰的。

　　童年时最高兴的事是在别人的婚礼上凑热闹，一群半大不大的毛头小子乱哄哄地跑进跑出，大人也不管，反而增加不少热闹喜庆的气氛，而我最期盼的是看大人们闹新房，特别是那个用嘴叼糖的节目，一根细线从中间绑着一块水果糖，从上面垂下来，那糖块晃晃悠悠的，被灯光照得晶莹剔透，然后新郎和新娘面对面站着，不许用手，只能用各自的嘴将其衔住，一人咬下一半，往往新郎主动些，新娘大多羞红了脸，半推半就的，看着让人着急，而一群大人就开始起哄，有的甚至上手把两个脑袋往一起推，两张嘴只要碰在了一起，便会引发一阵阵狂笑。我那时不懂，这个游戏的关键，是让他们在咬糖的时候嘴和嘴碰在一起，就相当于接吻，大人们其实想看的就是他们当众互吻，那个年代，全面抵制资本主义西方腐朽生活，合法合理地看男女接吻，除了在闹新房的时候，还能在哪儿看到呢？而我那时更在乎的是那一块被一根垂下的细线绑缚的水果糖，就仿佛是水中鱼钩上的鱼饵，那晃晃悠悠垂下的样子，绝对是一种不可抗拒的诱惑，我那时就想，如果换了是我，还没等那糖块停稳当，我就会毫不犹豫地扑上去，一口咬下吞下去，当然，如果糖块能再大一点就最好了。

　　我们那个地方，后来因为糖的事，还闹出过几件大事。

　　彪子是我们公认的孩子王，他有一双眼白特别多的眼睛，他在想点子的时候，眼仁朝上翻，几乎就看不见瞳孔，眼睛只剩下两块白，闪着骇人的光泽。

不能否认的是，彪子的号召力无人能敌，而他的号召力则来自于他不断带给我们的惊喜，况且他的腿粗短有力，奔跑频率之快也是这群孩子中的佼佼者，人们总能看到一群孩子跟在彪子的后面像荒原上的一群野蜂，呼啦啦地掠过每一块他们认为有必要去的地方。

让这群孩子佩服不已的是，不管出了什么事，彪子总是一个人扛着，有时事太出格，彪子的父亲便把腰间的宽牛皮带抽出来，劈头盖脸一顿乱打，而彪子从不躲避，也不哼哼一声，昂着头直视着歇斯底里发作的父亲，这更激起了父亲的怒火，父亲认为，不能被打服的彪子，总有一天会捅破天的。

果然，彪子捅破了天。

快6月了，麦子将黄未黄的，正是灌浆的关键时节，眼见着麦穗一天天肥胖起来，麦粒鼓胀胀的，由青转黄的样子看着就让人喜欢。麻雀一群群飞来，田间地头多出了不少麦草人，穿着破衣服，扣一顶烂草帽，一阵风吹过麦草人便晃晃悠悠的，惊飞的麻雀在半空叽叽喳喳不敢下落，而如此几次，麻雀便窥出了猫腻，毫无顾忌地直扑麦地，有的居然落在麦草人的头上站岗望风。

为此人们费尽了周折，这可是从我们的口中夺粮啊！有个八农毕业的大学生出了一招，那是学校书本上的应对方法，曰：诱捕法。整一口大锅，用甜菜熬出糖浆（孩子们都称之为糖稀），再把敌敌畏混合在其中，将糖稀盛放在小碟子里，在地头搭一些木架，置于其上，那些专吃麦芯的青虫，还有麻雀经不住糖稀的诱惑，会首先光顾，而糖稀里暗藏的农药则会轻易让它们毙命。

可谁也没料到，彪子发现了地头上的糖稀，他带给大家的惊喜总是让他仿若有神助一般。一群孩子围着木架上那一小碟糖稀，你一舌头，我一指头的，一分钟不到就全部解决了，盘子底都被舔得明晃晃的，一群十几个孩子，就那么点糖稀，虽然每个人的唇舌上都有了点甜味，但怎能满足他们对甜的幻想？深褐色的糖稀，黏在手指或唇舌间的感觉真是妙不可言！很快彪子就发现不远处的木架上还有糖稀，彪子奔跑的优势彻底显现出来，他第一个冲到另一个碟子跟前，在其他孩子还没赶到之前，端起小碟子就往嘴里扒，等其他孩子赶到，他把所剩无几的小碟子扔给他们，然后又朝另一个木架冲去，然而，在彪子冲向第四个木架时，却一头栽倒在地，口吐白沫，眼睛朝上翻，一点黑眼仁都见不着了。

其他也有几个跑在最前面的孩子陆续倒下，最终抢救的结果，其他孩子都脱离了危险，唯有彪子中毒太深没能抢救过来，彪子的黑眼仁再也没见过阳光。

那时缺油少肉，每家的日子都过得十分寡淡，得肝炎、浮肿病什么的是常见的事。有个才过门不久的新媳妇得了肝炎，谁也没更好的办法，听说肝炎要多吃糖，糖是可以养肝的，而糖是定量的，不是你想要多少就能得到多少，每年每人才能分到两百克，除非有关系，找领导批条子，去门市部买个一公斤两公斤的，这就算是天大的神通了。

新媳妇得了肝炎，当丈夫的自然焦急万分，但他和领导没啥特殊关系，领导自然不会待见他，弄两包七分钱的黄金叶香烟，尽管他已肉痛不已，但领导哪能入眼？

新媳妇只好自己去找领导，新媳妇毕竟是新的，好看，且生得白净，加之患了肝炎，捂着腰腹蹙着眉，一副风吹就倒的模样，看了就让人心生怜爱，领导没有马上拒绝，而是绕着弯子讲自己的不容易，最终话题自然落到了根本，反而哀求新媳妇可怜可怜他寂寞已久的肉体，新媳妇明白，没有付出，休想得到。

新媳妇握着领导批的条子，如愿买回了两公斤古巴红糖，她明白，领导手里的糖多的是，要几十上百公斤都有，只是每次必须用自己去交换，就好像身体变成了钞票，被别人一张张地花去。

后来在她又一次成功买回两公斤古巴红糖的时候，她的丈夫终于发现了不对劲，这个不善言辞的男人，没有动声色，隐忍着巨大的屈辱和伤痛，在新媳妇又一次找领导批条子时，拎着一把刀冲了进去，不由分说先劈了那个领导，然后闭上眼，对新媳妇挥起了刀。

据说那个男人做完这一切，从领导的屋子里搜出了半面袋子古巴红糖，大把大把往嘴里塞，然后，整个人就疯掉了……

在物质极度匮乏的年代，物质的确如马克思的辩证法所言，决定着我们的意识。我这个20世纪60年代出生的人，不知是悲催还是幸运，几乎经历了这个国家所有重大的事件，苦挨过最困苦的寒冰时代，也迎来了改革开放的暖春，当有一天物质极大丰富的时候，它所满足的不啻是我们的需求，而是对我们永无止境的欲求的拷问。

在最想得到的时候而不能，是一种煎熬，也是一种等待中的积蓄，此刻的苦求其实已经埋下了希望的种子，所谓苦尽甘来、否极泰来是一种翻转的极致，只不过有时来得太过突然，让我们猝不及防。

改革开放初期，我毕业被分配到一个大型石油企业的技工学校任教。

时7月，戈壁滩上建起的石油基地，绿荫难觅，酷热难当，屋子内的所有家具物件都是有温度的，触之仿如火上才过。学校通知去领防暑降温糖，知道是福利，但不明白何为防暑降温糖。排了队，每人领回大半面袋子白砂糖，原来它能够防暑降温？老实说，我还从没有一个人面对和拥有过这么多糖，记忆中自己曾拥有过一小袋真正的上海奶糖，那是父亲当连长时他麾下的上海知青因为探亲超假，贿赂父亲的"糖衣炮弹"，那包上海奶糖名义上是送我的，实际上是我们所有孩子的，从那时起大白兔奶糖的滋味让我记忆了一生。

面对这样半面袋子糖，我有些不知所措，这差不多是当年我们那个小商店所有砂糖的总量了，而现在它归我一个人所有。探手伸进面袋子，满满就抓了一把，那些细小的颗粒坚硬而有棱角，密密匝匝地嵌进掌心，是那样地真实和奇怪，我一时竟不知该如何处置这半面袋子糖了。

倒是我的同学干脆利落，糖一扛回宿舍，他就拿了一把大搪瓷缸子，狠狠舀了下去，几乎是满一缸子，只留下不到三分之一的空余，然后把开水倒进去，用铁勺徐徐搅动，原以为糖一遇水就立马溶化，但没想到糖太多水太少，糖溶化的速度比想象的要慢许多，最后竟成了异常黏稠的液体，同学说这是一缸子饱和液体，他端起大搪瓷缸，准备来个一饮而尽，可是还没到一半，他就不行了，那情景就像喝酒喝醉了一般，摇摇晃晃的，全身瘫软，站不起来了。

后来我才知道那叫醉糖，就如同人醉酒、醉茶一样，是一种物极必反的反应，这症候虽是人体的自我保护，属正常，但极伤人。

据说那同学从此以后再没吃过糖，几十年了，糖不知是否还是甜的。

2016年6月1日初稿

2017年3月9日再改

乌市骑马山望雪斋

甜

103

去看马老师

时间是一个很奇怪的容器，它所保留下来的东西，往往与我们脑子里存留下来的东西有所差别，不是原先的比现在的稚气，就是现在的比原先的老旧，总之很难严丝合缝地还原成完整的一体。

当马老师出现在我们面前的时候，昏暗的灯光下，我努力将脑海中储存的这个人的想象与面前的这个人相比照，从差异中找回相像，又从似曾相识中分辨差异，陌生中的熟稔与熟稔中的陌生，交织出你根本无法马上接受的这个人。

三十年后重见故人，他的面容里有多少你所不知的沧桑，不啻是华发丛生，肤色黯淡，眼睛浑浊，粗粗细细的皱褶盘踞上曾经光洁无比的面庞，更是当年一腔的激情早已不知所终，所谓的理想，是让一个人充盈起来的理由，当这个充分的理由在三十年的光阴里不断被否定，最终剩下的只能是干瘪如胡杨树皮般的凋敝，粗粝的节理纵横着几许的深浅。

被一群几十年前的学生围在当中，不知道内心是何种感受。都不说是谁，让他一个个猜，每当猜中一个，他的眼睛都会遽然一亮，从厚厚的镜片后投射出温和而谦恭的笑意，在那一刹那，我又找到了三十年前我熟稔的目光。他几乎没有一分停留即刻就认出了我，他居然还记得我短跑六十米创下的学校纪录9秒36（其实我早已不记得了），我应该算他最得意的门生，马老师教我们体育和美术课，那时叫军体课和图画课，而这两项恰是我的强项，在他经历了那么多世事沉浮的几十年后，居然能记住我六十米短跑的纪录，着实令我震惊！

马老师应该是他们那一批上海知青中的佼佼者，个子不高且黑瘦，一副厚厚的近视镜片让人觉着木讷，而板寸的短发又透着精干。他的脖子上始终用红绸带挂着一枚白铜哨子，那是他作为体育老师的标志。马老师上课之前，总要背诵一段毛主席语录，诸如提高警惕保卫祖国，或者备战备荒为人民之类的话，大部分与当时反帝反修准备打仗的大形势靠得比较紧，在室外上军体课，他经常搞一些军事演习，常常在没有预先通知的情况下，突然吹响铜哨子，其声尖厉而持续不断，犹如敌机来袭的警报，闻声的我们犹如炸锅的蚂蚁四处跑散开，各自寻找能够躲避栖身的地方趴下，双臂圈着护着头，一动不能动，直至他转完一圈检查所有同学的情况后才哨音停住，然后进行点评。

某次他的哨音又突起，我们四下里跑开，我一眼就发现不远处的胡杨树下有一处长条形的低洼坑，就一蹦子跳过去，直接趴下，这时才觉着不对劲儿，一股臭味扑面而来，往下一看，竟然有一坨已经干得发黑的大便，就在我的眼前，但我不能起身，马老师嘹呖的哨音还在持续，我无论如何都要坚持完这几分钟，我努力屏住呼吸，将头拧向另外一侧，一副壮烈赴死的表情。

演习收哨，我因选择的地方比较隐蔽而得到了马老师的表扬，但那一坨大便的恶臭却让我记忆了一生。

马老师最令我们钦佩的是画得一手好画。其实他也许就是初中或高中生的水平，教教我们这些小学生还是没啥问题，特别是那个时代，有人站在讲台上，教我们识字就已经是万幸了。马老师好像在上海的少年宫学过几年画画，还是有点儿素描功底，有次图画课，他布置好让我们画讲台上的一只大搪瓷茶缸，而他则坐在讲台上画坐在第一排的一个女生，一节课下来，我们的图画本上都画上了圆不圆、扁不扁的茶缸，大家呼啦一下都围上前看马老师画画，只见那个女生的模样活灵活现地跃然纸上，尤其让我记忆深刻的是画出的那个女孩嘴角的小酒窝，仿佛有银铃般的笑声溢出。

马老师平日看似很严肃，但我们并不惧怕他，他组织的几个兴趣小组，同学们都踊跃参加，我自然在美术组，女同学们大多参加了体操组。

美术组比较枯燥，几乎每天都对着几个瓶瓶罐罐画静物，不像体操组，地上铺了两张棕垫子，在马老师的指导下，女同学们在上面翻腾跳跃，叽叽喳喳的一片欢声笑语。

忽然有一天，马老师不在了，有同学说他被团保卫科的人铐上手铐带走了。

都不明白是怎么回事，我们喜欢的马老师咋就突然成了阶级敌人？后来才听说，马老师在给女同学辅导体操动作时触碰到了他不该触碰的地方，而其中的一个女同学的父亲恰是团里主管政法的领导，自然不会放过敢于对他女儿下黑手的人，很快，马老师被判了八年还是十年，反正是被劳改了。

一直到我们上完高中，都没见马老师从劳改队出来。

倒是有个刑满释放的劳改犯，说他在里面与马老师是一个小队的狱友，他说那人老实能干，特别吃得下苦，从不惹事，可惜了他的一身本事。说到能干吃得下苦，他给我讲了一个细节，劳改队干活，也要评先进，看谁推的土方多，开荒平地，用独轮车将土方从地这一头送至另一头，马老师为了每趟多送点儿土方，在装车到一半时放进一根胳膊粗细的木棍，压瓷实周围的土，等土方全部装好后，已是尖尖的一个大锥体，推独轮车的人根本无法看见前面的路，而这时将木棍抽出来，土方中就留出一个圆孔，将将看得清前方，就这样他每次都比别人多送一方土，一天数十车下来，第一名自然是马老师。

　　我们组织了高中毕业三十年同学会，三十年不见，话题自然是天上地下、五花八门，不知道谁就提到了马老师，说他早就被释放了，好像是被冤枉已经平反了。又说他现在还在团里，没有回上海去，都猜测，也许是上海他已没有亲人，也许是他觉着没有脸面面对家人。娶了一个当地的女人，日子过得还行。

　　不知什么原因，大家都很想见一见马老师，就相约去他家拜望。

　　那是个傍晚，家家都响起了晚饭后的电视节目，马老师家的院门却挂着一把大锁，家里没人，奇怪了，这么晚，会到哪儿去呢？邻居告诉我们，马老师的妻子在承包的棉花地里摘棉花，天气快冷了，要在打霜之前摘完地里的棉花，马老师肯定去帮忙了。

　　不知道棉花地在哪里，我们决定等。约摸过了一个小时，朦胧的夜色下走来两个人，从前面那个人的步态我一眼就判断出了他是马老师，跟在他身后的人应该就是他的妻子吧。

　　门口忽然的一群人，让马老师有些诧异，他的妻子迅速冲到前面，将马老师拦在身后，问我们要干什么。当马老师知道这一群人是他当年的学生时，我感觉他确实深深震惊了！这些个人高马大的男男女女，竟然是当年那群不及胸高的小屁孩，我们没有忘记马老师，难道他忘记我们了？也许他从来没想过也不敢想有一天会有他的学生来看望他，这个当年的上海知青，这个木讷而精干的小学教师，这个被历史和时间耽搁一生的人，不知道现在留在哪一个梦境？

　　我是他学生中跑得最快的人，我的六十米 9 秒 36 的学校短跑纪录，是否曾照亮过他黝黯的日子？

2020 年 3 月 11 日

于妖魔山望山斋

阳光不曾漂白的日子

　　我记得那时的阳光透过烂了一个角的玻璃窗射进来，看上去锈迹斑斑的，上午第一节课阳光正好泼洒在娅坐的位置上，让她的乌发忽然变得黄得有些发红，类似于秋天玉米的胡子，黑发的浓重即刻就显得轻飘飘起来。

　　每天进教室我都会习惯性地往娅的座位上扫视一眼，会看见她悄无声息地整理课桌上的文具，清洁而有条不紊，今天却是个例外，娅的座位是空的，一块完整的阳光静静地泊在她的座位上，没有阴影，很有质感，触之肯定能感觉到它的软硬。

　　后来我才知道，娅再也不会坐在那个座位上了，而我也再看不见那个阳光下变幻的女孩了。

　　一段时间谁也不知道娅的行踪，那时我们男女生之间不说话，更不敢打探她的消息，但我知道肯定不止一个人在惦记着她。起初以为她家里发生了什么事，或者转学走了，后来才听说娅病了，说她病了的同学，其时目光闪烁，那口吻里似乎多了些别的意思。

　　果然几天之后我们班的"猫耳朵"就有了权威发布，他说娅怀了娃娃。啊！啥叫晴天霹雳？这个病还能称之为病吗？

　　这个病的发现还要从前几天的体育课说起，那天体育老师也许心情不好，上节课通知了教我们低势匍匐前进，现在改为强行军三千米跑，一说长跑我就发怵，原因是跑着跑着气就不够用了，大喘不说，最后恨不得把鼻尖都吸到肺里去，再就是腹腔里哪都疼，开始是乱七八糟地痛成一团，到后来才有一处较为明显的疼点，而且随着呼吸一扯一扯地疼。

娅就是在三千米长跑中肚子开始疼的，多数人在停止运动休息一会儿后疼痛便会自行消失，但娅在体育课后的几天里一直持续地疼，学校卫生所的校医认真检查了一遍，其实这个校医是个学习毛选积极分子才从大田里抽调进学校的赤脚医生，刚学了几天针灸尝过几味中药，医术是可想而知的，给了几片阿司匹林止痛片，就算打发了。娅自然便被送进了团场医院，一个年轻的医生拿着听诊器一通乱听，据说在肚子上听到了突突的声音，也许是类似于心脏的搏跳吧，遂断定是怀了孩子。

一个中学生怀了娃娃，在那时可是个了不得的天大事情，学校为此成立了以工宣队为首的专案组，调查此事。班里的大部分男生和学校的男老师，都被叫去谈话，之所以是大部分男生，是因为包括我在内的几个同学，个子小小，肩头瘦削，好像还拖着鼻涕，完全没有发育成为男人，尚属儿童系列，便被排除在外。像班里的那些大个子，劳动委员、体育委员什么的，平常就爱谈论女同学和女老师，感觉他们对女人的事懂得特别多，而且在课外还背着老师抽烟，他们不被喊去谈话就怪了。

据说问的问题都差不多，诸如与娅平日里有什么接触和往来，某月某日至某月某日在什么地方，有谁能作证，有没有听说过哪个老师对娅表现出特别之处。被问的人都一脸茫然，而问的人则唾沫星子四溅，既高蹈凌厉又循循善诱，而最终都是没什么价值的线索，只有一个学生因为音乐老师之前罚过他的站，告诉专案组曾看见音乐老师把娅叫到办公室，而且不止一次。这可是一个重要的线索，岂能错过！专案组当即就开展了紧锣密鼓的调查，音乐老师承认曾叫娅到他的办公室三次，而每次都是教娅唱歌发声，有美术老师王，体育老师杨、刘可以分别作证，音、美、体是一个教研室，这些老师当然是最好的旁证。

我们班那时正在排练合唱节目《长征组歌》，娅和另外一名女生领唱，娅的嗓音很亮很特别，高音处飘忽却不发颤，空灵而婉转，直上九霄，只是新疆孩子前鼻音后鼻音分得不是很清楚，音乐老师纠正了她的发音，又在音准和高音部分加以指导，娅的歌唱果然有了明显提高。在全校的歌咏比赛上，《遵义会议放光辉》开场女声的四句领唱"苗岭秀，旭日升，百鸟啼，报新春"，一下子就把所有人给镇住了，娅的声音脆生生、亮豁豁的，极富描绘性，立马就把人带到了苗岭的意境中。多少年以后，我的同学在回忆娅的歌唱时还在说，她的歌声一起，第一秒钟他就忘记喘气了，直到她三转两转走完所有的高音，从"春"字开始降下来，他才续上刚才那口气。

我们班的《长征组歌》获得了全校第一，娅的领唱为我们加分不少，而音乐老师的声乐指导自然功不可没，在众多证人的证明下，他的嫌疑也被排除了。我们的矮个子的数学老师，用四川话调侃：短矬矬头发的人硬是讲不清楚咯。

那么究竟谁是罪魁祸首呢？全校上下都被查遍了，而每个人都讲清楚了，目标只好转向学校以外的社会上。

其实也可以不必绕那么大的圈子，只要从娅这里寻到突破口，她开口指认谁，还能有落网之鱼吗？关键是娅始终不说或说不清和谁有了那么回事儿，就仿佛是对爱情忠贞不渝，誓死保护爱人的琼玛，对牛虻保持永久的沉默。娅的父亲是个甘肃人，还是个副连长，娅的一切现在让他丢尽了脸面，甘肃人传统文化中关于礼教的方面尤为看重，而副连长的面子更是不容有丝毫损伤，这让他怒不可遏，开始是让他老婆询问，有些话毕竟老子不好直接问女儿，看问不出名堂，只好亲自出马，但不管是绕着圈子还是直接发问，都没有回应，就如同光和声音进入了宇宙黑洞，副连长就有些想不通了，前段时间他们抓住一个偷马的嫌犯，开始嫌犯也是拒不开口，一副死猪不怕开水烫爱咋咋的模样，副连长眼珠子不错地盯着他看了三分钟，硬是盯得嫌犯目光开始躲闪，头也侧向一旁，就在这个节骨眼上，副连长猛地一掌拍向桌子，粗糙的桌面生生让他击裂，嫌犯大惊还没有反应过来，就看到副连长顺手操起挂在墙上的步枪，哗啦一声就上了膛，对着嫌犯的脚旁"砰"的一枪，泥土被溅起一大块，嫌犯顿时就瘫坐在地，骚烘烘的气味甚至都盖过了刚才子弹的火药味，地上已经尿水横流，副连长刚才那一气呵成的麻利动作，没打过仗的人是做不出的，而对嫌犯的震慑则是不言而喻的，嫌犯马上就全招了。对于敢于偷马的人，副连长有的是办法，而对敢于偷自己女儿的贼则一筹莫展，副连长的耐心实在是有限的，但他不能用枪来吓唬女儿，情急之下，他还是出了手，那个可以一掌拍裂桌面的巴掌，带着风掴向女儿娇嫩的脸，顿时娅的面庞便留下五道清晰的指印，很快半边脸都肿了起来，嘴角流出了鲜红，一向非常痛爱女儿的父亲也愣在了原地，他感到自己的手掌从来没有过的火辣辣地疼。

挨不过专案组的软硬兼施，更不愿看到父亲痛苦得失魂落魄，娅只好说某次放学回家，天有些晚了，路过大排碱渠的那片苞谷地，有个蒙面的大汉窜出来撂倒了她，拖她至苞谷地的深处，刀架在她的脖子上，就把坏事干了。

显然这是一个无头案，整个团场都在追查蒙面大汉，弄得人心惶惶的，那些家有女孩儿的家长，更是不断告诫自己的闺女，不要去苞谷地、葵花地，不要去树林子，不要去可能遮蔽视线的一切危险之地。而那些身形魁岸又长着胡子的大汉，人们看他们的眼神大抵都怀有警惕和审视的意味，这让那些过去为自己的男人气概自豪的一干人，灰头土脸地不知该如何辩白。

然而，事情并未像所有人想象的那样。几个月过去了，娅的肚子仍在疼，可肚子的体量却未曾变大，按说发现怀孩子到现在，娅的肚子起码应该有一个排球那么大了，可娅的肚子依然平坦如春天的耕地，没有任何起伏，副连长此刻方觉得问题不对了，他马上把女儿送到师部医院就诊，到底是大医院的医生，娅很快就被确诊为腹腔恶性肿瘤，而并非有孕。

团场医院妇产科的医生辩解说，因为娅的瘤子长在腹腔的某根血管上，听诊器听上去就仿佛是婴儿的脉搏一般，所以诊断娅怀了娃娃也是正常的。

关键是由于误诊，耽搁了最佳治疗时间，再加之一段时间来娅所承受的身心摧残，生生地把一个绽放在春天的青春美少女折磨成了秋天行将凋敝的树叶。

娅被转到北京更大的医院去治疗，开始娅与班里要好的女同学还有书信来往，告知她治疗的情况，比如开始脱发，头发被剃掉了等等，再后来音信就少了，毕竟这里距北京万里之遥啊！

在我们即将升高中的时候，一个噩耗传来，娅在北京去世了。

后来我曾无数次回忆但总是记不清，最后一次见到娅是在什么场合什么时候。我一直不敢想象她被剃去了头发的模样，我只记得阳光让她的黑发变得玉米胡子般轻飘飘的样子，还有泊在她座位上那块完整的阳光，几十年过去了，阳光随处可见，而娅早已化成一缕风，像她的歌声一样，飘飘忽忽地直上九霄。

112

2018 年 10 月 25 日

乌市妖魔山望山斋

疼
痛
史

横过江面的雾岚

9 月重庆，比我预想的要凉爽一些，但比我所在的城市又燠热不少。

机舱门打开，便有一股热乎乎的潮气蜂拥而入，让我这个早已惯常了西北干燥的鼻腔顿时有了一种阻塞感。我努力扩张开胸肌，深深吸进这略显黏稠的空气，隐约中竟有一丝丝类似烟草植物的涩苦，隐晦而直接，这气息有些熟悉，又有些陌生，不知什么原因，灵光一闪我忽然就想起了他，没错，他的身上就有这么股气息，几十年了，我竟然一下子就记了起来，我真是佩服又奇怪我的记忆。

从那一刻，我就开始不断想他了。在来重庆之前，因为知道他生活在这座城市，也因为事情与石油相关，也曾动了一下要联系他的念头——但那是在办完正事还有时间的前提下，可是就在下飞机的那一刻，我忽然就有了一种立刻想见到他的冲动，如果要把这冲动归结为因为一丝气息引发的显然有些言过其实，我在内心知道，他从来就没有从我的记忆中淡出，随着时间的流淌，那些往事如流水下的石块，被打磨得愈发光亮。

他叫陈放。可能是解放那年出生的，这个名字当然最具时代特征了。

陈放是重庆人，但我们常把操着那种绵软与硬朗相兼、尖厉与流畅相融方言的人统统叫四川人，况且那时重庆还没有从四川分离出去。

重庆人陈放是 1977 年从四川石油管理局抽调到新疆去开发新油田的。

四川是中国石油的摇篮，早在 1942 年，著名地质学家李四光就对鄂西长江三峡一带进行过石油地质考察，1936 年 9 月，民国政府行政院资源委员会就设立了四川油矿探勘处，1937 年在石油沟构造首钻巴 1 井，自 1937 年开钻巴 1 井到四川解放前夕的十三年间，四川油矿探勘处先后在四个构造上钻井六口，进尺五千五百九十八米，探明天然气储量三百八十五亿立方米；新中国成立后，在 1958 年和 1960 年，举全国之力，开展了四次大规模的"川中石油大会战"，来自玉门、青海、大庆、克拉玛依等地的石油队伍参加会战，人数多达一万五千多人，川中大会战，取得了经验、提高了素质、锻炼了队伍，能打硬仗的川军一时声名鹊起。

1977 年，新疆昆仑山下的柯克亚打出了高产工业油流，一个新的大油田在塔克拉玛干沙漠西南缘即将诞生。石油大会战势在必行，在全国多支石油会战队伍中，怎能少了最能吃苦、最能打硬仗的川军？

陈放就是这川军出川中的一分子。

陈放如果不开口说话，你绝对不会把他当作四川人，一个地域总会把它的一些特征通过生活在这里的人的面貌、气质传达出去，比如南方人秀顺，北方人粗猛，但这种特点并没有像南船北马那样明确，一眼就能识别，那是需要阅人的经历和经验，方能判读出此人的出处。

陈放是机修厂的钳工，身高在一米八五以上，身板魁岸、头大脸阔、浓眉豹眼，刚来新疆时所有人都住帐篷，帐篷里冬天要生炉子取暖，在重庆长大的陈放和妻子不怎么会摆弄，帐篷不知怎么就着火了，为了扑灭大火，保住自己的家，陈放的脸上、手上均被烧伤，黑黑的脸上有那么几块粉不粉白不白的地方，这些反而让他更有几分男人的硬度，就像常说的那样，伤疤代表着经历。

陈放一张口便是瓮声瓮气的，震得人耳根子发麻。他的四川话（后来才知道是重庆话）直来直去，节奏鲜明、铿锵有力，与我们先前耳熟的川音大有出入。

和陈放相识，是因为他成了我的学生。陈放他们这批四川石油局来的工人，大多数是初中毕业十几岁就参加了工作，说是初中毕业，顶多有小学的水平，现在要求学历达标，就让他们重新补习初中文化，拿一个补发的文凭。我那时在南疆石油技校任教，也就二十岁刚出头，而这些来补习的学生却大我许多，有的看上去像是长辈。

新学生来自南疆石油指挥部的各个单位，照例得点名认识一下，在点到陈放时，课堂里呼啦戳起一截黑铁塔——个子那么高，偏偏还坐在前排，他一站起来，后面的学生就全被遮蔽了。他的自我介绍干脆短促，硬邦邦的重庆话显得很有气势，还夹带着烟草植物的涩苦气息，晦暗而直接，他说了些什么我已不记得，当时只觉得教室回声很大，耳根子发麻，我只记住了他说完话，很白的牙在黑脸盘上极其醒目地闪烁了一下，然后两手紧贴着裤缝，规规矩矩又坐下，我一下子就记住了他。

让所有人都记住他，是一次在阅读课文时，他竟然抽起烟来，开始只是隐约有点烟的刺鼻味儿，放眼一看陈放支着大脑袋的手掌间居然夹着一支蓝烟袅袅的香烟，而他却在煞有介事嘀嘀咕咕低声读着课文。我有些愤怒了，原本就讨厌烟味儿，更讨厌有人在我的课堂上公然抽烟，这不仅是破坏了课堂纪律，也是对我的极大挑衅和蔑视。我厉声喊了他的名字，质问他想干什么，陈放不知所措地站了起来，赶紧把香烟扔在脚下踩灭，满脸窘相，他没想到我会发这么大的火，也不知道这个后果会很严重，他只是一个劲儿地解释，好像是说读课文读了进去，忘了这是在教室里，不知不觉就把烟点着了。他的这番话，引起了其他同学的一阵哄笑，而所有人就此都知道了他。

让我没想到的是，下课后回到办公室，刚歇一口气，就听到有怯怯的敲门声，我说，请进。就见一个大脑袋探了进来，一嘴白牙冲着我粲然，陈放？我有些诧异，陈放是专门给我道歉的，他的手背在身后，极恭敬的模样。我也有些抱歉刚才在课堂上的脾气，告诉他这次算了，只要下次不犯就行。陈放听到我的话，眉眼顿时松懈下来，忽然从身背后拿出一瓶 20 世纪 80 年代才有的汽水，郑重地对我说："老师，不生气好嘛，我请你喝软料。"听闻我一怔，"软料"显然是他把"饮"读成了"软"，看他一本正经的样子，也绝不是在玩笑，办公室里其他老师到底没憋住，突然就哄堂大笑起来，这倒让陈放丈二和尚摸不着头脑，傻傻地跟着一屋子人笑。

这拨回炉学生毕业后，陈放倒成了我的朋友。陈放说，那时你太严肃了，我们都好怕你！怕我？你这么一个黑大汉居然会怕我？我有些不大相信。陈放说，我最怕你喊我起来回答问题，读课文，每一次你的眼睛看到我们这边，我的腿都在"投"。他的重庆话把"抖"说成了"投"。

不过我的四川话，大部分都是从他那里学来的。陈放的酒量大，喝起酒来气干云天的，按四川话说很耿直，从来不会兜圈圈，说一声喝到起不管大杯小杯立马见底。沾了酒以后的陈放，愈发豪迈，粗嗓门大喉咙更是无人能敌。

在游戏中学语言，是最快的一种方式，我学着用四川话跟他们划拳，四川话果然进步飞速，没多久，我的四川话就几近以假乱真了。而语言的接近，也让我们之间更加亲近。

文化虽然有限的陈放，居然会下几手围棋，这让我对他另眼相看。彼时我也是刚学围棋不久，水平有限，陈放就趁机好好蹂躏我，别看他五大三粗的样子，下起棋来还颇有心计，不过大多是一些骗招，一看就知道没有受过正规专业训练，是重庆棋摊上的野路子，如果他挖的坑让我落入圈套了，便会龇出一口白牙，幸灾乐祸地说:"你又要遭喽!"其快乐溢于言表,像一个大孩子。可是,在我读了几本围棋书的半年之后,陈放就渐渐不是对手了,每一次落败,他都会极其懊恼地挠他粗短黑发直立的大脑袋,慨叹:"吃不上蚂蚱喽!"

陈放有一辆嘉陵摩托车,是与日本合资生产的那种比较娇小的车型,陈放一米八几的大个子骑跨在上面,显得头重脚轻有些滑稽,感觉是在欺负这辆袖珍摩托。对此我曾戏言于他,称他为"有暴力倾向",他却不以为然,指着摩托商标认真地说:"看到没得?这是我们重庆出的嘉陵牌,嘉陵江晓得噻,我们重庆的江。"

真看不出来,他的思乡之情竟在这里体现出了,当一个人对一个地方的思恋累积到一定程度的时候,就会对出自那里的一切产生强烈的移情,犹如漂泊海外多年的华人,会把对故土的思恋寄托在一段乐曲或某个物件上,每每触及,便忍不住泪水滂沱。

陈放三十几岁带着妻儿从山青水绿的嘉陵江畔来到了黄沙漫卷的昆仑山塔克拉玛干沙漠,这种巨大差异不仅仅表现在地域及风土人情上,更表现在隐秘的内心挣扎上,都说故土难离,其实不是你离弃了故土,而是故土代表的那一群体对你的离弃,作为群居动物的人,最可怕的不是远方,而是远方带来的孤独感。新疆的生活虽然大块肉大碗酒的,颇与陈放的性情相适,但那种对远方曾经生养过他的山水的耿耿于怀,是他后半生最大的遗憾。

陈放是一个极重感情的人。1992年我从南疆石油技校调往《新疆日报》工作,告别众人,车就要开了,陈放骑着他那辆小摩托车风驰电掣般赶来,把一个大玻璃罐筒瓶子塞在我手中,他说:"没得啥子送你,我自己整的泡菜,路上吃……"顿时我的眼圈就有些潮了,再看陈放他已是眼泪吧嗒吧嗒地大颗往下落。

之后,天各一方,由于各自生活内容的殊异,联系也就渐渐少了,若遇到昔日的熟人,也绝不放弃打听他的境况。再后来听说他的孩子读书去了上海,而他也在1999年退休后和妻子回到魂牵梦紫的重庆，从此我也与陈放彻底断了联系。

此次重庆之行，第一个就想到了他。人有时是很奇怪的，不管你去往再遥远再陌生的地方，只要那里有你相识的甚至是有瓜葛的某个人，那个铁板一块冰冷的地方便有了一丝缝隙，从那个缝隙进入，便会发现和找到属于自己的温暖，那里慢慢也会成为一个亲切的地方。其实那是找到了内心的一个倚靠，一个潜意识中的担保者，是陌生环境下可以回旋的余地。当年许多闯新疆的人，仅凭本村人的一个名字就找到新疆，并立足创业，打下自己一片天的人屡见不鲜。

我倒不想在重庆再有什么图谋，只是想见一下陈放，为了逝去的岁月，为了回望来路捡拾几枚熟稔的脚印。

没有联系方式不要紧，只要想见，总能有办法。给我在南疆塔西南油田的学生打个电话，他是搞人事工作的，请他设法联系陈放原先工作单位的人事部门，估计打听陈放的联系方式也不是什么难事。果然第二天我的学生就完成了任务，并把陈放的相关联系信息用短信发在我的手机上。

我开始给陈放打电话，我竟莫名地有些紧张，不知是因为马上就要听到他震得耳根子发麻的声音，还是几十年后彼此的再一次续缘带来的兴奋。然而，电话始终打不通，打他夫人的电话（是个新疆手机号），接电话的竟然是个操维吾尔语的男声，显然号码是有问题的。遂想到和陈放那年一起从重庆到新疆工作的几个同事，说不定他们可以提供陈放的线索。

再联系，果然就有了消息，电话那一头是陈放一个张姓的朋友。当听闻我要找陈放，他沉默了一下，声音平静地说："陈放2013年就去世了，死了好几年了……"我顿时就蒙了，脑袋一片空白，后来不知道怎么结束通话的。

原来陈放退休回重庆后，忽然的无所事事让他有些不知所措，没有了钻机的轰鸣，没有了工友们的喧闹，没有了大块的肉、大碗的酒，高度商业化的大都市，和原先他离开时的重庆已完全不同，这是一个熟悉而陌生，亲密而隔膜的地方，湮没在动人的乡音里，他却有种局外人的感觉，多少个夜晚，他竟无端地怀想起昆仑山下的那个石油基地，那些在风沙中摇曳的白杨树，那些他曾喂养的鸽子在蓝天优美地旋翔，都成了他一遍遍重温的往事，他开始独自一人喝闷酒，而且越喝越多，就像一个人在流沙中深陷，愈是挣扎愈是难以自救。

据说他买了一辆和在新疆时差不多的小摩托车，经常去小时候常常光顾的嘉陵江边钓鱼，喝酒钓鱼基本上是他每天全部的内容。而后来的某一天，忽然就被查出肝上有了问题，且已经到了晚期，戒酒已来不及（他也不想戒），任其发展吧，没过多久，陈放那打雷般的嗓门便戛然寂寂了。

陈放的张姓朋友告诉我，某年，他从新疆回重庆探亲，陈放听说后，要他回绝所有的亲朋去机场接机，陈放说他要驾车亲往去接，他想陈放这几年过得可能不错，想接就满足他的愿望。不料出了候机厅，到处却不见陈放，正茫然四顾间，却见陈放驾着他的小摩托车从一排汽车后面溜了过来，人还在十几米开外，大嗓门早就吼上了，惹得众人都往这边望，他的张姓朋友大窘，恨不能钻到地缝中去，而他也平生第一次享受了这种规格的接机。

我来这座城市找他，他却去了天国。

清晨，在经历了高高低低的起伏之后，我来到了嘉陵江畔。一江大水默默地流淌，江面平坦，仿若一条巨大的传送带向远方输送着什么，而横过江面的雾岚，让江对岸模糊了不少，在水一方，朦胧中似有一条壮汉，抛出一根细丝，然后蹲在江边，看一管红白相间的鱼浮子于水浪间上下颠簸，永不沉没。

2016 年 11 月 28 日

乌市骑马山望雪斋

不要脸

当我从门下经过，上面正好有块玻璃落下，不偏不倚它在我的头顶炸开，你说不可能这么巧，而我得告诉你，有时事情就那么寸，早一秒钟晚一秒钟都不可能发生的事，却偏偏发生了，要不然这世上就不会发生那么多起车祸，就不会有屋漏偏逢连夜雨了。

那天班里在搞爱国卫生，几个同学在擦玻璃窗，我从门外推门进的当口，好像有谁预谋一般，上面的一块玻璃就准确无误地落在我的头顶，冰凉的一声脆响，热乎乎的血顿时便从颅顶顺着面颊流了下来。

大家都吓坏了，在门框上擦玻璃的同学更是手足无措，倒不是有多么疼，关键是在我毫无心理准备的情况下，这一气呵成的击打把我吓蒙了，条件反射我的第一动作就是捂住头，仿佛怕疼痛飞走一般。

就在此刻，刚担任我们班班主任的刘老师进门了，估计我一头一脸的血把她给吓坏了，一向轻且柔带着上海口音的普通话忽然变得急速起来，她问："怎么了？怎么了？不要怕！"我只是无语地摇着头，首先我也不知道是怎么了，再者我压根就不怕。见我没有应声，她真以为我怎么了，也不听其他同学给她讲述事情的经过，拉起我就走，往学校医务室快步奔去，她的个子高挑且腿长，我一路小跑才能跟上她的步履，一路还不断安慰我："别怕，马上就到了，到了就不痛了。"

这是我上五年级，班主任老师与我的第一次接触，也许是这次比较特殊的相识，心里对这个班主任的接受就显得比较顺溜，以至于后来有些同学说她的坏话，我都会不自觉地维护她。班主任老师是个上海知青，脸和手比一般人要白许多，留着两条不粗不细的辫子，在来学校之前，也是跟其他知青一样在大田里干农活，干农活脸会被日头晒黑，手的皮肤会变得粗糙，关键是手指关节会被挤压开，变形变粗，而从大田里出来的刘老师，面若敷粉，白且透着水气，一双手十指细细溜溜的，压根就不是干粗活的人。

那时刚刚时兴一种叫"的确良"的布料，听说不是棉花纺的，而是从石油里提取的，这就让我们一万个想不通了，黑乎乎黏稠的石油怎么与漂亮轻薄挺括的衣料有瓜葛？一天早上刘老师上语文课，她一进门我们就全傻了，她穿了一件我们从来没见过的短袖衬衣，衬衣是月白色的，看上去又薄又轻，大概就是所谓的薄如蝉翼吧，在我们当时有限的想象中，传说在空中飞来飞去的仙女，可能穿的就是这个。"的确良"我们都在心里嘀咕了一下，之前我们把"的确良"的"良"误以为是"凉"，因此每个人都觉着这衣服穿着的确凉快。

那天早晨，太阳从窗户斜射进来，恰恰投射在刘老师的身上，仿佛一束追光，而她身上的"的确良"衬衣忽然就变得透明起来，连她内里穿的背心都清晰地看得到，那是一件被男生称之为"二流子"的无袖背心，我们就有些不自在起来，看她的目光有些躲闪且忌惮，我的邻座雀娃子示意我看刘老师，又指一指自己的腋下，说："毛。"在他的提示下，我果然看见刘老师在举起教鞭点黑板时，腋下忽然隐约一现的黑色，我顿时就低下了头，脸上肯定是红红的，我就像窥到了不该看的东西，搞得自己无地自容。

刘老师那天恰巧在黑板上写了一个字"面"，她解释这个"面"

可以是表面，也可以表示脸面，也就是脸，她还说，每个人都要有廉耻之心，最可怕的是脸丢掉了……

但从那天起，对刘老师的各种议论就多了起来，我也在心里想不通，她为啥穿那样的衬衣上课，那时我们对凡是涉及那方面事情的总结性评价只有三个字"不要脸"！不要脸的刘老师依旧穿着那件衬衣给我们上课，只是她不知道我们已经把她划到"不要脸"的行列了。

但是更不要脸的事情发生的时候，我们却不知道究竟谁不要脸了。

那段时间，造反运动空前激烈，有些地方甚至开始动枪动炮了，忽然一天团场里就来了几个戴领章帽徽的军人，说是来"支左"的，其实就是军管会的代表。外人不清楚的，以为兵团和部队差不多，反正都穿着黄军装，可兵团人心里明白，自己是土八路，在外面唬唬人还可以，遇到真正的大部队，就啥都不是了。那时也没啥军衔，黄军装都差不多，关键是人家的帽子上有一枚鲜红的铁质五角星，领子上一边缀着一块红丝绒的领章，就像样板戏中唱的那样"头顶一颗红星，革命的红旗挂两边"。别小看军装上的这点红色，它可代表着一个强有力的组织机构，是甄别一切可能与之混淆的最显著的标记。

军代表的头儿姓杨，在我们团场挂了一个副政委的虚职（听说他在部队早已是师职军官），但那段时间团场所有的事，都是他说了算。杨副政委身形颇为瘦小，背还略略有点弯，苍白的脸上倒八字眉显得十分抢眼，他体毛重，平时脸刮得铁青，而胳膊上的汗毛从军装的袖口爬出来一直延伸到手背上，黑森森的犹如趴了一片触角摇曳的蚂蚁。

有天杨副政委受邀去到学校作报告，在人头攒动的礼堂里，他的视线无意间就被一个身影牵引住了，那是个子高挑、穿着洋气的刘老师，正在指挥学生们按次序排队坐下，她高高举起的一只手就仿佛是风中孤独的芦荻。那天的报告他说了些什么，他自己都记不清楚了，只有我的班主任刘老师高高举起的一只手一直在他眼前晃。

被贼惦记了要有祸事，被人惦记了同样也不是啥好事。

被杨副政委惦记的刘老师，几乎在懵然不知的情况下，进入了别人为她规划的路径，直到有一天，再也走不下去了。

杨副政委先是叫刘老师过来谈话，谈人生、谈理想、谈前程、谈进步，谈着谈着话题就宽泛起来，而且口头语言不足以表达时，就加上了肢体语言，让我们很难接受的是，比杨副政委高出近半个头的刘老师，咋就被他压在了身下？我们想象着杨副政委毛茸茸的手是如何剥开刘老师的的确良衬衣，黑蚂蚁爬遍了她的全身。

刘老师没有来上课，雀娃子说不要脸的去卫生队打娃娃去了。我心里说不上的滋味，于是掸雀娃子：别胡说！雀娃子看我的眼神很奇怪，他斜眼打量着我，那神情仿佛是在说：咋？到现在了，你还在维护她，真是不嗑出臭虫你就不相信瓜子不全是香的，走着瞧。

果然，刘老师再没能登讲台。据说她被迫去堕了胎，然后又被赶回大田里劳动去了。

而杨副政委仅仅受了个警告处分，很快"支左"结束，他又回部队当他的师长去了。

一切就这样结束了，一切仿佛都没发生过。

多少年来，我一直在想，究竟是刘老师不要脸，还是我们不要脸？我一直记着她说过的话，"每个人都要有廉耻之心，最可怕的是脸丢掉了"。我摸一摸我的脸还在，那是谁的脸丢掉了呢？要脸有什么用？脸真的很重要吗？

几年以后，我快升初中的时候，有一天我们被安排去连队参加夏收割麦子。那时学校的课程里都会有学工、学农课，所谓学农，无非是在大田里干各种农活，我们这些野惯了的孩子，本来就厌烦每天在教室里读书，这会儿正乐得在广阔天地里大显身手。我们班的男生多，割麦子的进度奇快，一上午就排在了全校的首位。

我们旁边的地块，是连队职工的麦地，那些干农活的成年人，早晨起得早，每个人都头顶一个大草帽，身背一只大号军用水壶，他们干活不疾不徐，保持匀速，活照样出不少。不像我们这些半大愣小子的学生，一股子冲劲之后，慢慢就干不动了，到了下午，我们班渐渐就被人赶超了。

雀娃子忽然用镰刀指着旁边地块的另一头："快看，那不是不要脸的吗？"我们都停下手直起腰，往那边望去，只见一人穿着最常见的松松垮垮的土黄军装，戴着一顶大草帽，在埋头割麦子，但显然活儿干得太慢了，落在了最后，别人的麦垄都倒下了，只有她的还有长长的一溜，好几百米长呢，这要干到什么时候！看不清脸，从身形上看，倒是与刘老师有几分相似，谁也不敢特别肯定，于是大家的话题自然就转到了她身上。

我不希望那就是她，又确信那就是她。我在割麦子的当口不时向那边望几眼，这次那个戴大草帽的人，站起来直起了腰，还抬手用胳膊擦拭额角的汗，就在那一瞬间，我已确定那就是刘老师，她那高挑的个子，抬手的姿势，不会是第二个人。

累了一天的同学们早早都躺下了，在连队腾出的大会议室里，大家打着地铺，一片乱哄哄的。我悄悄溜了出来，拿着镰刀，赶往麦地，我想帮刘老师割完她的麦子，天上的月亮真好，照得大地明晃晃的，还没到地头，就听到有人割麦子的唰唰声，难道刘老师还没回去？悄悄又往前走了几步，只见一个人弯着腰，很有力道地将镰刀贴着地皮搂过来，麦子一片都倒在那人的臂弯里——如此娴熟的割麦把式，显然不是刘老师，我又上前几步，对方抬起了头，我们几乎同时都怔住了，都"啊"了一声，那割麦的人竟然是雀娃子。雀娃子像是被捉住了手腕的贼一样，不知说啥好，只是支支吾吾地嘟哝：月亮太明了，睡不着……

　　我不再说什么，弯下腰，和雀娃子齐头并进，甩开膀子，一直割进月光的深处。

2019 年 7 月 19 日

红山

致命的高度

　　你一定知道天是空的，既然是空的，就不可能承担任何重量，除非像鸟一样，有一双托举的翅膀。

　　八层楼，不算特别高，但绝对也是一个致命的高度。在爬上窗台的那一刻，你一定看到了天蓝得纯粹，云白得洁净，阳光一如既往地慷慨，把铜一般质地的温热送达每一个角落；你一定看到了远处的楼群，在正午的蜃气中似隐似现，那里有一间属于你的寓所，四壁挂着你认为不可多得的字画，还有你自认为得意的书作"春风又绿江南岸"，那不是颜体，亦不是唐楷，是你多年的硬笔演化而来的行书，书桌上摊开着你正在编纂的泉学巨著《新疆红钱考》，一盆墨兰叶片修长披拂，仿如对一切淡然处之的隐士；你一定看到了矗立于阳光下的雪峰——博格达峰，那座护佑苍生的圣山，它一如既往地沉静着，用它的巨大缄默垂范着永恒的内敛；你也一定看到了远处穿梭的车流，近处的青青绿草，可能还有奶奶爷爷组成的庞大家族的人群，簇拥着一个新生儿从产房出来。你看到了许多，但一定不会想得太多，在这致命的高度，果决代表着义无反顾，一刹那就是一生一世。

　　你是一个体寒的人，即使是在处暑之后，在屋子里也常常是毛背心不离身，这次查出癌症以后，似乎更怕冷了，身上的好几个部位都捆绑上了电热装置，仿佛是在孵化什么。你是多么喜欢夏天的一个人，充足的阳光，绿树成荫，鲜花随时绽放，只有夏天这个季节，你的身体才像一个正常人一样运作安然，你舍不得夏天，你要好好享受这最后的夏天，即使在最艰难的时候你都咬牙挺过来了，可是夏天终究要离去，既然夏天留不住，秋天已近逼，那就随秋天去吧。

你得的是骨髓癌，就是骨髓里造血的机能出了问题。你在网上迅速就弄明白了病因、出现的症状以及该如何医治等，谈起自己的病，头头是道，就像一个已经从事癌症治疗多年的医学专家，你还在微信上与朋友交流，对自己的病情总结出了若干条，对如何应对，做好了充分的准备。

去医院看你，你告诉我，死并不可怕，况且从一开始就做好了最坏的打算，关键是难以忍受的疼痛，打乱了所有既定的方针，让人乱了心智。

其实，疼痛是最不可言传的，当你告诉别人自己是如何如何疼痛的时候，对方只能通过你的言语、表情或者手势之类来体会你的疼痛，而他的肉身不会有一丝痛感，就如同你告诉别人某个东西的甜或苦，你只能用类比或形容的语言来传达，至于甜到什么程度，苦到何种地步，没有用舌头品尝的人，是无论如何难以真正体味到的，经过了语言的描述与提示，虽然想象的成分可以弥补其中的部分感受，但毕竟有限，所有感官的活动，如果不是亲历，很难有感同身受，也许只有一种例外，炭火之于肌肤，利刃之于筋骨，即使不在己身，可那种视觉唤起的经验，依然可以很痛。

你告诉我，由于骨髓造血功能受损，全身所有的骨头因病变导致缺乏营养而变得脆弱之极，也许一阵剧烈的咳嗽，就可能导致肋骨的骨折，现在身上已经多处骨折，以至于睡觉时不敢也不能够随便翻身，你只好换掉医院的病床，买来一张电动的，可以帮助人自由翻身的床。疼痛来自骨头的深处，且无时无刻不在施威，疼痛是人类最古老的恐怖，是与生俱来的梦魇，它被上帝在人还没完全成形的时候就提前根植于肉体，想要控制一个人，最有效的方式就是羁绊他的肉体，改造思想不如改造肉体，思想的改造往往是通过肉体来实现的，所有的酷刑都是针对肉体来的，最终屈服人的意志。

彼时你已经拄起了双拐，两腿不知有几处骨折，依靠支撑，勉强能够艰难移步，不是因为车祸，也不是其他意外，你一辈子都不会相信，有一天自己会像一个残疾人一样，靠器械托起躯体。

那是怎样的疼痛啊！不管你采用何种躺卧的姿势，都不能丝毫减轻疼痛，亦不管你醒着还是昏睡，疼痛都在噬咬着你的每一根神经，疼痛占据着你的全部，疼痛也让你致幻，在致幻中你却清醒地意识到，如此发展下去，最终会死得很难看。你是一个那么自尊的人，你的一生践行着有尊严地活着，当然更希望有尊严地死去。中国人最缺乏的不是物质的丰富，也不是科技的创新，而是作为人的尊严，曾几何时，有多少人，为了有尊严地活和有尊严地死，付诸了毕生的努力，一个能够挺起脊梁堂堂正正的人，在中国是何其匮乏，尊严是人之所以称之为人的根本，尊严是生命的高度，也是致命的高度。

与其这样零零碎碎、持续不断地疼，倒不如化零为整来一个干脆利落的，用一个巨大的一次性的疼痛，来换取那些纠缠不休、令人崩溃的折磨。

我不能想象，依靠着双拐是如何攀爬上那个一米多高的窗台的。那是个寂静的午后，饱食的人们都沉入午间的睡梦，没有人目睹你的最后壮举，你知道这是自己的事情，与他人无关，但你还是想保持最后的隐私。

我不知道你是否在费尽气力攀爬上窗台的那一刻，居高临下望着结实的大地，是否有过犹豫，是否有过退缩，毕竟那是需要巨大勇气的事，我想只有阅尽了人间冷暖的人，才会不在乎人世间的一切，只有行为思想果敢的人，才能义无反顾，也许一个真正对自己对生命负责的人，才敢于选择自行了断，你的事情，你做主。

你颤颤巍巍攀爬上八楼的窗台，深深呼吸一口清冽的空气，将远方收归眼底，朝向大地，如同任何一个自由落体的东西，缓慢而迅速地下降。

肉体坠地，灵魂升天。

2019 年 9 月 4 日

稿成于红山

致命的高度

疯狂的口罩

口罩是这个时代的标志。

我们需要口罩吗？口罩是必需的？老婆最近在我耳边抱怨最多的就是买不着口罩——她已经跑了几家药店，均被告知无货。口罩不过是医生、保洁员常备的东西，就像他们手上的手套，头上的帽子，也是职业的一种标识，而忽然间它成了全民的必需品，一夜间身价百倍也就不足为奇了，况且它和生命联系得那么紧密，貌似轻飘飘的几层纺织物，却显得格外沉甸甸的。

从另一个角度来看，作为一个合格的公民，别人有的，你也必须要有，当戴口罩成为一种共识，它便有了超越道德的社会约束力，所有违背这个约束力的人，都是不能被允许的，也因此我们被打造成一个模样，统统没有五官，一切个性化的裸露都是极其危险的，在和生死这样的大事比较起来，其他都是小事。

我们肉眼看不见的病毒，看不见的飞沫，过于微小、过于隐匿，但也绝对过于强大！你搞不清它的数量（但肯定比人类的总和要多出许多），也搞不清它的具体方位，更搞不清它的行为方式，我们只是被动地防御，我们发明了口罩，以为这样就可以隔绝来自外部的危险，我们循环着自己呼出的废气，闻着自己的口臭，深刻感受着来自肉身的污浊。

我们阻隔着一切有可能侵入我们体内的东西，竭力保持着肉体的纯洁，我们过滤着空气，让清洁有益的气体穿行于我们的肌体血脉，其余的统统被挡在外面，我们过滤着蓝天，过滤着阳光；我们过滤着鸟鸣，过滤着犬吠；我们还过滤着花香，过滤着孩子银铃般的笑声。总之，我们过滤着一切可以过滤的东西，我们真的就此纯洁起来了吗？

我们防备着自身以外的所有，内心渴望着交流，肉体却拒绝着贴近。你的危险来自他人，你也是他人的危险，他人既是你的未知，你也是他人的未知。只有口罩让我们可以彼此靠近而又不被戕害，就如同船，可以贴近水而不沉溺于水。

是口罩带来了恐慌，还是口罩止住了恐慌？从看见第一个戴口罩的人开始，恐慌就随之而来了，恐惧是人类最古老的品性之一，它深深潜伏于灵魂的幽暗之处，而彼时的口罩，就如同一把青铜钥匙，开启了恐慌的大门，因此口罩是一个信号，标志着我们进入到了危险期，但它又是一个稳定器，当口罩的数量剧增，全民皆口罩时，是口罩止住了人们的恐慌，正像电视剧《水浒传》的主题歌《好汉歌》中唱的那样："你有我有全都有。"量的变化发生了质的突变，一面危险的旗帜，化作了可靠的保障，人们信任口罩，依赖口罩，离不开口罩。

口罩让我们闭嘴，平日里我们乱说得太多，也乱吃得太多，该说不该说的都说，敢吃不敢吃的都吃，我们放纵自己的口舌已久，惹下了多少的祸端竟全然不知，现在该是闭嘴的时候，口罩让我们闭嘴，口罩含混我们的语言，口罩限制我们口腔的开合，口罩封锁着我们的表达，多看看，多听听，口罩把每个人都变成了谦逊的君子。

有人开始囤积口罩，奇货可居，发那不义之财；有人开始造假，不薄的利润让他们铤而走险；也有人去回收捡拾已经用过被废弃的口罩，回去翻新一下，准备再次利用。这些可悲而可怜的人，在人类共同的灾难面前，竟然把金钱放在第一位，而无视生命的价值！

多么可爱的口罩，多么令人疯狂的口罩，口罩成了西方人与亚洲人的重要区别之一，当疫情来临，中国人带头，然后是整个亚洲人都开始戴口罩，而欧美人，却万分鄙视戴口罩者，他们的解释是从小受到的教育，只有生病的人才戴口罩，所以没必要人人戴口罩，让人想不通的是，你怎么知道谁是病人？就算你不是病人，你能肯定他人就不是病人吗？此疫存在着大量的无症状感染者，等被发现是病人的时候，估计离死亡已经不远了。

有人说欧美人脑子一根筋，转不过弯来，而我则认为是多年来他们养成的优渥心理作祟，他们始终认为，他们是天之骄子，被上帝一直眷顾着，即使是病毒，攻击的也主要是低劣的亚裔族群，他们的脸扬得高高的，他们棱角分明的漂亮面庞怎么可能被丑陋的口罩遮蔽？在他们看来，戴口罩是没有尊严的象征，为了尊严，命也可以不要！同样，戴口罩极大地限制了人的自由，那些热情奔放的欧美人，自由常常被排在第一位，无自由，毋宁死，可是真死了，自由留给谁用？

疫情刚刚开始时，欧美人死看不来戴口罩的人，他们躲避着戴口罩的人，视为毒蛇猛兽，他们大为不解，揣测亚裔人太惜命，中国人太怕死，殊不知病毒专治各种不服，你不戴口罩，就让你饱尝自由裸露的惨痛，你嘲笑那些戴口罩的人：口罩能遮住一切吗？口罩能保全你的脸面吗？殊不知，每一个小小的口罩，保护下来的每一张鲜活的面孔，当这些面孔汇聚在一起，就是整个民族、整个国家的大面孔。

但是，世事难料，仅仅是几个月以后，全球已有数十万人感染病毒，没有人具体统计过其中有多少人是因为没戴口罩而罹患疫病，更有多少人而丧生，事实的真相是，不是他们不相信口罩，也不是他们真的不喜欢口罩，而是整个世界一罩难求，口罩忽然成了

疼痛史

比黄金、美元更硬的硬通货，有的国家不惜动用战斗机去劫掠口罩，口罩瞬时形成了巨大的产业，口罩成了真理，而且是经过实践检验的放之四海而皆准的真理，口罩如风帆，鼓满了生命之风，口罩如旗帜，飘扬着人类的天真与狭隘。

口罩占据着我们的面孔，千人一面的我们，分不清彼此，曾经那些打劫银行的歹徒，用口罩是为了怕被人指认出来；而那些打着游行请愿旗号搞暴乱的分子，更是用口罩隐匿其真实身份，肆无忌惮地纵火杀人，只要口罩从他们的脸上摘除，便即刻瘫软在地，嚣张的气焰顿时不知所终。小小的口罩，薄薄的一层，竟是这般地神奇，最怕别人忘掉自己的人，有时又那么怕被人认出，怕被人指认的人，是一种暂时的消失，消失是一种安全，而口罩是最便利、最快捷的隐形方式。我们也可以这么理解，口罩占据着我们的面孔，模糊着我们的长相，是害怕死神记住我们，有理由相信，戴口罩完全可以把死神搞晕，死神总不能不分青红皂白，把所有面孔一样的人统统带走吧？如果是那样，不管是地狱抑或是天堂，都会人满为患。

多么可爱的口罩，柔软、细密、熨帖，我们完全可以把它想象成温柔的鸽翅、硕大的雪花或者远方的白帆，在它的覆盖下，我们的脸孔渐渐潮润，新鲜如刚刚开启的蚌珠。

口罩是这个时代的标志。

我在设想，假如某一天疫情过去了，还有人会那么看重口罩吗？还会为买到几只口罩而四处奔波到处求人吗？还会围绕着口罩做那么多意义深远的文章吗？如果有，那这个人肯定是被口罩伤过留下了深刻记忆的人。相信吧，口罩也会过气，就像当年我们疯狂抢购粮食、清油、布匹等生活用品，甚至为一斤肥肉大打出手一样，现在回过头看，是多么可笑，自己都觉着不可思议。

抬望眼才发现天空是一张巨大的口罩，遮盖住大地的脸孔，留出太阳和月亮的出气阀，挤挤挨挨的星光和一切已知未知的病毒，统统都被挡在了外边，感谢苍天佑我人类，进气出气间，我们又能继续生存下去。

2020 年 2 月 1 日
妖魔山望山斋稿成
4 月 1 日再改

疼痛史

母亲的金戒指

　　家里的旧相簿里，有一张母亲与另外两个女人的合影，三个人
全是齐耳短发，大翻领的女式军装，腰间都扎着宽牛皮带，一副英
姿飒爽的模样。

　　这是母亲年轻时的那个时代最时髦的装扮。女兵的形象引领着
所有女性的审美，女兵们近乎于男性的衣装，简单而直率，确实有
种野性之美。重要的是母亲拍照时本身就是女兵，那一身合体的军
装并不是借谁的装样子穿穿，因此就看不出丝毫做作，完全是自然
不过的样子，虽然是黑白照，且年代久远，已经泛黄，但仍能窥到
母亲当年的韵致。

　　与母亲合影的另外两个女兵，是母亲的战友，她们同为女拖拉
机手。那时的女拖拉机手可不得了，是女兵中的佼佼者，那时五元
人民币上，就有女拖拉机手的形象。可以想象一下，新中国刚刚成
立，劳动人民翻身做主，妇女的地位也得到了空前的提高，她们驾
驶着威猛的斯大林100号履带式拖拉机，在亘古荒原上留下人类第
一次新鲜的印记，野风吹拂着齐耳短发，脖子上扎着一条白毛巾，
干练而时尚，比之同一时期的中国农村广大的劳动妇女，虽然本质
上干的都是种庄稼的农活，但劳动手段的不同，尤其是中国几千年
农耕文化看重的人畜劳力，遭遇机械化的时候，那种冲击和不知所

措是不言而喻的。

多少年以后，在石河子军垦博物馆，与数位当年的军垦老兵座谈，其中一位操着一口山东话的老大娘，便是那时的女拖拉机手，据说第一版五元人民币上的女拖拉机手就是以她的形象为原型创作的，看到这位华发稀疏的耄耋老人，不由得想到了我已故去的母亲，泪水早已模糊了双眼。母亲她们那个时代，看似突出妇女的作用，实则是激励更多的男人们去奋斗，那时的女劳模、女标兵、女民兵排、女突击队什么的比比皆是，也就是从那时起，相比较之下，阴逐渐隆盛，而阳开始衰落，一直到如今，中国的女人似乎都顶着大半个中国的天。

母亲是父亲家中的童养媳。父亲上了解放军最早的军校中南军政大学，还没毕业就分派到了新疆，先是在骑兵部队，后去了刚成立的新疆生产建设兵团，而母亲千里迢迢投奔父亲，自然就成了女兵的一员，但能成为一名女拖拉机手则纯属意外。母亲自小在南方水乡长大，干活向来是一把好手，泼辣而胆大，在一次开荒劳动中，被扳倒的梭梭树根下忽然窜出一条尺把长的花蛇来，众人大惊，一时面面相觑，不知所措，只见母亲趋步向前，用坎土曼按住蛇头，另一只手抓住蛇尾拎起来在半空迅速抖了那么几下，便把瘫作一团的花蛇丢在地上。这不过是母亲早年在家乡割草时经常遇到的事，现在可不得了了，被传得神乎其神的，最终的结果就是导致让团领导都知道了有这么一个胆大不怕死的南方小姑娘，在全团选首批女拖拉机手时，她竟排名靠前，后来母亲说，她都搞不清楚怎么稀里糊涂地就当上了女拖拉机手。

母亲生养了我们四个孩子，那时学习苏联，生孩子多，就是为祖国做贡献，被誉为"英雄母亲"。我是母亲最小的孩子，母亲生下我就几乎没啥奶水，母亲每天要去厂部的饲养队为我打牛奶，可饲养队有条大黑狗每次都追着母亲咬，母亲一边要防狗咬，一边还要防着罐里的牛奶洒出来。那是一个寒冷的冬天，母亲足踏笨重的毡筒，手上戴着厚厚的棉手套去为我打牛奶，往回返的时候，大黑狗又追了上来，由于脚下的毡筒太过笨拙母亲跑不快，大黑狗便不依不饶又扑又咬，母亲脚下一滑摔倒在地，可手中的牛奶硬是没有泼出来，那时牛奶是定量的，每天只有那么一罐，如果洒了，我就得挨饿，母亲是拼了所有的气力保全了我的牛奶，但大黑狗这时也扑了上来，母亲用空出来的一只手死命拍打抵挡，大黑狗一口咬住了手套，嘴里呜呜地低吼不松口，幸好棉手套大而厚，大黑狗只叨走了手套，而没伤着母亲的手。打那以后，母亲便不再去打牛奶了。多少年以后，母亲经常歉意地对我说，四个孩子中，数我最可怜，只喝了两个月的牛奶，就没奶吃了，并说我是被苞谷糊糊养大的。

新疆兵团在"文革"前期，要组建南疆新的师，父亲尽管是军政大学的高材生，但出身不好，便从石河子调往南疆。新成立的团场条件极其恶劣，能让四个孩子吃饱，就得费不少心思，母亲得让父亲吃饱，还不能饿了正在长身体的孩子们，她尽量苛刻自己，用所有的精力维持着这个家，而不幸的是，由于长期的营养不良，母亲得了肝炎，被送进团部卫生队进行隔离治疗。那时我每天要去卫生队给母亲送饭，送去的饭菜自然要比平日多点油花子，有时罕见地还会有点肉，我看着母亲吃饭，母亲有次竟下意识地将菜里的肉挑出来，想让我吃，而后忽然又反应过来，肝炎要传染的，于是夹着肉的筷子便悬停在了半空。

为了让四个孩子干净而体面地上学，洗衣服成了母亲最繁重的家务劳动，那时没有洗衣机，一个大搓板外加一块肥皂，还有一个白铁皮轧成的大条盆，便是母亲洗衣服的所有设备，尤其是在冬天，冰凉的井水盐碱含量还特别高，洗一盆衣服下来，母亲的十指通红，而手背则肿得老高，皮肤皱得粗糙而龟裂。恶劣条件下长期的劳作，使母亲还没到四十岁便得上了类风湿性关节炎，十指的关节粗大，老是弯曲大张着，似乎拳不能握，每当母亲用肿胀变形的手指拧干衣服，疼得额头都会沁出一层汗来。

　　母亲就这样含辛茹苦地把我们四个孩子拉扯大了。在我的印象里，母亲从来没有在自己身上乱花费过一分钱，多少年前的落了补丁的衣服照穿不误，她总说，待在家里穿那么好干啥？给谁看？干活也不方便。记得有一年过年，我给母亲买来一条红色的披肩，母亲非常喜欢这条喜气的披肩，这年的年三十团聚宴，我们没让母亲操持，订在了酒店里，母亲非常罕见地换上了一身新衣服，还特地披上了那条红披肩，那一刻母亲是幸福的、漂亮的。过了个年，母亲又恢复了她如常的装扮——一身的旧衣，围着条厨房里干活的大围裙。母亲去世后，整理她的遗物时发现，她的衣柜里挂了不少儿女们这些年给她买的衣物，有几件从来没穿过，衣领上的吊牌都没去除，母亲总觉得等有机会时再穿这些衣服，而这样的机会是什么呢？对她来说，还有什么人生的大事需要隆重地出场？

　　有一次回家，意外地发现母亲的手指上多了一枚金戒指，那是一圈窄窄的闪着光亮的贵金属，最普通样式的戒指，箍在母亲变形的手指上。父亲说，你母亲才舍不得买这没用的东西，那是她去商场买东西，别人搞活动，她意外抽奖所得。母亲很是得意地亮了晃那戴着戒指的手指，我忽然明白，不是母亲不爱美，而是她不愿意用多余的花费去获得美，她没有更高的奢望，那意外之财带来的欣喜，会持续多久呢？果然，没几天戒指就从母亲的手上消失了，一问才知，母亲嫌戴着干活碍事，也糟蹋了，遂弄干净了包好，放在只有母亲知道的地方。

　　母亲去世后，在她衣柜的最里面，发现了一个红色的小布包，一层层打开，赫然在目的便是那一枚金戒指，和一条极细的类似于白金的项链，那枚戒指看上去有些斑驳，并无先前的熠熠生辉，黯淡了不少。姐姐说，过几天她找一个金店去清理一下戒指和项链，我们好好保存着，那可是母亲留给我们的念想。

不久之后，姐姐打来电话，告知我她去了金店，清理金器的师傅告诉她，那枚戒指不是纯金的，是铜的戒指镀了一层金而已。

2020 年 2 月 3 日
妖魔山望山斋

母
亲
的
金
戒
指

一根骨头的友谊

邻居家的小狗，说不上是什么品种，毛色焦黄，双耳直立，脑瓜子溜圆，双眼黑亮，乍一看有些像鹿犬，但身子却比鹿犬大出了近一倍，肯定不是什么血统纯正的名犬，杂种一枚耳，毛茸茸的一条尾巴，是它区分敌友的标志，见了你左摇右晃的，肯定是哥们儿，而见了你尾巴低扫夹在两腿中间，你就要小心它对你不客气了。

这条小狗攻击性极强，不管是人还是其他的狗们从它附近途经，都会招致它的狂吠，不是一声两声，而是持续不断，有时它兴头上来了，还会冲上前对你驱赶。因此我每次进屋或者出门，都要被它用特殊的方式迎送，弄得全世界都知道，动静大得让人有些受不了。有几次忍不住对其呵斥，企图用人的声威压制住它，岂料适得其反，便遭遇了它更大的反弹，吠声顿时高了许多，嗓喉里居然还有些撕裂的爆破音，那情形够可怕的，好像我这么一个成年人和一条小狗过不去似的，只好认输，抱头鼠窜而去。

一日应酬回来得稍晚，还没接近单元门口，便听到小狗闷着嗓子的呼声，心想别弄得动静太大，吵醒了睡梦中的邻居，明天大家可有的话聊了，正没招呢，忽然想起手中的打包袋里，有晚宴吃剩下的牛肉若干，羊排几根，情急之下，掏出羊排便朝着狗叫的方向投了过去，半空中都弥散着蒜香味，我想这回我都投之以李了，你总不能不报之以桃吧？果然，在羊排落地不久，小狗的叫声停息了，黑暗中传来了愉悦的咀嚼声。哼哼，我就不信了，见过不受贿赂的人，还没见过拒绝骨头的狗。忍不住我得胜般地冲着它打了两声一长一短的口哨。

第二天清早去上班，还没出单元门，就听到小狗的高一声低一声的吠叫，可待我的身影一出现，它的叫声便戛然而止了，连狗都知道吃别人的嘴短，我又冲着它打了两声一长一短的口哨，没想到它居然冲着我摇起来尾巴，我相信我已经和它化敌为友了，仔细想想，与这个世界的沟通其实有时很简单，只需几根骨头即可。

但从那以后，我也多了一份责任，每次出去应酬，都会给它带些犒赏回来，每次被人追问：你家养狗了？多会不好意思地解释是给邻家的狗。

一段时间，我很享受喂它骨头的过程，甚至有些迫不及待。每次见我回来的身影，它便摇曳着尾巴跳跃着奔向我，那感觉就仿佛是一个孩子盼到了迟迟才归的母亲。而我总要用两声一长一短的口哨回应它，或者算是我与它的约定，以至于到后来，不管我手里有没有吃的，只要我的两声口哨，它都会立马飞奔到我的跟前，速度之快，犹如一道黄色的闪电。

这条小狗其实是有名字的，它的主人叫它崽崽，而我却叫它崽子，这个名字我极少叫，很多时候，两声口哨便解决了许多问题。也许是崽子太爱叫太吵的缘故，没有被关在家里圈养，而是随便散养，整天与小区的一群野狗厮混在一起，争食抢骨头、上墙下沟，愈发野性十足，只有到晚上了才回到自己的窝里，像所有有教养的狗一样。被人豢养的狗和真正的流浪狗有着本质的区别，那就是它背后有人，流浪狗要么对人乞怜，一副可怜巴巴的样子，要么非常敏感，人的随便一个动作，都会令其逃之夭夭，被欺负是它们的常态，根本不敢对人吠叫，一不小心谁的一脚就飞了过来。崽子虽混迹于流浪狗中，但腰杆子挺得笔直，根本不把一般的人放在眼里，该叫的叫，该咬的咬，带着一群脏兮兮，看上去破烂不堪的野狗啸聚小区的小广场，很是耀武扬威，害得带小孩的妇女避之不及，生怕它们伤了孩子。

少年时就非常艳羡那些有一条大狗的人，特别是牵一条肩高盈尺，脖子粗壮，目光傲慢的大型犬散步，那感觉一定非常美妙，狗仗着人势，人借着狗胆，走着走着就会忘乎所以。

为了对付三高，医生嘱我多运动，散散步。每次出去走路，就想有条大狗陪着该是怎样地惬意。有次刚出单元门准备去散步，崽子就迎了过来，我心中不禁一动，为何不带着崽子一同上路？虽然它的体量小了点，可它毕竟是条狗啊！于是我冲着它打了两声口哨，示意它跟我走，崽子果然聪明，屁颠颠地跟着我跑，可是出了小区大门，我准备朝山野方向走的时候，崽子却停步了，回头望望来路，似乎是告诉我，不能离家太远了！我只好站下，用两声一长一短的口哨唤它过来，我蹲下身子，抚摸着它溜圆的脑瓜子，对它说，没事的，崽子，跟我去散步，转一圈咱们就回来了……回来给你买火腿肠吃，咋样？崽子毛茸茸的尾巴欢快地摇动着，显然它已听懂我的话，对一条狗，用不着做艰苦细致的思想工作，只要把目的重点讲出来，用不着绕弯子，一切都不是问题。

小区后面原先是一道荒凉的野山，后来被一个房地产老板以荒山绿化为名承包了，大部分用来种树，其中的百分之多少却可用来搞开发，而承包荒山的费用，要比正常购置土地便宜得多。野山上的树已经栽种了几年，春天的时候，山上一片青翠，紫的黄的野花把地面搞得斑斑驳驳。山上有一条碎石铺就的小路，随山势起伏蜿蜒，极适合步行。

崽子显然也是第一次上这样的山，异常兴奋，左突右奔的，一会儿跑到了前面消失不见了，一会儿又落在了后面汪汪乱叫，忽然惊到一群野鸽子扑棱着翅膀飞起，崽子则纵跳几下，想要来个空中捞月，无奈跳起的高度有限，只能眼睁睁地看着猎物飞走，对空干嚷几声而已；有时崽子会扑向草丛里的蚂蚱，满嘴不知是草屑还是蚂蚱，被呛得连声喷嚏。

这道野山梁横亘有好几公里，从西面上去，东面下来，手机运动计步在八千多步，差不多五公里，每次有崽子陪伴，感觉用不了多久就走完了，几乎不费什么劲，每次回来，我都会在路边的小卖部里给它买一根牛肉火腿肠作为犒赏，有几次我走得慢了些，崽子先行就钻进了小卖部，卖货的姑娘已认得崽子，手里拿一根火腿肠对姗姗来迟的我说，看你家的小狗多聪明，自己知道取货了。我感觉很自豪，就仿佛它真是我养的狗一样，我仅仅给它提供了几根骨头而已，其他一概不管，还有什么付出？而崽子是那样地守诺，它所给我的忠诚，绝不是几根骨头能够换来的，况且骨头得来的友谊能够长久吗？它听从我的口哨，陪我散步，满足我的愿望，哪怕它和一群流浪狗玩得正欢，只要远远听到我一长一短的两声口哨，便飞也似的奔来，如一道黄色的闪电。

可是不久，崽子失踪了。那天晚上回来，快到单元门口，我照例打了两声口哨，而我预期的窸窸窣窣的快速的碎步子并没有从黑暗中传来，怎么了？我懊丧地在心里嘀咕。如是几天，都不见崽子的身影，忍不住敲开它的主人家，主人说，他们也找了几天了，有人看见崽子被一个穿黄大衣的人抱走了。崽子这回真的丢了！

大概半年以后，我从这个小区搬迁了，临走时我多有不舍地环顾着曾经无比熟稔的一切。崽子的主人又养了一条白色的小狗，胖乎乎的，像个肉球，它从崽子的窝里滚出来，对着我摇尾巴，我忍不住对它也打了两声口哨，小胖子没啥反应，尾巴一直在摇。

又过了一年多，我重回过去的小区办事，还没到原先的单元，就听到尖厉而狂暴的吠叫，崽子？凭声音我就断定是它，果然，崽子带着那条胖乎乎的小白狗挡在路口，我用力打了两声一长一短的口哨，崽子猛地愣了一下，停止了吠叫，但遽然间它已反应过来，一道黄色的闪电，向我飞扑过来。

2020年2月4日

妖魔山望山斋

蝙蝠　蝙蝠

前几年在北京做刊物，租的房子在后海边上，在一片老北京四合院的包围下，唯一一栋两层楼的小洋房是羊房胡同街道办事处——其中的三间房，是我们在北京的临时居所兼办公室。

这里距北京著名的景点恭王府很近，走路不到一站的距离，来北京看我的朋友不少，来了除了要喝酒，再就是我得带他们去恭王府转转。

恭王府曾是大贪官和珅的私宅，后来成了恭亲王奕䜣的府邸，虽然叫恭王府，但和珅的影响似乎更大一些，大多数的游人都是冲着他来的，所有人的潜意识里，都有一种愿望：看贼是如何得手，少女怎么被凌辱，贪官会贪到何种程度，内心邪恶的一面，不能在现实中实现，就只好寄情于他人，这相当于让别人替你干了你不敢干的坏事，也就释放了累积的恶念，你又成了一个纯粹高尚的人。

和珅是一个迷信而偏执的人。蝙蝠在满族文化中有很强的幸福吉祥之寓意，相传当年努尔哈赤遇难时，就有蝙蝠来相救，再就是蝙蝠的蝠字与福谐音，更是有好彩头，和珅用蝙蝠装饰园子也就不足为奇了，可令人不能接受的是，蝙蝠怎么会救人？蝙蝠那狰狞猥琐的模样，会给人带来福运？关键是他弄了九千九百九十九只蝙蝠，有的被绘成彩画安置于廊道、屋檐上；有的被木头雕刻成蝙蝠安放于门头上，甚至连水潭都做成蝙蝠的造型，被称为"蝠池"。那些被彩绘的蝙蝠，不啻是画出蝙蝠的各种造型，而是绘成故事，如一只蝙蝠从天而降，嘴里含着一枚寿桃，寓意"福寿双全"。类似这样的图案很多，又几乎都蕴含了这样的吉祥寓意，真是为了祈福而煞费苦心。放眼满世界的蝙蝠，真能给他带来多少福呢？事实是，前帝才走几天，他便被新帝嘉庆赐死。

有不少好事的游客，想数清楚究竟有没有九千九百九十九只蝙蝠，从进园的那一刻就开始数上，没多久便乱了，估计没有人真正数清楚过。管它究竟有多少只，和珅将蝙蝠当成了图腾，他崇拜的福字，拜他所赐，现如今成了全中国人的图腾。

也曾有过与蝙蝠近距离接触的经历。小时候听大人说，蝙蝠是老鼠偷吃了盐变成的，所以它也叫盐鼠。那时候便对盐产生了巨大的敬畏之心，盐的力量让人捉摸不透，吃了盐可以生出翅膀，让在地上出溜出溜乱跑的家伙，飞凌于我们的天空，而且细尾巴也凭空消失了。

夏天傍晚的时候，天黑得晚，一群半大的孩子在打麦场上嬉闹，便会有三五只蝙蝠来凑趣，或斜刺里掠过，或低空飞行，迅疾而舒展，犹如当下的F-35隐形战斗机。有人告诉我们，把鞋子脱下来抛到空中，蝙蝠或以为是猎物，会冲上去截击，如果钻进了鞋窝里，就有可能被下坠的鞋子带到地面，也就抓到了蝙蝠。于是乎，看见蝙蝠飞近，十几只臭烘烘的鞋子都被抛向半空，有几次真有蝙蝠接近，鞋子此起彼伏，掉回地上的发出沉闷的声响，可最终没能逮住一只蝙蝠，都没有了兴趣，鞋子也扔不动了，一群屁孩无奈地看着蝙蝠在眼前来回穿梭，心情沮丧透顶。

小时候只看见过蝙蝠飞来飞去海盗一般的身影，还真没几个人近距离见过它的真容，特别是那张骷髅一般的面孔。

在一座已经盖了三十多年的老楼里，我曾经住过几年，由于是在三楼，再加之新疆的蚊蝇少，就没在窗户上再加防护栏纱窗什么的，无遮无掩敞亮多痛快。但没想到的是，有天晚上我在客厅看电视，听到旁边的房间噼里啪啦的扑打声，是波斯猫逮着老鼠了？冲过去打开灯一看，只见一只蝙蝠在房间里绕着圈飞，而我养的白色波斯猫则不时跃起飞扑，几乎是旱地拔葱，能蹿起一米多高，我还没发现这只懒猫何时练成这般武功，没几个回合，白猫一爪子就将蝙蝠从半空摘了下来，干净利落。那是我平生第一次近距离观看蝙蝠，丑陋的小脑袋上两只耳朵直竖着，就像德国黑背微缩版的耳朵，绿豆般大小的眼睛，倒是黑亮黑亮的，闪着莹莹不灭的光。

之后的某一天，我正在书房里啜饮着香茗，苦思冥想，不知何处传来了极其细微的声响，如果不是我处在近乎入定的状态，肯定发现不了。起身，绕着房间一处处细听，发现窸窸窣窣的声音来自墙角的一只三阳开泰的仿哥窑大花瓶，遂贴近了再凝神，鼓腹的花瓶里好像不止一个活物，叽叽咕咕的，似有婴儿般的娇呻，不禁大惑。小心将花瓶从墙角的架子上移下，置于窗前的明亮处，探头一看，大骇！只见花瓶的广腹内，挤挤挨挨的几乎半瓶都是黑褐色的小蝙蝠，它们叠压着、蠕动着，搅动着黏稠的体液和难闻的气味。天呐！这里何时成了蝙蝠的产房，难怪夜深人静时，常听到翅膀拍打的声音，原来是没有遮挡的窗户，成了它们进出的大门，而墙角的那只广腹大花瓶，竟成了它们的爱巢。

是夜，我把花瓶放回原处，大开窗户，把台灯灭了，默然地坐在书桌前，静候蝙蝠的到来。其实用不着那么小心，在蝙蝠看来，这早已是它们的天下，我书房里的自然环境，更适合它们生存，它们在这里相恋、做爱，最后产下爱情的结晶。一切都是在秘密而公开的场合发生的，要不是那些不谙世事的蝙蝠崽子暴露了目标，那个三阳开泰的大花瓶也许就成了它们生命的摇篮，是它们家族的圣地了。还没到子夜时分，蝙蝠们陆续回来了，先是一只，后来是三四只，它们从洞开的窗户逸进，几乎没啥声响，飞进屋子后，翅膀偶与窗帘触碰会发出轻微的噼啪声，然后它们在屋子里盘旋，视我而不见，就好像我和那些家具花草是一样的东西，它们盘旋的圈子愈来愈小，在花瓶的上方一顿，倏地就不见了，其他的蝙蝠也如法炮制，一切归于平静。

不是我不爱野生动物，也不是不能容与它物共同生活在一个空间，只是实在不敢与一窝蝙蝠为伍。邻居说，蝙蝠是福，你家的风水一定不错，要不它咋不去别个家？实在无奈，请朋友来帮忙，朋友倒是干脆，将那半瓶小蝙蝠悉数倒进一只大塑料袋，提到不远处的公园去放生。

我则在家中，烧了一壶开水，用清洁剂好好洗刷那只花瓶，直到没有了什么异味。

我也关闭了大敞的窗子，谢绝一切蝙蝠造访，以绝念想。

秋来冬去，大小太多的事，我也早把蝙蝠的事忘到了脑后。才入夏的一个晚上，忽然一个黑影自开启的窗户潜入屋内，不好，是蝙蝠！心中大惊，开灯看，一只硕大的蝙蝠在半空旋翔，几圈后，猛然收翅，又钻进了墙角的那只花瓶里。我好生纳闷，都过去了一年，它们居然有这么好的记忆？记得这个屋子，记得这扇窗户，记得墙角的广腹花瓶，我已经用一百度的开水和浓烈的化学清洁剂消除了属于它们的气味，缘何它们还是认准了这只花瓶就是它们的

148

爱巢？

忽然的病痛来得迅疾，被朋友送进了医院，一住就是半个多月，疼痛中昏睡过去，无聊中醒来，忽然就想起一事，住院走得匆忙，忘了关上窗户，估计家中已是蝙蝠的乐园，忙请朋友去我家中看。朋友去了不久便回来了，手指还绑着创可贴。果然如我猜测的一般，墙角的花瓶又有了半瓶小蝙蝠，朋友将它们倒入塑料袋时，还被一只大蝙蝠咬到了手指。天哪，我的客厅真是风水宝地，现在不是人类侵占了野生动物的领地，而是它们想要将我挤走了。

当我住了几个月医院回到家时，鱼缸里的鱼全部横尸水中，窗台上的花花草草一片凋敝，这还不算什么，地板上、沙发上、书桌上刺目的斑斑点点的黑色的蝙蝠粪便，让我顿感无限凄凉。

就在那天，我把所有的窗户都安装上了细密的纱网。

2020 年 2 月 6 日

妖魔山望山斋

蝙
蝠

蝙
蝠

大　哥

一

　　我在写这部书的时候，我们家还有六口人，除我之外，是父母和两个哥哥一个姐姐，短短的几年里，他们前后走了三位，先是母亲，后是大哥，再就是父亲。一个充满欢声笑语完整的大家庭，顿时缺失了半边，一个家就如同一艘船，母亲的第一个离世，就仿佛被抽掉了第一块船板，这条船开始漏水，每一个人的离去，都是抽去一块船板，最终这个家会彻底沉没，几圈涟漪之后，便消逝得无踪无影了。

　　他们走了，走到了我的书里，成了我书中某一章节的主角，我用文字怀想他们，他们在我的书中复活，我们在字里行间相见。父母不在了，我成了某种意义上的孤儿，常言道，长兄如父，可偏偏大哥也早早走了，在他五十多岁时撒手人寰，还有什么让我感到更大的无助呢？

　　在我们家中，大哥身体是最棒的，从少年时期开始习武练功，几乎一直没中断过。大哥宽肩腰细、翘臀腿直、身体匀称、膂力过人，人过中年以后，腹肚丝毫没有隆起的迹象，仍保持着健硕的形体。

他生活很规律，坚持了数十年的早锻炼从未间断过。大哥的去世，毫无征兆，就像你不会把正午的烈日与冰雪联系到一起。自从两年前例行体检时被查出血压有点偏高，大哥便对自己实行了更加严苛的管控，在他的意识里，疾病见了他从来都是绕道走的，一向以身体素质超优而自豪的他，怎能被病上身？他不服气，也不相信，因此拒绝服用一切降压药，他认为锻炼是最好的良药，每次疾行或跑步回来后，他都要测一测血压，运动锻炼常常会令血脉舒张，之后的一个短暂的时段，血压会趋于平缓，由此他坚信只要加强运动锻炼，就没有战胜不了的疾病。每天晚上和清晨都是他大运动量的时候，他的家在城市靠北的地方，而父亲住的地方则在城南，两地相距十数公里，去看老人，他从不坐车，撩开长腿，或走或跑，不到两个小时准能到达。

新疆的春天来得晚，都4月份了白杨树才在梢头憋出一星半点绿，丝毫没有吹面不寒杨柳风的春意。就在那样料峭的早晨，六点钟不到大哥就出门锻炼了。天色尚在最后的黑暗中挣扎，小公园里晨练的人都还没到，只有几个早班的环卫工人在清扫道路。

后来据一位环卫工人描述：大哥从公园山脚下的石阶开始奔跑上山，速度逐渐增加，到了山顶的平缓之处，他开始下蹲，然后挥起双手，奋力向上纵跳几次，之后再快速奔跑，眼见就到了山顶的小亭子跟前，却像奔跑中被什么击中一般，突然倒地，人异常痛苦地蜷缩着，片刻之后是手脚痉挛颤抖地挣扎，在之后就如同放弃一般，纠在一起的全身，颓然放松开来，最后长长吐出一口气。

四面就有几个人过来，看看不知如何施救，有的赶紧给120急救打电话，有的翻看他的身上，试图找到这个人的身份证明，一位公安上退休的警官倒是好眼力，他从大哥脚上穿的解放鞋断定，这是一个当兵的。

二

大哥的确是一个当兵的。

少年时代的大哥，按现在的话说应属于文青。吹拉弹唱几乎无所不能，且很多就是无师自通，我们上学的时候，连简谱都没教过，可大哥居然能懂五线谱，大哥不知从哪儿弄来一把小提琴，一卷子五线谱搁在亮闪闪的金属谱架上，给琴弓上擦上松香，腮帮子夹住琴，煞有介事地一下一下锯琴，并不是什么连续优美的曲调，断续而缓慢，艰涩而嘎哑，每锯一下，就如被人从内里扯住了心肺，提起又放下，简直难以忍受！后来我就想，如果想要用声音折磨人，就让他去听一个初学者拉琴。大哥说，你们不懂，这是练习曲，拉好了这个，再难的曲子都不在话下。后来相当长的一段日子，不知是听得习惯了，还是大哥真的进步神速，他锯出的琴声似乎不是那么难听了，终于有一天，他不再锯琴，而是拉出来一曲欢快而深情的《草原上的红卫兵见到了毛主席》，这让我大为吃惊。

在大哥的带动下，姐姐学会了手风琴，二哥拉得一手好二胡，还学会了吹笛子，只有我手笨，顾得了左手，就顾不了右手，他们在吹拉弹唱的时候，我就躲在一旁看我的闲书。后来，大哥又拉来了几个同学，有的会吹小号，有的会拉板胡弹三弦，七八个人呼呼啦啦就组织起一个小乐队，他们经常聚在一起排练，搞得热火朝天的。

大哥练武，也没正经跟谁学过，都是自己瞎琢磨，比如他想练后空翻，就找来两根绳子，一头拴在树干上，另一头让二哥扯住，身子往后一仰就开始翻，力量不小，二哥愣是没拽住，大哥砰地摔在地上，半天没爬起身。后来他们找了一个跳高的沙坑来练，不多久两人都练了出来，他们最拿手的是先助跑，腾起几个蹍子，接着几个后手翻，然后一个后空翻，飘忽落地，稳稳站住。

　　那一串令人眼花缭乱的跟头，让大哥二哥声名大噪，我的同学不无艳羡地说，你咋不跟你哥学？到时谁都会怕你。言下之意我们要有你这样的哥，不知道厉害成啥呢。我却表面装作非常不屑，心中也有几分自豪。大哥二哥一直拉我早晨一起去练武，我却提不起兴趣，晚上答应得好好的，早上临到起床了，就开始耍赖，我那时就觉得，天将明未明的时候，睡觉是最甜美最舒心的，温暖而祥和，幽秘而暧昧，充满了朦胧的满足和未知的怅然。

　　看唤我不起，大哥便甩了一句：少爷。这是大哥根据我的一贯表现为我定制的雅号，全称是我们家的小少爷，简称为少爷。

　　文武双全的大哥，有着一张英俊的面庞，浓密剑眉之下的眼眸黑亮神聚，炯炯有泽，显得特别精神，在一群人里都会格外醒目。当部队来招兵的时候，在上百名应招的适龄青年中，大哥一眼就被部队的同志相中了。大哥的志向原本是去文工团之类的文艺团体，并不想去当兵，但父亲的意愿是让大哥继承自己未竟的事业，况且那时当兵多么不容易，竞争之激烈现在是很难想象的，当兵被众人追捧的另一个重要原因是军人的社会地位很高，政治待遇也非同一般，那时候姑娘最想嫁的目标之一便是军人，而我父亲也因家庭出身问题，一直受到排挤牵连，让大哥当兵，也有为我们这个家保驾护航之意吧！

三

　　大哥倒地的时候，还用手机插着耳机听新闻。

　　无法确定大哥的身份，也联系不上他的亲人，有人调出他手机的通信录，随机选了一个人就把电话打了过去，对方是大哥曾经的战友，现在北京，幸好他在北京，如果在新疆，这么早，电话不一定能打得通。大哥的北京战友迅速将噩耗传回新疆，几经周折也通知到了我们。

我和二哥分别从各自的家中向大哥倒下的那个小公园赶去，打电话的人只是告诉我们大哥出事了，以及出事的地址，而具体是何种情况我们也并不清楚。

车开不上去，从小公园的山脚我和二哥也开始缘着石阶往上跑，快到小亭子附近，远远就见几个人围着看热闹，及近，才发现几个人的中间地上躺着一个人形，脸上盖着一张编织袋，脚上穿着一双草绿色的解放鞋。我和二哥拨开几人，直接扑过去，揭开覆面的编织袋，大哥闭目安详的脸庞便呈现在我们眼前，我探手向他衣服下的颈窝摸去，还微微有些温热，但的确已没丝毫脉搏。

周围的人告诉我们，120的急救车刚走。急救医生来了，只翻看了一下大哥的眼睛，便搁下一句话：这人已经没救了。连急救担架都没拿下来。再由于没有亲属在跟前，无法履行相关手续，只能"弃尸"而去。

四

大哥去当兵了。我们都非常期盼他的来信，每次来信，他都会将自己最近的情况告知我们，比如最近在全团的刺杀比赛中拿了第几名，再比如连队的冬季拉练，他帮战友背了几支枪等，总之大部分是大哥如何进步，受到表扬的好消息。大哥的信每次都会写到两页半，大哥的字横平竖直，没啥变化，多少有些刻板的感觉，但字体整个又有些向左倾斜，密集而整齐。父亲写得一手好字，他不大看得上大哥的字，但对每封信的内容还是比较满意，这也成了父亲教育我们的好方法，大哥楷模的力量，激励着我们全家始终沉浸于莫名的亢奋中。

去部队不久，大概半年多，大哥入党了，又过了一年多，大哥当上了副排长。在部队，如果入党提干了，那么前程便不可限量，这是脱离兵士迈向干部这一阶层的第一步，以后所有的晋升都是以此为基础，即使他最终成为将军，也与这一步息息相关。

大哥的体育天赋，在部队得到了充分发挥。直到他被派往广州沙河军体学院学习，才真正接受了正规的训练，军事素质方面自然进步不小，之后，又被选送到武汉步校军体学院学习。他寄回了一张在武汉学习时的照片，背景好像是一个运动场，发达的胸肌和二肱肌将运动背心撑得满满的，就像一个运动健将，这让父亲很是欣慰。这柄帅挺的利剑，已渐渐露出了寒光，作为骁勇的年轻军官，亟须用一次行动验证自己。

不久大哥来信，说是要去执行一项特殊机密任务，可能要中断联系一段时间。谁也猜不到是什么特殊任务，会不会有危险？我则暗自想，大哥可能被派去搞侦察特务工作了（从小就听了不少抓特务的故事，对特务既感到神秘，又没啥好印象），要不怎么叫特殊任务。家里人都悬着一颗心，用沉默和平静等待大哥的出现。在经过漫长的等待之后，大哥终于来信了，他告知任务已完成，但任务具体是什么他始终未透露半点，只是说他表现很优异，荣立了三等功。

三十多年之后，中央电视台播出了一部反映中国核武器艰难发展之路的纪录片《伟大胜利》，片头有一组镜头：核爆炸蘑菇云升起以后，一队身着防化服，头戴防毒面具的解放军，在一面迎风飘扬军旗的带领下，穿越核爆现场。大哥的一位战友告诉我，那个打头举军旗的人就是我大哥。

五

大哥虽然退役了，但葬礼上还是换上了一身军装，只是没有了领章帽徽，退役军人管理站还特意覆了一面党旗在大哥身上。

身着军装的大哥，看上去依然是那么英俊，双目紧闭，下颌紧收，如果站立起来，肯定是一个标准的立正军姿，苍白的面庞上打了些许腮红，就像他生前每次登台演出必不可少的程序。就要与大哥永别了，我和二哥将他的灵车推至火化室门前，交给负责火化的师傅，我忍不住伸手最后抚摸一下大哥的面庞，大哥冰冷光滑，质地坚硬，就仿佛一尊瓷器一般。我犹忆两天前在大哥的颈窝触摸到的些许温热，那是他传递给我最后的人间温度，此后便是永久的铁冷。

六

由于积极参加部队的文娱活动，大哥的文艺才华逐渐被人发现。先是被抽调到宣传队，排练一些节目，参加团里的文艺汇演，然后是师里的，再之后是全军的，越弄越大、越弄越好，竟然还获了全军的奖。

大哥最初什么都搞，舞蹈能上，大跳空翻无人能敌；器乐也没问题，小提琴、二胡玩得顺溜。不知道什么原因，最终竟搞起了小品表演，后来我推测，大概是与当时著名的张国民同演过一部电视剧，大哥觉着自己还有几分表演天赋吧。

我一直认为，小品表演对一个演员起码的要求是要有幽默感，而大哥基本上是一个不苟言笑的人，严肃有余，活泛不足。我推想他的小品之所以大受欢迎，也许是部队基层生活的长期累积，有着至深的感触，再加上大哥自己创作，自己表演，兵演兵的真实性，士兵再熟悉不过的故事演绎，这些因素的合成，成就了大哥的小品。

让大哥没想到的是，在他四十多岁的时候，终于圆了进文工团的梦。出色的演出，加之频频获奖，他被调入了兰州军区某演出团体，并担任了团领导一职。

我经常在想，大哥的一生说不上有多么辉煌，多么传奇，只不过还算有些故事。不是每个人都能找到适合自己的人生舞台，在这个舞台上，演得如何且不论，重要的是谁能在这个舞台上更长久。

在大哥退役的第一个年头，大哥离我们而去了。记得有一个前来悼念他的战友嘴里念叨着：老黄，你太不孝了。闻之我心头一震，可不是吗？大哥十八岁出去当兵，基本照顾不上父母，现在他回到了老人身边，却再没有机会尽孝了。

一直到现在，大哥的死因都没有一个确切的说法，派出所民警开具死亡证明时，排除了他杀的可能，结论与所有人推断的大致相同：脑梗抑或心梗。人已去，何必再纠缠这些呢？大哥不在了，我们家这艘船被抽掉了第二块船板。

2020 年 2 月 10 日

妖魔山望山斋

漂泊的牙齿

是谁，用何种方式，将牙齿种植于我们的肉体？

自从有了牙齿，舌头便不再孤独，舌头的柔软与牙齿的坚硬，决定了人的两面性，舌头尽显其阴柔乖巧的一面，它可以编织绵绵细语，抚平创伤，亦可组织起滂沱的语言，搅起风暴，摧枯拉朽，打动你，撕碎你，皆由那三寸永远不烂的软体；而牙齿却充满了阳刚之气，宁折不弯、刚正不阿，在牙齿面前，从来就不会有完整的东西，要么粉碎你，要么折断我，两排牙齿，犹如两排笔直站立的士兵，拱卫着我们的今生。

但牙齿并非生来就刚硬如铁，那些乳牙在咬烂母亲乳头的那一刻，就知道了一切的索取都伴随着极端的方式，长齐满嘴二十颗乳牙，我们便有了对付这个世界最基本的手段，这些初试锋芒的利器，总能找到比乳牙更软弱的东西。儿时的乳牙，在长成时便意味着脱落，小伙伴们都知道流传已久的说法，上牙床掉下的牙齿，一定要抛到屋顶上，那样便会长成一个大个子；而下牙脱落了，则要埋在土里面，象征着种子找到了息壤，会生根发芽，长得壮实。

自从有了牙齿，我们才变得愈来愈肆无忌惮。我们褪去乳牙长出恒牙，让牙齿各有分工，上下各有四颗门齿，是用来切食物的，它平整光洁，看起来一点也不可怕；挨着门牙的是上下各四颗的尖牙，它的作用是用来撕碎食物粗大的经络，尖利而凶险，也有人尖牙长得好看，被称为虎牙；排在尖牙之后的是双尖牙和磨牙，它把尖牙破坏的经络，再实行进一步的研磨，我们汉语中的"咀嚼"一词，便是对双尖牙和磨牙的作用最精准的描述；而藏在最里面的便是智齿，一个成人一般会拥有二十八颗以上的牙齿，智齿并不是人人都有，智齿其实也是磨牙，只不过它长出的时间很晚，而此时人的生理、心理发育都接近成熟，似乎有智慧到来的象征，故而它也被称为智齿，而在我看来，它之所以最后晚长出了，是因为有些人牙不够用，对付不了那么多乱七八糟的东西，才最后增派的援兵。

从人的牙齿分工，我们就可以知道，我们的牙齿既可以消灭各种种子、浆果、块根以及菜蔬，亦可对付各种肉类，荤素皆可，我们有着万能的牙齿！

但仅有牙齿是远远不够的，狼的牙齿、鳄鱼的牙齿、虎豹的牙齿、大象的牙齿，这些著名的牙齿，哪一个都比人的牙齿锋利、凶狠，可到头来，它们统统败给了人。当古老的牙齿与大脑的容积结合的时候，牙齿才派生出了超乎寻常的战斗力，不管地上爬的，天上飞的，山上跑的，水中游的，也不管你有没有牙齿，在人的牙齿面前，都溃不成军，大脑完成了我们的图谋，牙齿成就了我们的霸业。

而牙齿是低调的。它从不轻易外露，总是把自己包裹得严严实实，喜形于色时露出的是牙齿可爱的一面，清新洁白，粒粒皆可数；对于一切进入者，我们用舌头甄别，用牙齿筛选，大吃大嚼的牙齿和细嚼慢咽的牙齿，各代表着牙齿的修养，但牙齿既然露出来了，就一定得有个交代；是舌头在说话，话语间露出的牙齿，却加重了话语的分量，间或的一闪烁，白光之下，是警示亦是爆发前的隐忍，牙齿总是沉默的，千万不要逼牙齿说话，牙齿说出的话，一定是带血的。

最大的决心是牙齿替我们下的，最多的委屈是牙齿帮我们忍的，最艰难的时刻是牙齿为我们扛的。牙齿是所有压力集中的地方，我们身体中最坚硬的部分，如果牙齿溃败了，那么人类是多么不堪一击。

牙齿注定要伴随我们一生，在漫长而短暂的岁月里，两排对应值守的牙齿，较了一辈子劲，却谁也离不开谁，凸起的部分总是有下凹的地方承接，下凹是为一种抵抗，而凸起绝不是一种压迫，它们严丝合缝、间不容发，它们相辅相成、对立统一，构成最为严密的体系。

我一直坚信，牙齿坚如磐石，牙齿是我们脑袋中的长城，长城有一天会垮塌，牙齿却不会崩毁，谁承想我才五十多岁，牙齿的部队便开始有松懈的迹象，某一个叛乱者隐藏在黝黯的口腔，一开始它肯定也是忠诚的士兵，只不过在各种诱惑和腐败的进攻之下，它慢慢动摇了定力，丧失了勇气，而一颗乱了方寸的牙齿，是难继大任的；一颗缺乏勇气的牙齿，更是不值得信任的。

就在某一天，这颗隐匿的背叛者终于现身，它是一颗智齿，这个最后的加入者，却是最早的背叛者。它用疼痛制造混乱，用牙床的红肿控制局面，它的立场与信念左右摇摆，最终彻底动摇，就像脱欧的英国一般，离开成为一种趋势，势不可挡。清除是必需的，尽管这颗牙齿会表现出恋恋不舍的样子，但千万不能被它所迷惑，

一个个体的不稳定因素带来的全盘的军心动摇，是该痛下决心的时候。把它从蜗居了几十年的牙床搬下来，并不是一件太难的事，而我们却会因为疼痛一再贻误战机，只有到了最后关头，是可忍孰不可忍，霹雳手段便是拔除。

牙科医生的钳子是那么坚定，来不得半点犹豫，咔嚓的一声脆响，那一枚背叛者就彻底与组织脱离了干系，尖细的牙根挂着血丝，几十年的共同血脉，只剩下这点证明，从此你将与这个队列毫无关系，再精美的珍馐也用不着你了，再也不会有谁为了爱护你，而每天用牙刷清洁你，你就仿佛是一匹失群的独狼，在无边的旷野

流浪，漂泊的牙齿，模仿流星，划一道漂亮的弧线，就此坠入无边的黑暗。

智齿被无情地清理出阶级队伍，在牙槽的最深处留下一个大坑，谁知道哪一天，会被植入一颗也称为牙的异体来填满那个黑黑的大坑。

栅栏扎得紧，野狗钻不进。两排牙齿，也像两排栅栏，只要有一根木柱出了问题，其他的也会跟着动摇，这不是背叛的传导，而是时间的必然。多米诺骨牌最要紧的是第一块的立场，第一颗牙齿的背叛，意味着更多的牙齿将陆续离去，但总有意志品质优秀、理想信念坚定，坚持到最后的，总有不离不弃，与我们完成一生，成为历史的。

其实，牙齿犹如墓碑，从一开始它就竖立在我们的头颅内，从出生之日，我们就豪迈地向死亡迈进。

2020 年 2 月 14 日

妖魔山望山斋

屋 顶

　　有一个梦境，多年来反复出现：静谧的夜晚，甜美的睡梦中，房子的屋顶突然垮塌下来，而我却不在这屋顶下，只是在不远处目睹着灾难的发生，无措而无助，人声鼎沸，烟尘四起，一个尖厉的声音在高喊，快救人啊！有人被压在底下了……而往往这时，我的梦就醒了，余悸中额上满是冷汗，回想刚才的梦境，总是不知道究竟是谁被压在了垮塌的屋顶下。

　　按照通常的释义，梦境常常是日常生活在大脑皮层的投影，万般纠结中的某一点，触响了敏感的内心，日渐生成为挥之不去的阴影，正所谓日有所思，夜有所梦。

　　而我自己知道，如果某一件事，在你的童年超出了你所能够承受的极限，就一定会镌刻于你的心壁，它也可能会成为你日后梦境的主题而反复出现。

　　在我五岁的时候，父亲受到出身的影响，被下放到遥远的南疆，成为兵团组建新的师团的一员。

　　源自昆仑山的叶尔羌河，在莎车与巴楚之间的某一处分出一条支流，而后又在分道扬镳数百公里之后，合为一处，被河流圈起来的这片土地，正是父亲们将要开垦的农场。这里到处都是茂密的胡杨林，所谓的开荒造田，就是砍伐掉成片的胡杨林，挖出它们深潜于地下的根系，平整土地，打起田埂，修出渠道。

烧火做饭，只需出门在地上随便划拉一下，就能搂回一抱干树枝，家家飘起的炊烟，都是胡杨树燃烧之后的魂魄。多少年以后，胡杨树作为濒危物种被加以保护，我不能不忏悔，从父亲还有我们手下，戕害了多少葱茏的胡杨，有时我在想，当年父亲们洒汗流血、累断了脊梁开发出的农场，究竟有多大的意义？他们创造的财富与被毁的胡杨林，哪个价值更大？

人类为了生存，创造了不可胜数的奇观。没有住房，难不住父亲们被革命热情燃起的创造力，在规定的区域里，地上挖出了一排排的长方形大坑，一个大坑就是一户人家。再在长方形的正中三十度角间开一条甬道，甬道的底下被挖成台阶状便于进出。大方坑的四角及中间竖起就地取材的胡杨树干，顶上的正中间是一根粗大的实心树干做大梁，然后将手臂粗细的椽子鱼刺般整齐排列开，大梁与椽子间是用一种叫蚂蟥钉的钢筋建构在一起，看起来粗糙而有力（千万别忘了还得留出一方位置作为采光的窗户），在这些椽子之上，铺上细密的树枝，而树枝的缝隙间充填上干枯的树叶蒿草，最后覆上厚厚沙土，一间可以栖身的屋子便建成了。

我和二哥对这样的新居充满了好奇。进入大方坑，扑面而来的是一股地下才有的浑浊而腐朽的气息，一道辉光自天窗斜斜射下，光柱里满是拥挤浮动的尘埃颗粒，有了这些光亮，便可以看清楚周围，两只大木箱子和一只淡蓝色方头方脑的柜子，是我们家最显眼的家具，它们被摆放于大坑中间靠墙的位置，柜子上放置着木壳的飞人牌晶体管收音机，如果声音放大一些，便会听到屋顶的沙土被震落的沙沙声。

有一个上海知青，把他的大坑装修了一下，全连所有人都跑去参观，那之后家家都开始复制效仿。所谓的装修，就是将报纸的功效发挥到了极致，先是屋顶，拉上横竖网格状的细铁丝，然后将粘在一起的报纸平平铺上去，便形成了独具特色的天花板；大坑的四壁，直接就是沙土，可以看到胡杨树、红柳、芦苇等根系的横截面，还有老鼠或别的什么东西洞穴的剖面图。在四壁的上方，同样拉上绷紧的细铁丝，将一卷一卷的报纸悬挂上去，这样垂挂下来的报纸便形成了一道墙幔，我们在报纸的包围下，有了一种远离蛮荒的感觉。

我和二哥躺在床上，睡不着午觉，静下来，仿佛能听到大地的心音。报纸天花板上落下了一只虫子，很轻的一声响，都会令我们揣测它是什么，它将要往哪个方向跑去？一只蜘蛛，从天窗的这头凭着一根细丝，荡到天窗的另一头，开始编织它的罗网，天光将它吐出的丝照得晶亮。

实在无聊，望着报纸天花板，就想出一个游戏来，说出一个黑体字的标题，让对方猜在哪里，找不到，就算输了，找到了，再给对方出一题。我问二哥，"西哈努克亲王昨日到京"在哪里？二哥随便往天花板上扫了几眼，便指出在哪张报纸上，接着二哥问我，"阶级斗争新动向"在哪儿？这肯定也难不住我。没几天，报纸天花板上的黑体字大标题被我们悉数猜了过来，而且到了出题就能即刻指出的地步，没意思了，就开始猜字号小一些的副标题，这也终不是长久之计，对再不会出新意的游戏已提不起半点兴趣，只好作罢。

这些大方坑，后来被文学和影视作品炒作成著名的地窝子，这些地窝子远远望去，就如同一座座略微高出地面的沙丘，若不是每间屋顶矗立的土坯垒砌的烟筒，真不会相信那里的地下，生活着以家为单元的社会群体，他们日出而作，日入而息，这些穴居的人们，竟然充满了生活的乐趣。

幸好塔克拉玛干大沙漠的南缘，属典型的大陆性气候，夏季少雨，年降水量极少，地窝子这种屋子才得以居住，如果是在南方，一场大雨之后，会是怎样的情形？即便是在少雨的南疆，地窝子也会遇到始料不及的窘境。我家后面一排的丁家，地窝子靠近灌溉的水渠，某天水渠边的一个耗子洞漏水，水顺着洞往下方流，就直接流到了丁家的地窝子里，晚上都在沉睡，等发现时，满屋子飘的都是脸盆、鞋子。

还有一次，附近胡杨林中的维吾尔族牧羊人赶着一群羊过来，羊可分辨不出哪里是沙丘，哪里是地窝子，羊群直接就上了屋顶，一家人正在吃饭，头顶上忽然哗哗往下落沙子，而整个屋顶也在呼扇，似乎快要塌了，一家人扔下饭碗，夺命而出。打那以后，家家的屋顶都用胡杨树枝圈挡起来，远远望去，就像一个个没有羊的羊圈。

我家前排的大老王，是部队下来的老兵，一直找不上老婆，组织照顾他，允许他从河南老家带一个女人回来当老婆。大老王家的媳妇，骨骼硕壮，腰粗屁股大，特别能干，嗓门大，语速也快，还夹杂着不少乡村俚语，一群孩子都争相模仿她说话，她提起她的孩子总用"恁个鳖孙"开头，她对是非的评判只有两个字：中或者不中。大老王家自从有了这个媳妇，家里红红火火的人丁兴旺。连他家的老母鸡都比别家的厉害，其他的母鸡还都在下蛋，他家的母鸡已经孵出了一窝鸡仔，黄的、花的，毛茸茸的满地跑，让我们眼馋得不行。

那天他家的大花母鸡带着一群鸡仔在胡杨林里觅食，忽然天上飞来一只老鹰，大花母鸡咕咕地低唤着，同时张开翅膀，小鸡仔们从四面八方迅速钻到大花母鸡的肚子底下躲避，一只黑白花的小鸡仔稍稍慢了那么几步，便被从天而降的老鹰一爪子攫上了天。大老王的媳妇跳着脚双手拍打着肥胖的屁股，对着天空已飞成一个黑点的老鹰高声詈骂：恁个鳖孙，偷我的小鸡，恁下来，恁再敢下来，我揪断恁的头！很有声威的一顿乱骂，吓得那群小鸡和树上的鸟，都不敢吱声。

可是有一天，大花母鸡带着它的一群孩子来到了我家的屋顶觅食，不知怎么回事，一只黄色的小鸡仔竟然从天窗跌落了下来，而天窗底下，是我家的灶台，其时一锅玉米粥正在滚沸，小鸡仔不偏不倚落进了里面。这一下把我们都吓坏了，要是让大老王的老婆知道了，哪会饶了我们？母亲用笊篱捞出浑身裹满金黄的小鸡仔，拎起它细细的脚爪对我们说，别怕！我去跟他们说。

我们都为母亲担心，谁知道那个大块头的女人会怎样对待母亲。母亲去他家之后，并没有响起我们以为会有的叫骂声，一会儿母亲很平静地回来了，望着我们诧异的目光，母亲只淡淡地说，没事的，她没怨我们。她家的儿子长得真好，胳膊胖得像咱家的粗擀面杖。

我就特别好奇，一个小孩子家家的胳膊能胖成我家的粗擀面杖？那可是二哥在胡杨林里踅摸了半天，伐回的一根结实笔直的树干，经过削皮打磨才制成的光滑擀面杖。我不敢直接去大老王家，那天我悄悄爬上他们家的屋顶，尽管蹑手蹑脚的，但似乎感到屋顶有些晃动感。靠近天窗往下窥看，可我看不到粗擀面杖一样的胳膊，只听到一个孩子咿咿呀呀的乱言乱语，之后是一个女人的声音：恁个鳖孙，又咋啦？

那晚照例有月亮，清澈的月光自天窗斜斜投下，就好像黑夜中谁凿出了一方透亮的空间。睡意蒙眬中人忽然有种飘浮感，感觉像踩在大老王家的屋顶一般，晃晃悠悠的，猛然脚下一空，屋顶整个塌陷下去……

轰隆隆的低沉而有力的声音仿佛从地下传来，紧接着——啊——啊——一声极其瘆人的吼叫撕破宁寂的夜空，那声音透着极其的绝望与悲怆。恍惚中，我一下子醒来，世界在那一刻静得可怕，而后各种嘈杂的声音喷薄而出，所有人都醒过来了，不好，出事了！一家人鱼贯钻出地窝子，我们家前一排大老王家的地窝子边上，已挤满了黑压压的人。

大老王家的地窝子刚刚塌了，他的老婆和儿子被埋在了底下。不知道大老王咋就躲过一劫，他裸露着上身，只穿了一条花裤衩子，疯了一般哭喊着快救人！一边用手刨挖那一堆散发着烟尘的废墟。父亲和几个人拿来坎土曼、铁锹和撬杠，在倾斜的屋顶上，快速挖出一个洞，又用撬杠撬开椽子与大梁连接的蚂蟥钉，下去两个人打着手电筒察看情况，不一会儿，一个人抱着满身是血光溜溜的孩子爬了出来，孩子似乎无大碍，只是被惊吓住了，冷风一吹，激灵一下，孩子哇地大哭出来，他手足乱舞，我真切看到了他粗擀面杖一样的胳膊。

原来，大老王家的地窝子大梁断了，断裂下来的那一头正好砸在他老婆和儿子睡觉的那一边，情急之下，他老婆弓着身子将孩子护佑在身下，孩子得救了，大人却被砸得内脏出血，当即毙命。

事后都在怨大老王盖地窝子没选好大梁。大老王委屈地分辩：我特地选了一根粗大的胡杨当大梁的，怎么会有问题呢？其实胡杨是非常结实的树木，只不过长到一定的时候，它的树心会渐生朽木，产生空心化。大老王选的大梁外表看上去粗大，其实内里已虚空。

那件事以后，我内心非常害怕，生怕被谁知道，也常常内疚，假如那天我没有爬上大老王家的屋顶，没有来自我的重量，也许他家的地窝子不会在那一晚垮塌。

我的梦魇就是从那时开始持续的。

2020 年 2 月 16 日

妖魔山望山斋

屋顶

爆　炸

在我高中毕业的前一年，塔克拉玛干沙漠西南缘的昆仑山脚下发现了一个油田。大人们兴奋地说，井喷了，喷出来的油柱子有十几丈高，油都淌成了河。

几年以后，当我成为这个油田的一分子时，我才知道，对于钻井行当来说，井喷是事故，就相当于打出的井还没安好龙头，油就开始乱喷了。

后来我听说，当时只是对塔里木西南缘进行石油勘测，在个别地方打一些探井，不承想在柯克亚那个地方，一口探井还没打到设计的井深，在提钻时油气就跟着钻杆喷射出来，油柱子确实有十几丈高，根本控制不住，就用推土机推了许多大坑，油柱子落下来就形成了一个一个的油涝坝。

附近地方和兵团的人都闻讯前往油田，用非常便宜的价格将原油拉回来，土法炼油，生产一些汽柴油，供拖拉机使用。

父亲是机耕队的连长，每年春耕时都会为油料的紧张而犯愁，特别是那些履带式的拖拉机，就像喝油的怪兽，喷着黑烟，闷声低吼，加一箱油用不了几天就没了。连里专门有两辆千里马拖拉机拖斗上背着大油罐，常年往返于一百多公里外的三岔口拉油料，关键是要排队等油，有时要排一周的队，有时会更长时间。

如果自己能炼油，解决一部分油料，春耕时就拉得开栓了。父亲很兴奋，找来技术员商量，技术员姓朱，好像是南京某个大学毕业的，白白净净的一个人，发际线很高，戴一副金丝边眼镜，颇有些学问的模样。果然不负众望，朱技术员没用几天就画出了土炼油的设计图纸，其实原理很简单，就是将原油在容器里加热，根据温度的不同程度，就会分解出汽油或柴油。

　　找来了一只扁方形的油罐作为原油加热的容器，然后焊接出数根粗细不等、长短不一的铁管，有的是用于出油，有的是为了进气，有的则是起到冷却的作用，别看原理并不复杂，因为有了这些纵横交错的铁管，便显得深奥无比，很有些工业化的意味。

　　运油的拖拉机从油田拉回了一车原油，不知道啥叫原油，都跑去看。只见从油罐车上卸下的是黑褐色的状如糊糊的黏稠之物，散发着刺鼻的生油味。有人用树棍挑了一点儿出来，对着阳光看，变成了透亮的黄褐色，划一根火柴嘭一声就着了，火苗还挺高，燃到最后便冒出袅袅的黑烟子。

　　父亲为此专门组建了一个炼油班，清一色男人里只有一个女的，她是老山东的老婆大霞，老山东是一个高高大大的山东男人，至少有一米八几，他的老婆是从山东老家接来的，一气儿为老山东生了三个孩子，两个女儿一个儿子，儿子才一岁多点，满地乱爬，大霞没正式工作，一个人养一大家子，老山东的腰便有些佝偻，个子大的人一旦腰弯了，一下就显出了暮气来。

　　炼油班的男人们都是其他部门抽调来的，而大霞却是个家属工，谁都清楚安排她进炼油班其实是个照顾，打个杂顶个班，有点儿收入，补贴家用。

　　可大霞偏偏是一个闲不住的人，最早一个来，最晚一个走，炼油班因为她的勤劳，每一个边边角角都拾掇得井井有条，简易半露天的炼油厂，看上去干干净净的，就像她家的厨房。

　　那天早上有点雾，是那种冬天早晨太阳出来前空气的混沌之态，含糊不清的天空似乎在等待什么提示，以便豁然开朗。

我和同学在赶往学校的路上，一路在争论着以后谁有可能去油田工作，因为今天早上收音机里说了，南疆油田的发现，会彻底改变南疆三地州的面貌，油田的开发需要广大的有志青年积极投身到火热的建设中去。我们该算是有志青年吧？而所有的招工招干，似乎对兵团子女都有所限制，为此我们愤愤不平。就在我们嚷嚷着大声抱怨时，忽然不远处传来一声沉闷的巨响，好像脚底下的大地都抖了一下，紧接着就看见一朵灰白色的烟雾团如蘑菇云般迅速升起，而天空似乎也在那一声巨响之后，猛然清亮起来。

有人尖厉地大声喊叫，出事了！炼油厂爆炸了！所有人都向着蘑菇云升起的地方奔去。

炼油厂挤满了看热闹的人，纷纷讲述着自己知道的一星半点事故缘由，挤进乱糟糟的人群，就见父亲和几个人围着地上躺着的一个人，他的衣服上满是燃烧扑灭后的斑斑烧痕，头发几乎被烧光，最可怕的是那张脸，就像新疆人用烧红的火钳子烙出的羊头，墨黑中透着焦黄——显然那是被极高的温度一瞬间扑面而来所致。

不知道躺在地上的人是谁，有人说那是大霞。

爆炸是来自那用来做加热容器的扁方形油罐，它的一个边被爆出了一个大口子，就仿佛是一张惊叹而未合拢的嘴，地上布满了扇状喷溅的原油，就像在那个特定的区域下了一场雨。大霞的身上盖了一件谁的衣服，被几个男人迅速抬上千里马拖拉机的拖斗，向卫生队方向突突而去。

大霞必须比别人来得早，她得提前来把炼油的火先点燃，预热后，等上班的人来了正式开工，烧的是干枯的胡杨树干，点火很容易，弄一些易燃的干树皮和细树枝作为引子，划一根火柴它们就毕毕剥剥地着起来，然后再把粗大一些的树干架上去，不消一刻，熊熊大火就呈燎原之势。

没有人告诉大霞，大霞也不可能知晓原油里含有许多蜡质的东西，在加热的情况下它是流质的形态，不会被发现，而在冷却后它才出现。那是在冬天，炼油的炉子在停火一夜后，所有纵横交错的铁管子都被蜡堵死了，大霞不知道，大霞只管烧她的火，渐渐被加热的扁方形的油罐内慢慢聚集起了大量油气，但所有的出口都被封死，它们在膨胀，不断膨胀，谁也没想到它们具有如此巨大的力量，生生将油罐憋出个大口子，那肯定是一瞬间的事，滚沸的原油喷薄而出，所向披靡。

大霞就是在那一刻被强力的气浪和灼烫的原油推倒在地，而那些原油在接触了大量的氧气后，即刻就燃起烈焰。

老山东没在第一时间赶到出事现场，当他被两个人架着，跌跌撞撞赶来的时候，大霞早已被送往卫生队。

大霞没能熬过当天夜晚，一直处于昏迷状态的她，至死都没能再睁一次眼。

一直都在传说，大霞给老山东托过梦，告诉他在屋子的门槛下，藏有一个布包，儿子想妈妈闹得不行了，让他闻一闻就会没事的。梦醒后，老山东在门槛下的夹缝里果然找到一个素色的小布包，打开一看，竟是一缕黑漆漆的长发，不知大霞啥时候剪了自己的头发藏在门槛下。出事的许多天后，我第一次见到出门的老山东，高大的身板佝偻得更加厉害，身体仿佛也变薄了许多，他的腿打晃得厉害，走两步就得停一下，似乎一阵小风就能将他吹倒。

十几年后，在塔里木西南缘的昆仑山脚下，建起了一座漂亮的石油城，被称为造福南疆三地州的惠民工程，也可以说是近代以来，南疆大地上第一个出现的真正意义上的现代工业，它们分别是：炼油厂、化肥厂和液化气厂。

2020 年 3 月 13

稿成于妖魔山望山斋

父 亲

一

原本以为父亲可以活过九十岁，却不料他连八十八岁都没挺过去。

自从父亲跟着姐姐过，每年春节回姐姐家便成为常态。见我们大呼小叫地进门，他的眼睛倏地亮了一下，把轮椅转向我们这边，之前他一直将轮椅对着窗户一侧，或许是向外张望我们，抑或是为了晒晒太阳。

父亲由于罹患痛风，手足严重变形，在坚持了多年之后的两年前，终于不得不坐到了轮椅上。父亲是在五十多岁时得了痛风，那时也搞不清是什么病，以为是关节炎之类的风湿病，没什么特殊治疗的药物，也不懂得忌口，病情没几年就到了几乎不可收拾的地步，手脚关节粗大扭曲变形，一根手指比我两根还粗，关节间沉淀的晶体疙里疙瘩的，有的地方破了，便流出黏黏稠稠黄白色的组织，那情形令人不忍目睹。等后来知道这叫痛风病时，为时已晚，根本无法医治，医生开的药大多是控制类的，能维持现状，不再频频发作，就算有非常不错的治疗效果了。

在我五十多岁也得了痛风时，才深感给这种病命名为"痛风"的精准，不得不佩服命名者的智慧。在我看来，叫它痛风，至少有两方面的原因，一是此病之前毫无征兆，来得迅捷，如一阵劲风掠过，二是发病时，红肿的部位几乎不能触碰，就是一阵风从上面刮过去，也会痛得惊心。

父亲在三十多年的漫长时光里，始终忍受着剧痛的折磨，是否应验了那一句话：人只有享受不了的福，没有挨不过的痛楚？现在回想起来，父亲身体的底子一直是不错的，父亲的个子不是很高，但颇为壮实，属于那种短粗型的体貌，如果不是四十多岁时的一次意外，父亲的身体状况肯定不会沦落到后来的田地。

记得那是个星期天的早上，天气已经回暖，父亲在给窗户钉纱窗，这显然不是一个体力活，但才钉了一个角，父亲就捂着肚子蹲在了地上，豆大的汗珠挂满了额头，吓坏了所有人。二哥找来一架推拉车，铺上一张褥子，几个人七手八脚将父亲抬上去，拉着就往两公里外的卫生队跑，恰巧是个星期天，唯一的医生不在，跑去他家找，门上却挂了把锁，那时也没有手机之类的联系方式，星期天如果医生去胡杨林里打柴或者去叶尔羌河钓鱼，那是肯定联系不上的，幸好见习医生在，赶紧给父亲检查，得出的结果是急性阑尾炎，需马上动手术。可是让一个见习医生上手术台？我们知道卫生队这些所谓的见习医生，大多是连队的卫生员抽调上来的，之前他们只是经过最粗浅的战地救护训练，甚至连会扎干针煮草药的赤脚医生都不如，可是眼下的情形怎么办？父亲痛得连哼哼的劲都快没了。见习医生说，不能再拖了，一旦阑尾穿孔了，脓跑到腹腔里，那就糟糕了！穿孔？腹腔？母亲和我们都听得不知所措。见习医生还说，前两天跟着主治医生刚刚做一例阑尾手术，不是太难，小手术而已，估计没啥问题。母亲一筹莫展。见习医生又说，万一手术失败，我也怕担不起这个责任，可是病人的情况在这儿摆着，我总不能见死不救吧？母亲看了眼疼得几近昏死过去的父亲，一咬牙，就决定了父亲的手术。

在手术室外，我第一次发现，时间与人的意念是相反的，你希望时间快一点，时间反而异常缓慢；而你想让时间慢下来，时间却在飞奔。我们觉得已经在手术室外等了一个世纪，其实才过去一个多小时，手术室的门打开了，父亲并没有被推出来，见习医生语无伦次地说，阑尾摘除了，手术成功。可我们看见父亲脸色蜡黄，似乎还在昏迷状态。见习医生接下来的话，让母亲完全崩溃，他说，我打开腹腔后，才发现他的阑尾是正常的，那就是说，就是说，就是——他的病灶不是阑尾。现在既然腹腔打开了，干脆把阑尾切除算了，免得以后真犯了……

我已经把他的创口处理好了，不会有问题，你们赶紧把病人送到师部医院去吧，我搞不清他究竟是哪里出了问题……

于是找来一辆千里马拖拉机，把父亲拉到十七公里外的师部医院，很快父亲又被送进手术室，父亲终于得救了。

就在同一天，二十四小时之内，父亲的肚子两次被刀切开，一处是在右小腹的下侧，一处是在上腹的正中，多少年以后，父亲身体上两条一拃多长的紫红的切口，犹如趴卧于人体腹部的两条蜈蚣，仍令人触目。

174

二

原来父亲得的是急性胃穿孔。那时生活条件差，粮食供应紧张，几乎百分之九十吃的是玉米面，即使这样，我们还常常吃不饱，四个正在长身体的孩子，就是四口永远填不满的无底洞。现在生活好了，许多人把粗粮当成一种健康保健食品，殊不知长年累月的粗粮，尤其是玉米面，会令人胃酸呈数倍增长，父亲的胃就是长期的玉米面糟践坏的，记得父亲病倒的那天早上，吃的就是一碗玉米糊糊，而吃下去的东西产生的强烈胃酸，终于攻破了父亲的胃壁。

父亲出院以后，团里特批了一袋小麦粉（我们也称之为白面），算是父亲恢复期的补助。但父亲最向往的还是各种肉类蛋白质，对肉食的强烈兴味，延续了他的一生，以至于痛风严重的时候，医生建议他尽量少食或最好不食海鲜、肉类，他根本停不下来。

那时，只有过春节了连队才有可能杀两头猪，全连在册上百号人，按人头分一人也就几百克，肉被切成一小块一小块，上面都贴一张写了号码的小字条，然后大家去抓阄，手里字条上的数字，总会在肉块上找见，肉好肉坏全凭运气，都不希望抓到瘦肉，越肥越好，猪肉的板油，用手指去度量，被称为几指膘，最好的是四指膘、五指膘，谁要是抓到了六指膘，那可是不得了的事！

人的办法，大多是被逼出来的。父亲的老家在广西，村子边就是一条小河，自小就练就了一身好水性，摸鱼摸虾更是不在话下。离我们连队十几公里外就是叶尔羌河，父亲骑着我们家那辆破自行车，有时带上我或者二哥，去河边钓鱼。叶尔羌河其他种类的鱼很少见，最多见的是一种被我们称为大头鱼的无鳞冷水鱼，这种鱼体型不大，最长的也就十几公分，它不是扁长的样子，而是圆柱形的，头粗大而后身子渐渐细下去。这种鱼傻，好钓，但数量并不是很多，所以每次的渔获有限，如果运气好，能够钓上三四十条，如果手不顺，一天下来，也就五六条，尽管这样，父亲还是乐此不疲，一到星期天就迫不及待地往河边跑。在我看来，有多少渔获已经不是第一位的，父亲到了河边，似乎就进入到了某种情境之中，望着河水专注的神情，仿佛回到了少年时代，我知道父亲一定是怀乡了，钓鱼也许是最好的排遣。

冬天南疆少雪，遍地的胡杨树枯叶随风飘旋，更显出一派萧索。叶尔羌河是季节河，冬天枯水期，没处钓鱼。附近放羊的维吾尔族老乡，用夹子或大头棒，猎获不少野兔并少量的野鸡，他们自己不吃，拿到连队来卖，野兔五毛钱一只，野鸡一块钱一只。父亲会买一大堆野兔，用细铁丝勒住野兔的门齿，吊在柱子上，一只只剥皮，用刀从头部开一个口子，然后慢慢往下将它的皮与肉分离开，在刺啦啦的声响中，兔子皮会被完整地褪下来，就像脱下了它们身上昂贵的皮草，精赤巴条的兔子，裸露出健硕的肉体。

那时没有冰箱，一次买那么多兔子，吃不完岂不是要坏？且慢，父亲自有他的办法。父亲在地上挖一个长方形的浅坑，里面放一些枯树枝先烧一阵子，再弄来一些腐叶盖在上面，火燃不起来全是烟，父亲就把野兔一只只码上去，上面再覆盖上一条麻袋。父亲把南方做腊肉的方法运用于熏制野兔，一下子就解决了我们家整个冬季的吃肉问题。

父亲还有更绝的一招，就是劁鸡。不知道啥时候跟谁学的，还是小时候见过，总之父亲会做这个手术。选一只健康还没打鸣的小公鸡，在它两腿之间的侧面选一个位置，去除上面的鸡毛，用一小碗白酒消毒后，父亲用他的刮胡子刀片轻轻一划，便拉出一条弧形的口子，血顿时就涌了出来，父亲的两根手指从伤口探进去，一阵摸索，便扯出两个指头蛋大小粉白色的椭圆形软体，一刀下去，便将它割了去，然后用针纫上缝衣服的粗线，三两针就将伤口缝合好了。在手术进行中，没有麻药，小公鸡居然没叫一声，父亲将它阉了，把它变成了太监，它似乎全然不觉，父亲放了它，它只是在原地错动了几下爪子，感觉好像哪里不对劲，然后就撒腿跑到一群鸡里面。

这只被阉割掉的小公鸡，从此再不会打鸣，代表雄性特征的大红鸡冠也没能长出来，只是它的身体比别的鸡长得快长得壮，大概不到半年时间，它已长到两公斤多，还有再长的趋势，没有了各种欲望的小公鸡，一门心思只管长肉，地里种的辣子也绿得发亮，鸡与辣椒同步生长，最后在一个锅里顺利会合。

父亲不知道从哪里听说北京烤鸭用的鸭子，都要经过特殊的填喂令其肥硕无比，方能上架炙烤。想到那些白花花的鸭油，就令人垂涎。父亲决定拿一只鸭子来试验，找来二哥用红柳枝条编出的筐

疼痛史

子，把鸭子扣在里面，筐子很矮，鸭子直不起身子只能半卧着。用玉米面湿水搓成拇指粗细大小的面疙瘩，再放进笼屉里蒸一刻钟，放凉之后，便开始填喂鸭子。把鸭子的宽嘴掰开，一截截金黄的面疙瘩就顺利地塞进鸭子的嗉囊，当然期间还得喂点水，眼见着鸭子的嗉囊就鼓了起来，用手触之，沉甸甸的一坨。填喂毕，再扣到筐子里卧着，个把月下来，鸭子的体型完全大变，不但横向发展宽阔了不少，纵向也厚实了许多，就仿佛是气吹出来一般，去掉扣它的筐子，鸭子几乎迈不动步子了，看上去至少有四五公斤的样子，父亲的试验，大获成功。

三

父亲兄弟姊妹好几个，他是长子，奶奶以牺牲其他人读书学习的机会为代价，送父亲去了解放军最早的军校之一——中南军政大学桂林分校读书，但还没能毕业，全班就奔赴新疆，进了骑兵部队，后来又集体转业到兵团。

按理那时读过书的人不多，大学生应该是吃香的，可父亲由于家庭出身是地主，就处处受到排挤和打击，1966年"文革"初期，父亲被下放到遥远的南疆，去组建新成立的农三师。之前，父亲曾被派到八一农学院学过一年机械原理，不承想他终生的职业都与机械有关。父亲最初干的是团场机耕连保养间的主任，后来又干过机耕连连长、指导员，还干过修造厂的厂长，但不管到哪儿，职位是什么，人们一直都叫他黄主任，黄主任自己也没啥意见，叫惯了，也就听惯了。

每天晚上都要政治学习，冬天天黑得早，晚饭后外面就黑咕隆咚的，哪有啥路灯，家家地窝子的天窗都射出一方明明暗暗的光亮来，父亲总是让我去替他敲钟吹哨子，通知所有人晚上要开会。我的条件是让我骑自行车去，父亲自然同意。我跨上哐当哐当作响的自行车，一溜烟向着挂着拖拉机轮毂钢圈的大树奔去，取下一截铁棒，抡圆了胳膊，让钢铁相互击打的铛铛声穿透浓重的夜色四下里传播开，然后再跨上自行车，绕着全连，一路飞奔，一路铆足了劲儿吹响铜哨，尖厉而飘忽的哨音落在身后，很有些诡异，我总是不断回头张望，老觉得有什么东西在尾随着我，特别是途经大工房后的院子时，我尤其紧张，因为那里停放了一口蒙着白帆布的棺木，里面躺着一个姓孙的干巴老头，据说此人当年是东北抗联的一个副师长，后来被鬼子打到了苏联，四几年才从苏联取道回到新疆，但又说他是个叛徒。

子女不在身边，他的老伴儿提出让孩子最后看一眼老子再下葬。那时南疆不通火车更别提飞机了，他的孩子从东北赶到新疆，至少得半个月时间，那么灵柩就得停在那儿半个月。奇怪的是，平日与孙老头交好的还有一个胖胖的也叫孙老头的，健健康康、乐乐呵呵的一个人，无病无灾的，突然也去世了，搞得人心惶惶的，都说停棺不能太久，落土才会安好，瘦孙老头一个人太过寂寞，找胖孙老头陪他唠嗑呢。

每次气喘吁吁回来，都觉着背后凉飕飕的，觉着两个孙老头的眼睛都在后面盯着我。父亲见我回来，就会披上他的皮大衣，拿上红塑料皮的《毛选》，再卷起几张报纸夹在腋下，去组织政治学习。我知道，在一个被当作会议室的大地窝子里，坐满了连队所有的职工，黑压压的一片脑袋，黑暗中间或有火星闪烁，此起彼伏的，那是有不少人在抽烟，父亲带去的旧报纸，就是专门供给那些抽莫合烟的人，新疆人都知道，伊犁莫合烟与《新疆日报》是绝配。

梁上高悬着一盏马灯，橘黄的灯光在烟雾包围下愈发昏暗，父亲在用他浓重的南方口音，读着《毛选》里的文章，谁的鼾声突起，很快被人捅醒，谁家的孩子偶尔夜啼，也很快被塞进嘴里的奶头堵住。

让父亲没有想到的是，某一天他召集的政治学习，却成了他的批斗会，几个造反派成员在父亲的会议开场白刚结束，便突然站起来，高呼打倒我父亲的口号，先是几个人喊，慢慢所有人都跟着喊，不管愿不愿意，当所有人的言行都顺从于一个声音的时候，便开启了悲剧的模式。

父亲被命令站到最前面的会议桌上，说是让每个人认清这个地主狗崽子的真实面目，让大家踊跃揭批。为人宽厚温和的黄主任，不用站在桌子上，他们也该看得清清楚楚，底下没有一个人吱声，造反派见没有发动起他们预想的群众斗争风暴，就想出另外一招，让父亲低头认罪，父亲的颈项短粗，但还是低了头，只不过造反派觉着低得不够，于是找来四块东方红履带式拖拉机的链轨板，用八号铁丝穿起来，直接挂在父亲的脖子上，那些钢铁几十公斤的重量，通过八号铁丝传导到父亲的颈项，不仅头要低下，甚至连脊梁都要一同弯曲，受力的铁丝深深吃进父亲的肉体，那一道紫红色的印痕，在我的脑海里镌刻了一生。

四

经历了一天两次开膛的父亲，元气损伤太大，强壮的身体一夜之间就变得孱弱无力了。父亲的烟戒了，再也不用担心因莫合烟灰在衣服上烫出大大小小的洞而受到母亲的唠叨，酒也断了，他的胃再也承受不了任何刺激。没有任何不良嗜好的父亲，显得更加平静而内敛，就像所有结束中年准备进入老年的人一样，把所有看得很淡的同时，却把身体看得很重了。父亲开始对电视和小报上的保健广告感兴趣，隔三岔五就有不同口音的人打电话到家里，推销他们的具有奇妙功效的保健品，来自全国各地的邮包不断寄来，受骗上当的父亲，在每一次都暗暗发誓再不相信他们的虚假宣传之后，很快又会进行他的最后一次购买。

　　母亲很无奈，惜命的父亲暗示着父亲的糟糕状况，却让母亲产生自己还健康的错觉，家里所有的家务都让母亲一个人包下来，能干的母亲，更觉得自己无所不能。母亲被查出时已是直肠癌后期，很快便扩散到肝肺，半年时间就撒手人寰了。

　　母亲先他而去，是父亲没有料到的，也是不在他设想的范围：人去得有个年龄和身体状况的先后顺序吧？他完全没有这方面的心理准备，生活一下子全乱了套，在他的古稀之年还要自己照顾自己，学会重新生活。被母亲宠爱了一辈子的他，不会做饭，不会做家务，生活自理能力极差。孩子们都各自有家，有各自的生活和工作，不可能随时陪伴他，父亲要自己洗衣服，自己打扫卫生，还要自己做饭。最难的恐怕是给自己弄吃的，周末我们会过去为父亲做些好吃的，也常常会包一些饺子冻在冰箱里，平常他可以煮着吃，但是开始父亲连饺子都煮不好，不是没煮熟，就是煮烂了，自己烧的菜，不管好吃不好吃都得下咽。

　　父亲一个人过了几年非常不易的生活，好在他都挨过来了。他学会了网上在线下象棋，与那些来自全国但从未谋面的对弈者交锋，父亲好像一下子年轻了许多，思维也异常活跃起来，这让我不禁忆及父亲的当年，年轻时的父亲，写得一手好字，还能画两笔画，用钢笔寥寥几笔就能勾勒出一个人的形象，有时还会上篮球场，他的个子不高，但灵活，双手抱球在胸前的远投，常常是远距离得分呢。父亲在网上与人较量，同一级别中胜负难料，有时他会因一步棋落败而懊恼地连拍大腿，有时又会因走了几手妙招而兴奋地吹起口哨，得意之情溢于言表。

　　大哥的突然去世，让我和二哥不知道怎样对他说，对一个八十多岁的老人来说，这样的噩耗是致命的，白发人送黑发人，黑发人已无知无觉，白发人却要承受怎样的打击？我们决定先瞒着父亲，寻找合适的机会再告知他。

大哥走的前一天晚上，专门徒步了十几公里去看父亲，大哥做了几样菜，吃过饭又洗碗收拾停当才回了自己的家，谁知那竟是永别。平常的时候，大哥过几天就会去看看父亲，而且几乎每天都会给父亲打电话。那一天之后，再没有了大哥的讯息，父亲纳闷，拨打大哥的手机，总是听到那个标准的女声：对不起，您所拨打的用户已关机。忍不住就打电话给我和二哥，我们只好将统一口径的说辞告诉他，说，大哥出差演出去了，他去的地方偏远，没手机信号。这只是一时之说，终不能长久，过了十几天，父亲回过味来，觉着不对劲儿，就是去了偏远的地方，这会儿也该回来了。无奈之下，我们只好又编了一套大哥出国不在国内的说辞，父亲将信将疑，直接打电话给大嫂，电话的那一头，大嫂强忍住悲戚，把父亲应付了过去。

　　就这样坚持了两个多月，直到父亲因痛风加重住进了医院，父亲除了痛风之外，还有糖尿病、高血压和心脏病，心脏搭桥已做了十几年。我和二哥合计，只有这个时候将大哥的噩耗告诉父亲最合适，我们提前找了主治医生，告诉了我们的想法，请他配合，准备好心脏复苏的器械和氧气。我和二哥进行了一次与父亲最艰难的交谈，当告知我们的大哥他的长子已在两个多月前离世的消息时，我和二哥预想的泰山崩裂般的剧烈情绪，并没有出现在父亲身上，他什么话也没说，倚靠在病床头的身子僵在了那里，而后就颓然软了，他的头沉重地落在枕头上，双目紧闭，仿佛睡去一般。

五

　　春节年夜饭时，我们将父亲扶在主座上，照例为他换上他喜欢的大红中式衣服，二哥拍下了有父亲在场的最后一张全家福。

　　二哥将这张全家福发到了黄家亲戚组的一个群里，远在广西的堂弟看了后，就说，大伯的情况有点儿不对劲儿，因为他发现父亲的脖子耷拉着，以往的精气神已不复存在。的确，这个春节我们都笼罩在一种近乎绝望的气氛中，父亲最近一直不好，才从医院出来，过去他可以自己挣扎着从轮椅上下地，虽然是颤颤巍巍的，但扶着东西还能挪到卫生间大小便，从医院回来后，就彻底不能下地走路了，甚至连大小便都不能自理了。

吃饭时，父亲变形的手指几乎握不紧筷子，还不时颤抖，送至嘴边的东西一半都落在了桌子上，忍不住就想喂他吃饭，但姐姐不许，姐姐坚持让父亲自己动手，她怕日后父亲产生依赖心理，不愿运动，情况将会更糟。

春节后三月还没过完，姐姐突然打来电话，说父亲快不行了，已送进了重症监护室，我和二哥立马从乌鲁木齐往一百八十公里外的石河子疾驰。

被各种粗细管子包围的父亲，已陷入昏迷状态，只有监视仪上呈现心跳、脉搏、呼吸的数据，说明父亲仍活着，父亲是因为痛风，引起肾衰，进而引起肝、心脏等器官的全面衰竭。我和二哥在父亲的病床边守护了一夜，父亲除了偶尔含混的嘟哝，几乎都在沉睡，罩着氧气面罩的呼吸，粗重而急促。第二天天光放亮，竟有一缕明艳的阳光自窗户投射进来，伴随着阳光的到来，父亲竟苏醒了过来，他似乎很吃惊自己怎么在这里，满眼是疑惑。父亲的眼睛熠熠生辉，惨白的面容似乎泛起了一丝红润，显得生动而亲切。妻子后来回忆说，爸爸那时的眼睛，真的很亮很亮。我们都长舒了一口气，都觉得父亲已脱离了危险，姐姐送来了牛奶稀饭，我一勺一勺地喂到父亲的嘴边，已经几天没有进食的他，竟有些迫不及待，这是人间的美味，一个味蕾对滋味的追迫，正是对生的渴望！

可是到了下午，父亲突然呼吸急促起来，脉搏微弱，几名医生跑过来急救，又是打强心针，又是做心脏起搏，终是无力回天，父亲在他八十八岁时离我们而去。

两天之后，我和二哥送父亲去火化，这里的火化场居然允许亲属到场，监督他们将骨灰盛入骨灰盒。一个长形的铁盒从火化炉中被拖了出来，父亲的遗体不见了，变成了一具尚保持着人体基本形状的灰白色灰烬，腿骨和臂骨完整而清晰，圆形的头颅，只剩下半轮，烧尸工用一方铁器将它们彻底碾碎，统统盛进那只暗红色的骨灰盒。

父亲就此住进了这个狭小的空间，捧着骨灰盒，骨灰还有些温热，就如同父亲活着的体温。

母亲去世时，我们曾想把母亲葬在乌鲁木齐，征询父亲的意见，出乎意料他坚决不同意，执意要让我们把母亲葬回老家的祖坟地，我们都不明就里，母亲生前并未流露出叶落归根的想法，她觉得我们都在新疆，这里有人陪伴她，至少寒食节清明什么的我们会去祭扫，没必要非得回到祖地，父亲在这件事情上却表现出了不可商量的态度，无奈之下，我们只好把母亲的骨灰葬回了老家。

后来我们才反应过来，是父亲自己想落叶归根，让母亲先回去，其实是一种保证，保证了他百年之后也可以如愿以偿地回到故乡。

父亲带着母亲，从最南边跑到最西头，最后又回到了出发的原点，这一大圈用了七八十年，耗尽了他们的毕生，这个圈画圆了吗？

父亲回家了。他十八岁离家时亲手栽下的一棵龙眼树如今已长成两人才能合抱的参天巨树，它用亭亭华盖，迎接着游子的归来。

父亲与母亲终于合葬到了祖坟地，合葬墓面向红水河，漫山青草、野花摇曳、修竹飒飒。

在墓的一侧，堂弟栽下了一棵苦楝树，他是想让我们在更远的地方，都能望见父亲母亲吧。

2020 年 2 月 20 日
稿成于妖魔山望山斋

听　响

何为聪明？古人造词时已说得非常明了，具备两个先决条件，便是聪明。一是耳聪，另一是目明。

可见耳朵的听力是多么重要。一个人歌唱不好，左嗓子老跑调，不是他的嗓喉有什么问题，而是听力不行，唱的时候根本就听不出来自己有什么不对劲儿的地方，还自以为高亢动人，岂不知在别人听来，却如同号丧。

一个人的见识，决定他日后的格局，所谓见识，就是曾经看见过什么，听到过什么。每个人的少年都是被好奇心铺开的草原，贪婪的眼睛和敏锐的耳朵撒欢奔驰，尽可能猎获捕捉着未知的一切。

少时娱乐的方式匮乏，就得想方设法满足贪婪的眼睛和灵敏的耳朵之需求，我们渴望声响，追逐声响，制造声响，在各种声响中茁壮成长。我常常陶醉于儿时对声响的敏锐度，我可以听到蠹虫在木头里的拱动，可以听到母鸡产蛋时鸡蛋的滚动，可以听到阳光在睫毛上的移动；我也惊诧于少时对各类声响的接受力，我并不讨厌黑猫折断老鼠脖子的声音，也不排斥一匹马的蹄子在石头上敲击出的火星，我甚至渴望天空的炸雷在头顶播响。

一串锣鼓的击打，大幕拉开，我们并不关心是谁唱戏，唱的什么戏，我们只在乎各种声响制造的热闹。这戏谁都熟悉得可以背得下台词，杨子荣勒马抬腿，连环纵跳，回首拧腕，潇洒的一鞭，这一鞭必须得响，干脆而有力，我们期待的就是这一声响；台上唱腔高亢嘹呖，刀枪撞击，台下谁家的小儿遽然号啕，被踩了脚的而没有听到道歉的少妇，在对方的脸颊上制造一声脆响。混乱不啻于声音，不绝于耳的嗡嗡声，直上云霄的气浪，将星辰扰乱，让夜晚充满魅惑，这些足以满足我们寂寞已久的耳朵。

过年对我们最大的诱惑，莫过于有鞭炮可以燃放。但那时谁家也没那么多钱，在几分钟之内燃放整整一长挂鞭炮，那噼里啪啦的紧凑的一阵乱响，对我们的耳朵而言是一种奢侈。在父母那里软磨硬泡、撒泼耍赖，好容易讨得两块钱，便兴高采烈地跑到门市部，买一盒三十响的小红鞭炮，舍不得一下燃放，便拆散了，兜里装几根，点燃一根麻绳，捏在手上，不时用嘴吹一下，否则就灭了。

儿时兜里有几根小鞭炮的感觉，就如同现在口袋里有把宝马奔驰车的钥匙一般。一帮孩子，谁最先将一根冒着些微青烟的小红鞭炮抛向空中，炸响空气，谁便是他们的中心，尽管那一声是那样突兀，那样微弱，甚至连树上的麻雀都不会惊飞，但它代表着一种非同寻常的声响，它的意义已远远超出了放鞭炮本身，其实不管谁放的鞭炮，大家都能听到，但是这声音出自谁的手很重要，这声音的拥有者是声音的主人，是他决定了什么时候，在什么地方引爆一根小鞭炮。于是乎，在过年前后的相当一段时间里，总是不经意间能听到东一声西一声零星的鞭炮声，短促而孤独，被一阵小风就吹得细如游丝。

只有类似革委会成立这样的大喜事，鞭炮才会一挂一挂地用长竹竿挑起，那是多么壮观的景象，几万头拇指粗的鞭炮整齐串联在一起，就像一串串的红辣椒。主持人在说什么我们全然不知道，一阵阵的掌声拍得我们热血沸腾，我们知道，最激动人心的时刻就要到来，果然，一个穿着草绿色军装，佩戴红袖标的胖子，在高声宣布完什么之后，锣鼓声突然铿然作响，而后来居上的鞭炮完全是暴怒般炸成一片。在呛人的硝烟里，一群孩子不管不顾地冲上前，捡拾那些被炸了出去却没有爆炸的鞭炮，有延迟爆炸的鞭炮在小伙伴的手中炸开，血肉模糊，却不好意思大声哭出来；最倒霉的我，抢到兜里的一根鞭炮爆炸了，将过年母亲才给我做的新棉袄，炸出了白花花的棉花。

我们也想办法制造声响。二哥用自行车链条和粗铁丝，制造手枪，铁丝弯出手枪的形状，链条的小孔洞成了填弹仓，一次掰一粒火柴头塞进去，扳机一扣便是一声脆生生的响；二哥还会将攒下的一堆牙膏皮在火上熔化，然后倾入事先在土坯上凿刻出的锥形范模，待白亮亮的锡液慢慢冷却，即将凝固时，在锥体的正中间插入一颗钉子，然后拔出来，留出一个孔。这枚锥体被绑缚在用手绢做成的小降落伞下，留出的那个孔里填充上从火柴头上剥下的火药，那根钉子则充当了撞针，当小降落伞与那枚锥体一同被抛上半空，锥体在下，小降落伞打开，它们缓缓落下来，即使这样的冲击力，也足以引爆锥体中的火药，一声与二踢脚可以媲美的震响，让我们忘乎所以。看看那儿有一拨女孩子跳皮筋，或者一群鸡在觅食，就恶作剧地将小降落伞抛向他们的上空，然后静候突然的震响带来的效果。

同学的父亲是武装部的管理员，因此同学经常可以搞出几颗子弹，黄澄澄的铜壳子弹，被他汗津津的手印上了指模。

没有枪，照样难不住想听响的愿望，距上一次听到枪声已经很久，上次东戈壁枪毙人，人都不让近前，远远地看到几个背上插着牌子的人，被一群拿枪的人推下汽车，在已经挖好的几个土坑前，他们反剪着双手跪着，背上的大牌子被抽去，便传来一排枪响，几个人都栽进了坑里。那一排枪声一点儿也没气势，就像几个人在依次击掌，倒是有些回声传来，感觉比掌声尖厉不少。

在地上挖了个坑，拢了一些胡杨树枝扔进去，点起火来，火烧得差不多时，同学将那几枚子弹扔进火堆里，迅速跑回来和我们趴卧在一条田埂后面，那是一个漫长的等待，可谁也不敢从田埂后面探出头，谁都怕被烧爆的子弹头会飞向自己。终于传来了几声闷响，远远不是我们预期的那种震撼人心的爆响，就仿佛谁家的暖水瓶扔在了地上。这声音令我们万分沮丧，也让同学非常没有面子，好似那些子弹成心不给他长脸。

没过几天，同学从书包里掏出了一个吓人的东西，那是一枚真正的木柄手榴弹。同学说，这是上次基干民兵实弹训练时没响的哑弹。我们不知道他是怎么弄出来的，也没人过问，我们都沉浸在将要听到有史以来最震撼巨响的巨大激动中。

不是谁都能与我们一同分享这美妙的巨响，一群被严格挑选出来的同学，来到人迹罕至的胡杨林深处，找到一条深沟，它的一侧是一道沙梁，这正是我们的理想之地，深沟里烧哑弹，沙梁后正好可以躲藏我们。

一大堆胳膊粗细的胡杨树枯树干燃起熊熊烈焰，同学将那枚哑弹扔进火堆中，我们趴伏于沙梁后，胸脯紧紧贴着地面，紧张而激动，每个人都可以听到彼此的心跳。我们在等待，等待那一石破天惊的一刻，我们在耐心等待，等待却使我们焦虑万分。然而我们预期的轰响并没到来，都相信下一秒会爆响，而下一秒依然沉寂，差不多有整整半下午的时间，我们就是在这种欲罢不能的焦灼中挨过，贴紧地面的胸脯隐隐作痛。有人说，那个手榴弹是假的，可能是一枚训练弹，也有人怀疑，里面根本没有火药，只是一个空弹壳，要不然在这样的大火中，啥东西经得住这样烧？同学就觉得打脸，一直勾着头不吱声。大家都估摸着深沟里的野火也早已烧尽，因为已看不见一丝一缕的烟袅袅升起。

但谁也不敢率先站起来，眼见着红日西沉，大家都面面相觑，不知如何是好。同学的脸就有些挂不住，想率先站起来，他旁边的一个平时比较要好的大个子同学一把按住他，说了句：怕个屎，看我的。就站起身，回头望了望我们，径直向深坑边走去，想一探究竟，而恰在这时传来了惊天动地的一声巨响，被炸起的泥土雨点般落了我们一身。

高个子同学没被炸死，只是从此少了一条腿。

人要管得住耳朵，管住了耳朵也就管住了麻烦。

耳朵，犹如两片春天分蘖的叶子，初始它单薄稚嫩，只有在汲取了各种声响的养分之后，才渐渐丰肥变得厚实起来，少时灵敏的耳朵，恨不能听遍八荒四方，老了，耳朵迟钝，却更希望摒除一切嘈杂，回到宁寂。

拥有一对听遍天下七声八音的耳朵，福兮？祸兮？

2020 年 2 月 21 日

稿成于妖魔山望山斋

疼痛史

我是一块儿仙人掌

我是一个不愿轻易改变自己的人，妻子说我这是固执。而我对固执的理解应是属于性格层面的事情，一个坚持原则，坚信自己判断，对自己充满自信的人，应不属于固执之列，说难听一点儿可能是自负。

并不是受益于针灸或中医的某个成功个案，我才对中医和中医药学深信不疑，而是基于对中国古代哲学最起码的认知，以及绵延数千年关于阴阳转换平衡理论的兴趣。

我的一个做外科医生的同学，对我的椎间盘突出症所采取的中医保守治疗非常不屑，在他看来，什么疏导经络、拔罐、艾熏、针灸这一套东西，就是不折不扣的骗人把戏，如同巫术，他给我的建议直接而明了：去手术，一了百了，不要再活受罪！说实话，在腰椎压迫神经，左腿痛不欲生的时候，我也曾不止一次地想过去手术，但手术真的管用吗？真的能一了百了吗？不是传闻手术稍有不慎会割断神经，那就一辈子瘫痪在床了？不是也有人说手术只能管几年，手术以后再犯，就彻底无医了？

再者，我对人体是小宇宙之说颇为认同，人体的小宇宙对应着自然界的大宇宙，它被混沌的宇宙之气包裹着，又运行着自己的气血，顺应天道，生生不息。如果手术，岂不是放掉了珍贵的混元之气，彻底破坏了气血的平衡？那得花多少气力，才能恢复到之前充盈的状态？也许永远再不可能，那时我将像被扎破的轮胎，一点点瘪下去，即使修补好了，也面临着慢撒气或者再一次爆裂的危险。

还有一个重要的原因，那就是我心存侥幸，在林林总总的保守治疗手法中，万一碰到了什么独门绝技，我岂不是撞了大运？因此，每换一次治疗方法，都意味着我向奇迹靠拢了一步，我期待着奇迹发生在我身上，哪怕这个治疗令肉体受尽折磨、痛苦不堪。

其实针灸的原理并不玄乎，它靠刺激局部穴位，起到对神经的传导作用，使肌体从阴阳失衡的状态向平衡状态转化。说白一点儿，经络就仿佛是新疆地下的坎儿井，从地表你看不见它，而它确实隐伏于地下，它的依次排列下去的竖井就如同人体的穴位一般，哪一段井壁坍塌或流水不畅了，就需要人下去疏通，而刺进你穴位的针大抵也是这个作用。

我又要去扎针了。施针的是一个三十多岁的精壮汉子，好像是在哪个中医短训班学过，又跟着哪个师傅学出来的。常常纳闷的是，我所遇到的正骨师、按摩师、针灸师甚至是中医，他们大部分都不是从正规的中医学院出来的，给人的感觉好像我们的大学堂里不开设这一类的课程。干这一行的似乎更江湖一些，中医大概与中国许多民间行当一样，更讲求的是言传身教吧。

190　　施针的汉子，面皮白净，隆准方直，算是长得标致，第一印象是个可以信赖的人。他说"先在你的大椎放点血，以利于泻热养阴"。我瞥了一眼他手中的一根比牙签还要粗一点的铁器，弱弱地问了一句："疼吗？"他把手中的铁器在我眼前晃了晃，说："没事。这是三棱针，专门放血用的，我会很快，几下就好——你忍着点儿。"他的话音未落，握着三棱针的手已在我颈项后方的大椎处快速戳捣，我未及喊出两声，他暴风骤雨般的手法戛然而止，短短的数秒内，我的大椎处留下了十几处深入肌肉组织的创口，疼痛，皮和肉破损的剧烈疼痛与涌出的血一同由内及外渗出，我早已大汗淋滴。他用卫生棉轻轻拭去那些鲜红的血，疼痛却没有被拭去，他又把一坨酒精棉球点燃，投放到一只玻璃的小罐里，燃尽了里面的空气后，便将这只火罐直接扣在刚才饱受摧残的大椎处，顿时就感觉有更多的液体被真空后的巨大压力抽取上来，我一阵晕眩，似乎想睡去。

五分钟后，他将玻璃火罐从我的大椎处取下来，仿佛被压了一座大山的肩颈顿时轻松下来。他把玻璃火罐举在我面前让我看，里面竟有不少黏稠黑色的血，我颇为惊奇，刚才流出的血是鲜红鲜红的，缘何此刻却暗沉如斯，难道不是从同一个地方出来的血吗？见我疑虑，他安慰说：前面的血是表层的血，火罐拔出的是深层你拥堵地方的血，从血的颜色就知道你的经络多么不畅通了。

他还建议我现在活动一下肩颈，看是否轻松了点儿。我错动了几下肩背，扭扭脖子，还晃动了几下脑袋，果然颈肩轻松许多，刚才昏昏欲睡的大脑，似乎也跟着清醒过来。

我是一个痛点很低的人，对哪怕非常轻微的疼痛，都会真切地感知到，在经历了刚才的大疼大痛之后，我想今天无论如何可以顺利应对过去了。

他让我休息一下，待会儿要扎火针。火针？什么是火针？趴在窄窄的理疗床上，我顿时陷入到了对未知而巨大的恐惧的猜想中，有时对恐惧的猜想，比恐惧本身更恐惧。冷汗不由得从额头冒出，脸色也跟着苍白起来。

见状，他笑了起来，告诉我火针听起来吓人，其实还没刚才放血疼。打消疑虑的最好方法，就是拿最近的事作比对，言下之意就是刚才那么猛烈的都挨下来了，后面的一定会温柔许多。我不太敢相信他的话了，但望着他那张诚实的脸，我又不知该如何作答。他给我解释说："火针古称焠刺，也有叫烧针的。是针刺与艾灸相结合的一种方法，这种疗法借火之力取效，集毫针和艾灸之功效于一身，它可以直接激发人体经气，内温脏腑而壮阳气。"

我搞不懂他的这一套乱七八糟的理论，严格说也不是搞不懂，而是我的心思一直停留在关于对疼痛的恐怖的猜想中。

他从镀锌的盒子里取出一枚细长的针，轻轻捻动着对我说："看，比刚才的针细多了吧？不会痛的，放心。"

好似疼痛的程度，是由针的粗细决定的，但首先可以肯定的是，在视觉上和心理上，粗的一定比细的凶猛，粗的带来的恐怖，要比细的强烈百倍。

点燃酒精炉，他将那支长针放进炽焰中烧，只消一刻，那针便通体赤红，他就要对我施针了，就要将这一锥通红刺进我的肉体，我闭上眼睛，咬紧牙关，浑身簌簌发抖。

没有任何声音，但我确实听到了针刺突破皮肉瞬间的微响，我甚至闻到了丝丝皮肉焦煳的味道。灼烫与疼痛一同进入我的体内，关键是在我无比清醒与明了的情况下，居然允许一锥通红的金属穿行于我的肌体，在我的血肉中淬火，不是血与火的较量，而是血与火的合谋，在某一点或许就是穴位的地方，那些尖锐的火，正中目标，一阵如触电般的战栗，顷刻向全身蔓延。

与其说我是被针扎怕了，倒不如说是被针吓到了。是谁制造了那么多尖锐无比的东西，颖尖所指，必是柔软的肉体，毫无抵抗如沃土一般的身躯，是针的栖息地，一根针只有找到了穴位，才算完成了使命，是种植疼痛，还是解除疼痛？抑或是用小小的疼痛，击溃更大的疼痛？

我以为今天的疼痛到此为止了。他说："还有一些针要扎。"并指了指白色方搪瓷盘里整齐码放的银针，又说："这是普通的针，你不会害怕的吧？"岂不知经过数十天一系列的针刺，我的腿已形成了条件反射，只要见到白色托盘里的发散着豪光的银针，就不由自主地战栗起来，愈想控制愈哆嗦得厉害。他有些不解地说："你怎么会这样？"这样是哪样？我的疼痛我知道，我的恐惧也只有我知道，我的战栗不是我的懦弱，战栗是肌体对疼痛的高度紧张，战栗是源自内心深处的预警。他有些调侃地说:"看把你吓的,你还没见过民间中医用的一种蟒龙针呢,那针比三棱针还要粗,一尺多长,从头可以直接扎到脚……"我的个天! 天下竟有这般利器? 不是针,是凶器吧?

我放平了身子趴好,等待一根一根的细针穿透我的皮肉抵达预定的地方。消毒的酒精棉先在我的背脊制造一片凉意,就像马上就要被马蹄翻耕的灼烫土地吹拂过一阵清风,之后所有的平静将被打破。第一针清晰而直接,第二针谨慎而准确,第三针顺溜而迅捷,三针之后感觉有些捉摸不定,渐渐模糊,几十针以后已全然不觉他还在继续施针。

那一天,我的身体从背脊一直延伸到大腿小腿,一共扎进了一百四十七针。趴卧在理疗床上,我就像是一块儿仙人掌,或者一只刺猬,背负着满身的尖刺,而我的刺不是用来防备外来的攻击,我的刺全部反转深入我的肌体,那一刻我开始理解,植物的根须穿刺泥土,是为了让枝头的树冠更加葱茏。

2020 年 2 月 24 日

稿成于妖魔山望山斋

我被我自己吊了起来

原来听说,人老了身体要缩,个子会变矮。一直将信将疑,到了五十多岁后,去体检,往测量身高体重的秤上一站,居然只有一米七多一点儿,几十年前我就拥有一百七十五厘米的身高了,这么多年过来,那五公分到哪里去了?是谁将我身体的一截子偷了去?怪不得以前可以居高临下看到的事,到了这个年龄,只能看见一个边儿了。

医生给我的解释,一是由于骨质疏松造成的骨量的流失,二是由于椎间盘变性导致椎间盘变薄,如果累及数个椎间盘,脊柱无疑会缩短,那么身高自然也就降低了。

我却觉着,数十年的生活重压,背负着一生的各种责任,还有轻盈梦想之后的沉重现实,我曾经高扬的头颅,没被压迫进胸腔,挺直的脊梁没有被折断已属万幸,都到了这把年龄,若再不变矮,才是一桩怪事。

人是有脊梁的,有脊梁的人才会在意生命的高度。曾几何时我们多么意气风发,一切都在向上生长,就像春天的植物,骨节在张开,腰椎在拔节,甚至头发都在蹭蹭往上冒,每一个毛孔都充盈着力量,周身澎湃着不可抑止的冲动。可是现在,一切都在往回走,往回缩,曾经有多张扬,现在就有多低调,曾经有多少春风得意,如今就有多少落寞失意，曾经多么坚定，当下就多么犹疑，曾经力拔山兮气盖世，而今却力不从心叹气短。

忽然的一天，当年任意挥洒的一切，都变得如此弥足珍贵，往前看时，老眼昏花，一片迷离，一片苍茫，而往回看时，却目光如炬，细枝末节，清晰毕现。

我能不变矮吗？我的脖子变粗，肩膀下溜，腰身不可避免地弯曲，腿也开始罗圈，走路的形象，就如同森林里被逐出群体的老猩猩，一摇一摆的，喘着粗气，目光散漫，背影里满是孤独与落寞。

我能不变矮吗？一个腰椎间盘症就把我从青年直接拽到中年，腰椎与腰椎之间的垫片在变薄，有的已经滑脱出来，一节一节支撑起我的人生的椎骨，变得那么不可捉摸，疼痛隐伏于每一个缝隙，就像一支庞大的乐队，演奏在进行时，总有弦乐的低婉，铜管的嘹呖，更有打击乐器的排山倒海，而当这些汇聚在一起时，便是疼痛的极致。

减轻我的疼痛吧，不管用何种方法，哪怕疼痛减轻一<u>丝丝</u>，让我能安然睡一个囫囵觉，让我付出什么都可以，但如果真的疼痛有所减轻，马上就会提出新的期望，人就是这样容易得寸进尺，且不管前面的诺言是否兑现。既然可以将疼痛减轻一分，就有可能减轻三分、五分，直至最后彻底消除。我们的信心与勇气，不都是建立在这种对未知美好的推理和期盼中吗？

这是一家门脸不是很大的诊所，却有着与之不太相符的巨大招牌，招牌上写着专治椎间盘突出、颈椎病、风湿病等一系列与椎体和关节有关的病痛。何为专科？是否可理解为只拿手治疗某一方面的疾病，对某一种病有专门的研究？独门绝技也许常常就隐藏于这种不起眼的地方也未可知。

接诊的是位姑娘，她将我引到内屋的一张漆色斑驳的桌子前，桌子后坐着一个几近谢顶的男人，一身黑府绸的中式长褂，还戴着一副茶色的水晶眼镜，感觉不太像医生，倒是与师爷或算命先生之类的有几分相似。他没开口，只是示意我坐下。我心里就暗自腹诽：完了，又是一个江湖郎中！要不是有朋友把这里吹得玄之又玄，我怎么会找到这里？水晶眼镜似乎看出了我的心思，高深莫测地对我一笑，说，凡事不要太看重形式，大医院里那么多进口的高级设备有啥用？还不是照样有那么多人跑到我这个小地方来看病，别的都是假的，看好病才是硬道理。他的语速缓慢，声音低沉，而话语间却充满了自信，倒不是被他的自信说服，而是觉着来都来了，试一下又何妨？我是属于那样的一种人，尽量不要令人难堪，下不了台，哪怕自己不是特别情愿，屈从一下也无妨。

我被引进更里面的一间屋子，这里光线黝黯，空气中还飘散着说不清的气味，我忍不住打了一个响亮的喷嚏。有顷，我的眼睛才适应屋内的光线，环顾四周发现这里像是一间扔了些破烂的仓库，只见屋顶下穿墙横着一根手臂粗细的钢管，钢管上铁链悬吊着一个被称为"油葫芦"的手动起重装置，铁链垂向地面的一头，却连接着一副电力工人爬高下低用的宽牛皮带，不过没有套在脚上用于攀爬的带齿的镰刀一样的器具。这样的组合，让我看得一头雾水。

我被安排躺在一张窄窄的铺着蓝色防水布的床上，水晶眼镜不知从何处拿出一方棱角分明的硬物，就像一块砖头，只不过外面紧紧缠裹了一层白布。他让我放松，再放松，缓步走到我的脚头，忽然就抡起了手中的硬物直击我的足跟，轰然一下，由足跟传导上去的力量却令脑袋遽然作响，在毫不知情、毫无准备的情况下，这一击可谓石破天惊，之后连续不断的击打，却渐渐减弱了威势，脑袋的轰响也降低了不少分贝。

我不明白，我是来治疗椎间盘的毛病，击打我的足跟是何道理？水晶眼镜对我解释，你的骨头长了几十年，关节、脊柱叠压在一起，中间都没有了间隙，气血运行不畅，我的治疗是先拉开它们之间的间隙，然后才能将突出的部分归位。我拍打你的足跟，就是让骨节先松动，告诉它们我要来了，就好比敲山震虎的作用。

我不知道虎在哪里，也不知道它被震到没有，反正我是被震得脑袋晕乎乎的。

接下来我被扶到那堆宽牛皮带处躺下，硬得有些硌人的牛皮带穿过两腿又扣上我的腰，一切停当之后，耳边就突兀地响起了金属与金属磕碰发出的咔啦咔啦的声响，有人在抽动油葫芦上的铁链，咔啦咔啦的声响就是出自铁链与齿轮的摩擦。随着铁链的不断抽动，我平躺于地上的身子开始失衡，脚和腿率先被拽了起来，随后是整个身体被头朝下垂直悬吊了起来，就像屠宰场里那些悬挂的被剥了皮的动物尸体，唯一不同的是，我身上没有爬满嘤嘤嗡嗡的苍蝇。

我有些不知所措，感觉血液都涌向了头部，气也有些喘不上来了。

水晶眼镜蹲下身子，对着鼻孔朝上的我，有些得意地说，我要让你用你自己的重量把脊柱拉开，拉出间隙。

我的世界整个颠倒了，地面在我的头顶，水晶眼镜恰好与我的姿态相反，没有怪异的世界，只有怪异的视角。

水晶眼镜抓住我的身体，不断抖动它，就像有人在制服一条蛇。本来就已头晕目眩的我，被他抖得全身抽搐，简直生无可恋。而铁链的咔啦啦声再次响起，我被缓缓地放回地面，脑袋清醒了许多，呼吸也顺畅起来，一切又回到从前。

休息了大约五分钟，我被告知，还要被这样吊起两次，每次十分钟，同时让我试着自己抽动油葫芦的铁链，自己把自己吊起来。

我依照水晶眼镜所言，抽动铁链，并没有用多大劲儿，也没多久，我便将自己倒吊了起来，我以为我很有分量，我以为我很了不起，我以为我很有尊严，在油葫芦面前，我竟是那么不值一提，只要抽动铁链，一切都会被颠倒过来。

手中冰凉的一把铁链就像一条蛇，而咔啦咔啦的声响回荡于这间密闭的屋子里，倒悬的我想起那些武林高手，比如少林的海灯法师，闭关修炼的情形，大抵也是如此，不禁就坦然许多，被我颠倒的世界，其实在颠倒着我。

2020 年 2 月 25 日

稿成于妖魔山望山斋

疼痛史

失败　从不需要夸大

自从腰椎间盘的麻烦纠缠上我以后，我就开启了漫长的治疗模式，用艰苦卓绝来形容一点儿也不为过，各种官方与民间，正规与野路子的医治方法用了不计其数，但收效甚微。

包裹于血肉中的骨头，其实是最为精密的构成，哪怕有一丝一毫的错位，就会令人痛不欲生。中医的保守治疗，往往试图通过外在的因素，渗透或者打入其内部，进而达到改变甚至修复病变的目的，这个想法固然是理想的，既不用动刀手术，破坏人的肌体，又可以治好病，就如同中国武术中著名的隔山打牛，用不着直接触及，纵是隔着其他物体，照样可以一击致命。

但谁又见过真正的隔山打牛？在我看来，很多的保守疗法，都带有推断和想象的成分，有的过于理想化，故事与传说，在其中起到了巨大的推介作用，在中国这样一个故事传说满天飞的国度，只要被口口相传的，就一定有其根据，哪怕只是一个影子，也会被描述出形骸，而更多的时候，是被放大与夸张，假如有一分功效，往往被夸大为十分，那么实际的功效十分，就有可能是百分。

我们已经习惯了这种夸大，我们并不十分宽阔的胸膛，常常被它撑满，但就像喝了太多的水，肚子里是满满的，却总觉得饿。

我的一个诗人朋友也有腰椎间盘的毛病，他告诉我他们的那个小县城里，有一位牛姓的医生，祖传的膏药非常有效，而且还不贵，他才贴了两副，就行动自如了。怕我不信，就在我面前迅速蹲下站起几次，顺手还将一盆盛开的鲜花轻松端了起来，以此证明他的腰椎所具有的负重能力。我可以不相信别人，但不能不相信诗人吧？一个说假话的诗人还叫诗人吗？一个说假话的诗人肯定是写不出好诗的，文学的最高境界不是真、善、美吗？诗人岂能出其右？

　　驱车二百多公里，在那个小县城找到了诗人朋友介绍的牛姓医生，问了大致病症，也不用按摩、扎针、拔罐等辅助治疗，拿出一块硕大的黑褐色的膏药，揭去覆着在上面的一层薄膜，凑在酒精炉上一顿烘烤，顿时一股辛辣的药味儿弥散开来，原本看上去硬挺的一块，现在有些软塌塌的，牛姓医生不失时机地将这块灼烫而硕大的药膏嘭地贴在我的脊椎上，那一刻的感觉真的很舒服，很熨帖。

　　果然便宜，一贴药才三十元钱。牛姓医生又给我拿来五贴，并嘱我三天一换，半个月下来基本就无大碍了。我自是欣喜万分，一种久病难医带来的心理阴霾，似乎就要被阳光彻底涤荡！我背负着一张如新疆馕饼般大小的药膏，出入各种场合，不时散发出的似有似无的辛辣膏药味儿，让周围的人耸动着鼻翼搜寻这异味的来源，反正有厚厚的衣物遮掩，谁也不可能揭开了每个人的衣服去查找，

200

自然也就心安理得，有时甚至会假模假式地说：唔，啥味儿？

　　可是两贴药还没贴完，我的后背就开始发痒，忍不住想抓挠，不由自主伸到后背的手触碰到的却是盔甲般的膏药。在人的肢体感觉中，最让人难以忍受的莫过于痒，能够忍得住痒的人，绝对不是一般的人，其意志力的强大，更是超乎寻常。痒似乎与思维活动紧密相连，如果你对痒视而不见甚至忘掉它，那就根本不痒，反之，你越是想到它，它就越痒，最后一直痒到人要发疯。

　　人与动物最大的相似之一，便是对待痒的反应。一只猴子或一头猪，在它们痒痒的时候，都会以相应的方式止痒，猴子靠抓挠，

疼痛史

猪会找一个墙角去蹭。人在痒的时候，自然也是抓挠，那是个物理作用还是心理作用？痒似乎是聚集的某一处，通过抓挠，可以驱散它们的聚集，让痒的整体分散到四周，痒的程度自然也就减轻了许多。

可是我的后背，在我看不到的地方，感觉整体被痒占据着，那些黑褐色的膏体紧紧粘住我的皮肤，它们不依不饶，把一种叫作痒的感觉，发挥得淋漓尽致。根本做不到对它的视而不见，更遑论忘掉它，我的手不知该向哪里抓挠，此刻我才对抓狂这个词有了至深的了解。

如果付出奇痒难忍的代价，能换来腰椎的正常，也算值了，可要命的是，椎体依然固执地持续疼痛，没给馕饼般大小的祖传膏药一点儿面子。现在是内痛外痒，它们里应外合，一副整不垮我誓不罢休的架势。

在我换第四贴药膏的时候，我的后背已红肿起来，上面布满了密密匝匝的疹子，在镜子里看就如同馕饼上撒上了芝麻。还有最后一贴，贴还是不贴，这终究是个问题，就有那样一句话不失时机地跃入我的脑海：行百里者半九十。再坚持一下吧，奇迹往往是在最后一刻出现，我毅然决然地将最后一块膏药覆盖到最痒的皮肉上面，咬咬牙，不就再三天嘛，天塌不下来！

果然，三天以来天下没有发生任何大事，可我的背脊却成了灾区——红肿之后，开始溃烂，遍地瓦砾，一片狼藉。

在这里，我没有丝毫埋怨诗人朋友的意思，痛定思痛后总结，即使独门绝技的偏方，也不是包治百病，千万不能忽视了个体差异，别人对症的，不一定适合于你，而这一点也许就是中医备受诉病的重要原因之一吧——不能重复得到同一结果，便经不起推敲，是为伪科学。也许某一天，我能遇到适合我的独门绝技也未可知。

有人告诉我獾油是个好东西，用獾油涂抹在脊柱上，可以祛风止痛。曾见过一次獾油，那是用一种皮毛溜滑漂亮的，被称作獾的野生动物的肉熬炼出来的，黏黏糊糊的白黄色油膏，散发着难以描述的异味。

獾大概就是鲁迅先生在他的著名小说《故乡》里写到的猹，上中学时还背诵过此文，记得最清楚的就是那段"深蓝的天空中挂着一轮金黄的圆月，下面是海边的沙地，都种着一望无际的碧绿西瓜，其间有一个十一二岁的少年，项带银圈，手握一柄钢叉，向一匹猹尽力地刺去，那猹却将身一扭，反从他的胯下逃走"。猹或者叫獾在鲁迅先生笔下成了永恒的文学形象，那么聪明伶俐的小动物，怎么就被制成了药？中医药里的成分几乎囊括了世界上所有东西，除了各种植物、矿物，便是林林总总的动物，它们的皮毛、骨骼、油脂、器官甚至粪便，都有可能被用来治病。因为这些药材的珍稀程度和不同来历，就直接导致了治疗效果的大相径庭，比如古人早就将千年灵芝、百年老参、冰山雪莲，还有犀角、虎骨、鹿鞭、熊胆等等动植物视为灵丹妙药，更坚信个别具有延年益寿、起死回生的神奇功效，可以说，中国人利用自然已经到了极致，这种取之于万物而用之于人的方法，就是想让人更加强大，借助那些已经千百年的灵物，那些汲取了时间赋予能量的东西，企图活得更久而超越时间；也企图借助毒蛇猛兽之器官，获得无可比拟的力量，成为万物之灵长，绝非说一说而已，我们已经或正在进行的许多事情，令我们对此深信不疑。

这是中医药最唬人的方面，也是中医深不可测的地方。

因此，我不敢将獾的滑腻腻的膏油涂抹于我的身体，尽管不相信灵魂附体，但我害怕那个充满灵性的小动物用另外一种形式伏卧于我的背脊，我不愿让獾的异味取代我的气息，作为一个人，一个自私的人，难得的拒绝，便尽显出了几分豪气。

但我不是一味地拒绝，有时拒绝是为了更大的获得，而有时拒绝是一种拖延，一种寻找机会的策略，拒绝也是一种选择。

朋友带我去一家私人诊所，那里的药物熏蒸疗法很有些名声，这是一种温和带有养生的治疗方法，容易被人接受。诊所布置得颇温馨，淡粉色的墙壁，有些含混与暧昧，氤氲的水蒸气和浓郁的中草药味儿让一切变得迷离，一排理疗床上躺着几个人，似睡非睡的样子。我被安排到一张空床位上，及近才发现，床的中间部分被挖出了一个椭圆形的大洞，大洞的底下是一个盛满了药水的容器，容器的底下是一个加热的电炉，容器的药水里漂浮着一些中草药的枝枝叶叶，它们在药水的沸腾中上下翻滚，就像一锅火锅底料。

我被护士招呼裸出后背及半个屁股，躺到那个中空的理疗床上。开始温热的水蒸气缭绕于背脊，似有一只温柔的手在抚摸，慢慢地背就热了起来，继而整个身体的毛孔似乎都打开了，人开始冒汗，而后背的温度也在不断升高，逐渐就到了皮肤难以承受的地步，我不由得想到了温水煮青蛙的感觉，在不知不觉中慢慢到来的危险，容易让人丧失警惕，而它带来的后果往往比直截了当的戕害更具杀伤力。

我必须得咬牙坚持，看了看时间，距治疗完毕还有一刻钟，我得承认这是最难熬的。一个小时的治疗时间，前四十五分钟是风花雪月、春风和煦，四十五分钟之后便是骄阳似火、烈日炙烤，时间的车轮刚才还在100迈以上，这会儿却慢了下来，感觉最多只有20迈，难熬的一刻钟，我的背一片灼烫，灼烫带来的是皮肉刀割一般的疼痛，要通过这样的药物熏蒸，让药效抵达病灶，需要多么漫长的时间，我还要忍受多少次这样的折磨？

我不得不想起邱少云，那个被烈火包围，从脚烧到全身，趴在那儿一动不动的，是人还是神？在这难耐的一刻钟里，我忽然明白，坚韧才是成就一切最基本也最难能可贵的品质，忍得住是条龙，忍不住就是一条虫。

如果我是一笼馒头，也早该蒸熟了。彼时是流火的七月，屋外热浪席卷，屋内热气蒸腾，我的肉体愈发地虚白，汗津津的周身，顿感整个世界都在燃烧。为了腰上的病痛，整个身体都搭了进去，我不知道其他器官是否有意见，未经它们的同意我就来药物熏蒸，对我的擅自主张，我该忏悔还是反省？

也有人向我力荐，南山白杨沟里有个哈萨克族牧民治腰病有妙招，说他治好病人无数，连哈萨克斯坦那边都有人远道专程找他看病。

不会又是故事加传说吧？以往的经验告诉我，太急切的愿望，总慢慢地被失望取代，天大的希望只能让人落入比天更大的虚空，那些被伤痛折磨而激发起的战胜伤痛的激情，一次次被扑灭，一点点被吞噬，最后剩下的只有怀疑。

好在还没有绝望。去南山，就权当一次旅游吧。散漫的绿草与齐整的雪岭云杉，构成了与白杨沟极其对立的风景，在美好的景色中，容易忘却伤痛。

那是一户已经定居的哈萨克族人家，门前屋后的空地里停了十几辆汽车，看来找他看病的人不少。进屋就见两套间的墙面上，赫然挂满了枣红色金丝绒的锦旗，上面有的是汉文，有的是维吾尔文，更多的是哈萨克文。屋子正中悬挂着一个大镜框，里面有一张照片，背景好像是阿拉木图，一个西装领带领导模样的胖子，在接见穿着一身传统哈萨克大氅的牧民。

这里的医者就是那个被接见的牧民。他正在给许多人挂着吊瓶，床位有限，多数人只能坐着挂吊瓶，而我们连坐的资格都没有，需要排队，等前面的病人看完，腾出了地方才能落座。这个五十多岁的医者，如果不是罩着一件白大褂，凭他的绛紫色的面庞，谁都不会怀疑这是个地道的牧民。牧民让已经挂完吊瓶的人裸出后背趴在床上，他用一支毛笔将一种甜兮兮黄褐色的汁液涂抹于腰椎或关节部位，熟练而迅速，就如同一位书法家，在用中锋侧锋等不同的笔法奋笔疾书。

我相信了那么多次中医的治疗，为何就不能相信一次民族医药？再说，之前已做好了最坏的打算，就算治不好，体验一下又何妨？就算多了一次经历，有了这种思想准备，心绪反而轻松了许多。

我至今都没搞明白，他的吊瓶里是什么，对吊瓶的作用更是一无所知，吊瓶和他涂抹的汁液又有什么关系？我不懂哈萨克语，通过别人的翻译才勉强搞明白，他的医术是传自他的爷爷，所使用的汁液应是祖传秘方之类，主要成分是白桦树液和其他十几种草药，对风湿病效果极其明显。难怪！牧区的哈萨克族牧民，常年野外放牧，雨雪无阻，加之四季住毡房，毡房里不用床，都寝卧在地毡上，因此罹患风湿病的牧民不在少数。

我不是风湿病，我也不是来自牧区，我的椎间盘突出症他能医治吗？这个施治的牧民可不管我那么多顾虑，来了，就是要治病的，没有第二种选择，治病的方法统统一样。我被挂上了吊瓶，我的背脊被涂抹上了神奇的汁液，意外的是，在不长的时间之后，腰椎的疼痛没能减轻，反而有所加剧，我有些紧张起来，牧民让人给我翻译，说我有了基本反应，是好转的开始。给我拿了一瓶甜兮兮黄褐色的汁液，嘱我每天涂抹一次。

我的疼痛日渐加剧，整整一瓶药告罄之后，我的伤痛并未如我期许的那样有所减轻。好在一开始就有了心理准备，再说人家牧民主治的是风湿，是我自己非要凑上去的，也怨不得别人，至少它将我背脊的湿寒驱走了不少吧，我这样安慰着自己，无非又多了一种见识，还有什么呢？假如成功了，又该是诞生了怎样的一个故事和传奇呢？

我知道，成功总是伴随着夸大，而失败从不需要夸大。

2020 年 2 月 28 日

稿成于妖魔山望山斋

相信一个人

相信一件事容易，相信一个人却难。

相信一个人需要时间的宽度和大小事情堆垒出的厚度作为参照，有了这个参照，才能决定信与不信。

相信一个人是一个由表及里、去伪存真的过程，从言行举止、外貌体征再到内心，这也是一个渐进的过程，犹如白雪覆盖的大地，风吹去虚浮的表面，露出厚厚积雪的质感，只有在太阳的普照下，雪慢慢塌陷悄然变薄，最后才能呈现出大地的本相。

有人说他是一位奇人，奇人有奇方，专治腰椎颈肩病，难道这回我真的遇到活神仙了？奇人操着一口地道的河南话给我介绍他的治疗方法，拔毒疗法。人的疼痛，皆由经络不通所致，而不通之处，必是毒之糜聚之所，非用强药不得进入，只有进入了方能拔除，故曰拔毒疗法。奇人是用河南话说出这番意思的，我不明白他的强药是如何进入的，亦不明白毒是如何被拔除的。河南话继续，科学原理我给你讲不清楚，你见过拔火罐没？拔罐靠的是罐内的真空力量把湿毒拔出来的，我靠的是猛药的力量。

奇人开始给我讲他的故事，奇人自幼在少林寺习武，后不慎伤到脊柱，严重的椎间盘突出压迫神经，腿已萎缩，人不能行，只能以轮椅代步。为求医跑遍祖国大地，花去近百万元，终是无果。绝望中，有人告知武当山中有一老道善独门古法专治腰腿颈肩病。奇人遂往武当山中寻访，在一个林密山深、常人罕至的幽谷果然找到须发皆白的老道。老道采几十味武当山的草药，用古法炼制出拔毒散，敷于他脊柱的伤痛处，一个时辰左右便拔出了湿毒，也拔除了疼痛。半月余，待皮肤的溃烂愈合，再进行一次拔毒，前后耗时大约月余，脊柱的疼痛基本消失，奇迹的是他能站起来自由行走了，忍不住对空来了几下连环腿，腿的劲道虽远不如从前，但他的信心回来了，像所有解除了病痛的人一样，兴奋之后就开始想日后该如何好好珍惜这来之不易的每一天，不负韶华。

奇人想得更久远更实际些，中国之大，如他这般罹患腰椎病的人何止千万，肯定也如他一般，花去了大把的时间和金钱而陷入绝望，如果能得到此药方，加以应用推广，那会令多少人解除病痛，同时它所蕴含的商业价值也是不言而喻的。

奇人知道，不能直接对老道提出这方面的要求，肯定会遭到严词拒绝，不如先拜师，取得老道信任后再从长计议。老道拒不收徒，一个少林弟子拜入武当门下似有不妥，奇人说他已与少林没有丝毫干系，现在只对道家崇拜有加，如能学到一丝半点治病救人的仙术，也不枉与老道结缘。而老道终是不肯。

奇人并不气馁，他明白，只要功夫到，定会不负苦心人！见老道一日三餐白米野菜，日子清平寡淡，遂动了恻隐之心，他就隔三岔五地驱车去几十公里外的镇上，买一些肉食菜蔬回来，特别不忘每次都抓一只肥硕的老母鸡。在吃掉了十几只老母鸡之后，老道架不住他的虔敬，只好默许了这个弟子，而自然他就得到了药方，也学会了拔毒散的制作与治疗方法。

怕我不信，奇人撩开他的衣服后摆，只见沿着脊柱，依次排开的是几处巴掌大小的淡褐色疤痕，而皮肤确是滑平如斯，看不出什么大的痕迹。他说自己就是最好的活广告，并夸口治不好不要钱！别的都是假的，治好病才是硬道理。

好吧，我就让奇人用他的奇技为我施治吧，大不了脊背上留几处疤痕而已。

治疗并不复杂。奇人让我趴卧在理疗床上，先用一柄缩小版的羚羊角一样的器物对脊柱进行压迫探刺，凡是被他的力道迫出我喊痛的地方，就用粗头的红色美工笔圈出位置，从颈椎到脊椎再到臀部大腿直至小腿足跟，红圈一溜排下来竟有十余处，也就是说，这些个地方都将被敷上他的拔毒散。

拔毒散是一种黄绿杂处的药粉，奇人用温水将其调制成糊状，敷在被圈定的部位，然后用整块的大胶布粘在皮肤上。奇人对我说，半个小时后会有感觉，不管有多痛都要忍着，千万不能揭开！其实也没多痛，忍一下就过来了，明天早晨再处理。

我只能趴下，老老实实等待感觉的到来。昏昏欲睡的静默中，就感到后背有些窃窃私语般的温热，继而传来人声鼎沸般的灼烫，紧接着便是大声喧吼般的疼痛，这种热辣辣的疼痛我得坚持一个晚上，这对我绝对是一个巨大的考验，对疼痛如此敏感的一个人，持续的疼痛便是持续的折磨，那种芒刺在背的锐痛，让我的思维变得迟缓起来。

朋友老孙是来陪我下棋的，我做好了应对疼痛的准备，试想用下棋转移我的疼痛。老孙坐在我对面，我只能趴着与之对弈，开始棋子的落子声似乎遮蔽了疼痛的声响，我的注意力也集中在了纹枰上，而这样的良好状态并未持续多久，不多一会儿后背的热闹劲儿又上来了，整个脊柱一线在燃烧，再之后似乎全身都处于烈焰的包围之中，我的注意力大部分跑到了眼睛看不到的后背，棋自然漏招频出，很快就面临崩盘的境地，原先与老孙对弈，胜多负少，可从没下到这么狼狈的地步，由此我知道，疼痛的力量，足以让一个智者变成白痴。

我从来没有如此盼望早晨的到来，不时地瞄向窗户，我相信此刻映上窗玻璃的曙色，应该是世上最瑰丽的色彩。我期盼着奇人的到来，我渴望听到河南话，我艰难地活动了一下已经整整趴了一宿的身体，腰椎的深处居然第一次没有传导出我熟稔的疼痛，难道是麻木了？难道是皮肉的疼痛掩盖了骨头的疼痛？

奇人为我揭开背上的胶布，一股清凉顿时让灼痛减轻许多，我看不到背后的情形如何，但从妻子愕然的表情可以判断，那里的状况一定非常可怕，我试着用手伸向后背，触摸一下那些曾经最疼痛的地方，我的指尖碰到的是一片绷紧的皮肤，犹如气球的表面。妻子拿来一面镜子让我看自己的后背，只见脊椎一线赫然隆起了几个拳头般大小的泡，里面充满了液体，明晃晃的还透射着皮肤的亚光，就如同成色上好的和田玉籽料，我不禁倒抽一口冷气。

奇人的河南话在我的耳边炸响，奶奶的，看这泡起的，效果一定不错！他又安慰我，没事了，等我把水泡放了，你再感觉一下。

他用一根针将所有的泡一一刺穿，顿时创口便澎湃而出黏稠的东西，淡黄色的流体还羼杂了不少微如砂糖的白色颗粒，而被撑大撑薄的皮肤，在没有这些液体的支撑后，全都皱皱巴巴地贴在一起，就像用脏的抹布一般。

奇人让我下地，走几步，有点像赵本山对范伟说的那样，走几步，有啥感觉？我听话地往前走了几步，腿已然没有了疼痛的感觉。他又让我下蹲站起几次，感觉一下腰椎的反应，哦，我的天！椎体居然没有剧痛，只是感觉后背很空、很空，仿佛没有了支撑，我险些后仰跌过去，奇人扶我慢慢坐下，嘱我不要剧烈运动，一个星期后就没问题了。他又补充，如果想巩固，等皮肤长好后或过一两个月，再来拔一次毒，基本就可以根治了。

双手用力拍打着后腰，感受着脊柱反射回来的声响，结实而紧密，一点儿也不空洞，我迈出的脚步也是那样有力，富有弹性了。

2020 年 3 月 3 日
稿成于妖魔山望山斋

疼痛史

不再疼痛

　　我的确被治愈过，我被河南的少林弟子用武当秘籍治愈过。十几年来，一个椎间盘突出症把我这样一个蓬勃青年，弄成了一个半老头子，腰背前躬，身子歪斜，走路拖拉，谢顶的脑袋像一个发光体；也将我这个对椎体病理一无所知的门外汉，变成了这方面的半个专家。同时，也对中医经络有了不少了解，在我的身体变成中医形形色色治疗的试验对象后，我深刻地认识到，不管采取何种手段，只要面对的是人，因不可确定的因素，就会有多种变数。

　　我的确被治愈过，但没有被根治。人是一种容易遗忘的动物，不记痛便是其中最突出的表现之一，当脊椎的疼痛几近消失，便忘乎所以，以为从此再不用为腰杆子担心了，那个治愈我的河南医生曾告诫我，假如要巩固，最好在一两个月之后再来一次治疗，方有可能除根。虽然感觉后腰有些空，但是骨头的深处安好如初，不疼才是最关键的。我不想再去治疗，我害怕我的皮肉再次隆起惊人的大泡，最主要是对灼痛的深深恐惧。

　　然而世事难料，我的脊柱是那么地不争气，距上次治愈后大约半年，有一天我的身子忽然就斜了，一条腿也跟着不利索起来，要命的是骨头的深处不时传来疼痛的钟声，由远及近、由弱到强。我一点儿也不能负重了，去超市甚至连拎一公斤鸡蛋都会令我的身子更加歪斜，我知道这回麻烦大了，每一次脊柱犯病都会比上一次加重，而且一次和一次的间距在缩短，就像酒鬼之于酒，或者爱情之于情人，每一次都会比上一次更加猛烈，每一次都会比前一次更加深入，而频次增加的最终结果便是一发而不可收拾。

我又痛了起来。疼痛被现代医学列为继呼吸、脉搏、血压、体温之后的第五大生命体征，我痛故我在。

医学上对疼痛的解释说它是一种人的主观感觉，因人而异，疼痛的感觉其实是通过神经末梢上的痛觉感受器产生的，当这个感受器受到刺激后，会通过脊髓将信号传输到大脑，人就会产生痛感。我一直觉着一个诗人的主观感觉肯定是异于常人的，它更加细腻纯粹，疼痛似乎更接近于艺术对生活的感受，这样大概就可以解释我的疼痛感受器为何太过灵敏，而我对疼痛的耐受力又为何如此不堪。

医学上依照疼痛的程度，划分出了五个疼痛等级，也有划分为十个的，但疼痛其实是无法确切表述的，它只能通过描述来呈现，而这种描述更多的是一种类比，也有聪明的人用人脸表情简单的图像来分级，比如0为无痛，是一张平静的脸，嘴角既不上扬也不下扯，是一种信心满满的表情；0到3为轻度疼痛，犹如针尖刺手背或用力鼓掌，这个疼痛是一般人可以承受的范围，能够忍受，能够正常生活睡眠，图形上人的嘴角还微微有些上扬，似乎有些满不在乎的样子；4到6为中度疼痛，其中头发被拉扯，锥子刺大腿属于4级，刀切到手，软组织挫伤、扭伤等为5、6级，这个疼痛会影响到睡眠，图形上的人嘴角已经开始往下坠了，表情有些无奈与委屈；7以上为重度疼痛，生产时的宫缩，三度烧伤，严重的椎间盘突出症，重度血管性头痛、偏头痛等，此级疼痛，人已无法正常生活睡眠；而其余更厉害的疼痛，属于10级，人基本上是无法忍受的，图形上的人脸，嘴角被夸张地向下弯扯，感觉痛苦之极，孤立无援而沮丧万分，似乎已经可以听到无声的哀号。

我的疼痛是重度疼痛，这是无时无刻的疼痛，不管采取什么姿势体态，都不会有丝毫的减轻。我被送进正规的医院，之前所有的治疗统统被斥为瞎胡闹。而之前的治疗也包括不少所谓的正规医院的正规治疗，我不是迫于无奈才走上中医保守治疗的艰辛疼痛之路吗？我也想再去找那个曾治愈我的河南奇人，可是医生的核磁报告吓住了我，椎体严重病变，髓核在腰5骶1脱出，进入椎管，严重压迫神经，如不立即手术，等着我的就是瘫痪在床。

　　我被吓住了，被髓核这个医学术语彻底吓住了！再加之腰椎令人痛不欲生的剧痛，我坚持了十几年的坚决不做手术的信念开始动摇，我觉着我把自己逼上了绝路，十几年的漫长求医路，转了那么大一圈，结果现在又回到了原点，病没有被治好，反而比当初更严重，真是早知现在，何必当初！我难道真的躲不过这一刀吗？这一刀是我命中注定的吗？这一刀真的能像我当医生的同学所言的那样一了百了吗？万一！万一！万一呢！

　　我心有不甘又疼痛难忍，内心有多挣扎，胡子就有多凌乱，我已经一周没有打理胡子了，任其如雨后春草般野蛮疯长。手术，还是不？这终究是个问题，就像遭到劫匪绑票，交了赎金人就可以活下来，否则面临的便是撕票，而现在的赎金是我自己，我把我的病残之躯押上去，但不知道能否换回一个健康的我。

　　我把胡子修整干净，一个男人在做出重大决定后，一定会首先修葺他的胡子，那代表着一种决断与勇气。

　　一个胡子齐整的我被赤身裸体地送进手术室，那是早晨，手术室见不到阳光，只有无影灯投射下惨白的光。为我手术的据说是位骨科专家，是刚从别的医院挖过来的，难道又是我的幸运？氧气面罩像鹰一样栖落于我的面庞，吊瓶里的麻醉剂注入我的脊柱，骨科专家和护士们的交谈声音愈来愈微弱，我感到很冷，我陷入到无知无觉的巨大黑暗中。

　　等我醒来，确切地说是被唤醒，已经是三个小时之后了。我实在睁不开眼睛，从来没发现眼皮子竟能沉重如许，护士一再叮咛妻子，千万不能让我睡过去，睡过去就有可能再也醒不过来了，每当我意识模糊时，妻子都会不失时机地唤醒我。脊柱被他们怎么样了，我一无所知，后背一片僵木，有种隐晦的滞重感。

在不断睡去，又不断地被唤醒中，病房的窗户渐渐暗了下来，随着夜色的降临，麻醉渐渐消退，我的创口开始隐隐作痛，它不是灼痛而是一种冰冷的痛，灼痛是扩张的痛，现在却是一种收缩的痛，揪心之痛。

疼痛是一种主观感受，人体除了有疼痛感受器感知疼痛，还有一个对抗疼痛的系统，这个系统不仅会通过神经发出抑制疼痛的信号，体液中还会分泌内啡肽、强啡肽等物质，这些物质的作用类似于吗啡，会帮助人体缓解疼痛的感觉。是不是我的疼痛感受器太过灵敏？抑或是我的内啡肽、强啡肽分泌太少？自从麻药过去后，疼痛就一刻不停地围剿我，几乎将我仅存的一点抵抗彻底灭掉。

无奈中我只得选择镇痛泵，让那些能够减轻我疼痛的药液，一点一点抚慰我恐惧的心。

两天以后，我被两名护士用手术车送进放射科，对我的腰椎进行 X 光拍照，以确认手术是否成功。

术前骨科专家曾对我说，为防止手术导致的腰椎失稳，可能要上钛合金固定器，所选用的材料有进口与国产两种，当然价格也是相差悬殊。且不论价格几何，重要的是哪种更安全，想一想这个钛合金的东西将永久定居于我的体内，成为我身体的一部分，如果它打入到我的内部又哗变了，岂不是真要了我的命？我不无担心地请教骨科专家，这个玩意儿时间长了不会有问题吧？他回答：你放心，哪一天你不在了，它还会好好的！

X 光照片出来了，我清楚地看见脊柱上一个戒指一样的卡子，被两颗带有螺纹的长钉固定在脊柱上，就像门窗合页上的两颗木螺丝，而其中的一节椎骨被钛合金的卡子完全包围，这一节椎骨从此将不被使用，有了金属的支撑，我的腰杆子是否就此可以挺直？我是否变成了钢铁侠？

随着下地的轻微运动和创口的慢慢愈合，皮肉的疼痛逐渐减轻，骨头深处曾无数次出状况的某一处，出奇地平静，只是骨头与金属的契合还没完全到位，偶尔会传出金属与骨头生硬的摩擦感，除此一切正常，但出自这个地方古老的疼痛却销声匿迹，我的伤病被手术摘除了，疼痛也一并被清除，我不知道盘踞在我脊柱的疼痛是什么模样，它的形状、颜色、气味、质地等等我一概不知，就在我失去知觉的几个小时间，它们溃逃得无踪无影。

很幸运我没有被伤及神经，可以自由行动，尽管我的一条腿因长期的脊柱神经压迫已麻木萎缩，但很幸运，我不再疼痛。

而不幸的是，背脊十几公分的刀口，彻底释放了我宝贵的混元之气，我变得虚弱不堪，爬一层楼梯都要歇几次，每次睡去都会大量盗汗，早晨醒来，身下的床单和枕巾已是濡湿一片，我得经过多久的休养和锻炼才能恢复到从前？现在回想起来，人生就是在这不断的得与失之间徘徊，比如我，因为运动，而得到疼痛，因为疼痛，而失去自由，得到自由，我又失去了健康，为了健康，我必须去运动。

一切皆因运动而缘起，一切也因运动而继续。

不再疼痛的我，开始学会用疼痛衡量这个世界。

2020 年 3 月 6 日

稿成于妖魔山望山斋

继续疼痛

自从骨科专家的柳叶刀在我的背脊划出优美的直线，留下一条一拃长暗红的疮疤，我的疼痛就被摘除了。尽管时刻小心翼翼地呵护着我的老腰，生怕哪一天它又生变，而我也稍稍松了口气，因为身体里植入了钢铁，有了它们的加盟，让我对自己的脊柱信心大增。

没有了疼痛是段美好的时光，没有疼痛是否意味着山河如昨、岁月静好？有时习惯了因某种惯性而带来的改变，有它的伴随才觉着踏实，就如同身边长期睡着一个鼾声如雷的人，如果你已习惯，适应了这静夜中的交响，一旦没有了这鼾声，你很可能会失眠，被深夜可怕的静惊醒。

我习惯了疼痛，但一直不能适应它。如果这世上有一种疼痛能让我适应，那我真该感谢上帝，也许疼痛就像毒品，让人上瘾的原因除了带来精神高度的亢奋，再有就是不依不饶地制造事端，因为疼痛才觉着有事干，战胜疼痛难道不是一件大事？疼痛是对手，如果一个男人没有了对手，那他的一生会是多么乏味！

我这样说，好像我很渴望疼痛似的，其实我是被疼痛弄怕了，被疼痛异化出了抗体，就像疫苗来自病毒，却反制病毒，坚韧与勇气是被疼痛激发出的，反过来又去对付疼痛。

不再疼痛，是我对以往经历的致敬，也是对自身现状的自信。

没有疼痛的日子，疼痛不再是生活的一个重要的指标，我是否应该好好规划一番从今往后的岁月？那些因疼痛被耽搁掉的许多事，是否应该一件件慢慢重拾？

然而，就像一个惯偷，见了财物总不免心动，只要有下手的机会绝不放过。疼痛又回来了，而且是在毫无征兆的情况下，但这次不是脊柱出了问题，而是痛风找上了我，正所谓摁倒了葫芦又起瓢。

去武汉出差，返疆登机的时候就觉着左脚哪个地方不对劲儿，脚踝似乎有些粗，难道昨晚什么时候不小心崴着脚了？认真回忆了一把昨晚到现在的每一个细节，均没有造成这种结果的可能。

因为明天要走了，朋友安排到吉庆街一聚，武汉坊间素有"早尝户部巷，夜访吉庆街"之说，吉庆街其实是个很有规模的夜市，除了各种地方小吃，还有各种民间曲艺表演，蛮声蛮调的武汉话充斥耳畔，再加之三弦、大鼓之类的唱打，整个街市似乎都因喧嚣飘浮起来。来这种地方很容易被氛围所感染，透过烧烤热腾腾的烟雾，往来的人群显得影影绰绰，很有些不真实感，而清凉的啤酒，各式小鱼小虾的河鲜，手拿小碟敲起来的唱曲姑娘，又是那样触手可及，一切都是那么畅快怡然，一切都在安全的范围，我的脚怎么会出问题？

武汉至乌鲁木齐需飞行三个多小时，在一万米的高空，我的脚慢慢肿大，从东南到西北，几千公里，疼痛逐渐显现，我的疼痛从那么多城市上空掠过，从那么多人的头顶飘过，没有一个人觉察，亦无人知晓，只有我自己知道，一种未知的恐惧从潜伏的黑暗探头出来，它伸了下懒腰，洋洋自得地回到阔别已久的地方。

下飞机时我一只脚几乎不能着地，一瘸一拐的我把来接我的妻子吓了一跳，只埋怨我不小心，怎么会将脚拧了！其实我也实在搞不清状况，有口莫辩。

次日去医院看医生，我脱了袜子还没有开口，医生只瞥了一眼我裸露的脚，就立马断言："不用检查了，你这是痛风！"痛风？

我怎么会痛风？对痛风我再熟悉不过了，家父五十来岁大概我现在这个年龄就患上痛风，一直没有有效的治疗方法，最终因排不掉的结晶体沉淀到关节，导致手脚严重变形，其状惨不忍睹，七十来岁时已难行走，不得已坐上了轮椅。

医生询问这两天都吃了什么，是否喝过啤酒。我已然心里清楚，武汉吉庆街的河鲜啤酒，应该是罪魁祸首了，但我有点儿不死心，难道就因为河鲜啤酒？之前也有过无数次类似的，比如海鲜啤酒、海鲜白酒，怎么都没事？偏偏这次就中招了？医生说："河鲜啤酒只是外来的因素，你本身尿酸已超标，只不过自己不知道而已，现在河鲜啤酒就像火上浇油，痛风是必然的。"我听出来了，这类似于不是不报，时候未到。之前由于椎间盘手术，身体亏欠许多，刚刚准备发福的肚子始终没能如期隆起，就放开了胡吃海塞，反正想胖也胖不起来，还顾忌啥呢？岂料物极必反，这不，就吃出问题来了。

医生又说："当然，也不排除遗传。你父亲有痛风史，理论上遗传给你的可能性还是会有的……"

我无语了。对于遗传的强大力量，又一次得到了印证，我至亲至爱的父亲，你给我遗传点儿啥不好，比如睿智的判断，流利写得一手好字，寥寥几笔便能摹画出人物形象的绘画天赋等等，为啥偏偏是痛风？如果这是根植于我血脉中的疼痛，那就意味着要一代一代传下去，那是我们家族的标志，疼痛的徽记。

疼痛继续，疼痛后继有人，无休无止，以至无穷。

看看我的脚，踝关节肿大如秋天的大白萝卜，大拇指外侧的跖趾关节处格外凸出，且红得发亮，那是谋逆的集合，那是疼痛的聚汇，看着就不寒而栗！我不免有些沮丧，才去了一个痛，这就又来了一个痛，而这个痛据说是无法医治的，它属于免疫系统的疾病，一旦拥有便终身受累，就如同高血压、糖尿病一般，来了就不再走，只能控制，而无法根治。

瞧瞧我的一生，大部分时间都与疼痛干上了，是我招惹了疼痛，还是疼痛纠缠上了我？我这么一个对疼痛如此敏感的人，对疼痛如此恐惧的人，疼痛为何就不放过我？而给我的疼痛层级每次都达到了重度疼痛，这是令人难以忍受的层级，就算为了考验我的意志力，也用不着每次都这么认真吧？与疼痛为伴，时间久了，为什么就不麻木呢？就像那种痛着痛着就不痛了，那感觉多好！可是痛风，每次都是痛着痛着就更痛了，面对茫茫疼痛之海，我该如何泅渡？

自从患上了痛风，不管到哪个场子应酬，痛风都成了最有力的保护伞，只要一提痛风，酒可以免，大鱼大肉可以少吃，更有人会提醒你豆腐不能吃，海鲜不能沾，因为痛风，处处受到了呵护，痛风是摆在明处的疼痛，是值得同情、值得相信的，谁还没点儿恻隐之心？人家已经痛成那样了，谁还好意思再雪上加霜？不像我前面椎间盘的疼痛，是隐匿的痛，只有我自己知道的痛，痛风属于知名度颇高的疼痛，一般人都能理解的疼痛，是具有相当公信力的疼痛。因而痛风也是很有城府的一种病，称自己痛风的人，大都有丰富的人生阅历，在讲自己的病史时就像在介绍另外一个人，不疾不徐、镇定自若，疼痛就是一种资本。

痛风轻而易举就将我划到了弱势群体，就像糖尿病人间相互调侃为糖友，我把与我一样的痛风朋友称为痛友，痛友告诉我一个秘密，不管任何情况下，痛风都是第一位的，只要坚持了这个原则，就不会有人轻易冒犯你。

我并不是有了新痛就忘了旧痛的人，鉴于旧痛的经验，我必须倾力认真对待，但我不知如何下手，难不成还要像对付椎间盘突出症一样，遍访正规与非正规的诸多名医，找寻奇奇怪怪的各类偏方？疼痛的游戏就是逼着你想尽办法化解疼痛，这个游戏我已玩了上半生，侥幸我赢了，下半生的这个游戏，我还能赢吗？

2020 年 3 月 9 日

稿成于妖魔山望山斋

继续疼痛

219

生为新疆人

　　我经常在自问：我是哪里人？我属于哪里？哪里是我真正的
故乡？

　　这也许是许多自诩为新疆人的人都曾有过的自问。

　　关于故乡，世人有诸多释义，最常见的无非是埋葬着先人或
亲人骨殖之地，抑或脐血滴落之地，满足上述条件之一或二者均占
者，是为确认的故乡。这对不少新疆人尤其是新中国成立后以各种
身份进疆的人来说，是种残酷的判断，他们远离了先祖之地，远离
了脐血胎衣之地，数千公里之外的边地成了他们的栖身之处，其实
从他们离开故土的那一刻起，他们就已被故乡开除了，而当他们在
天山南北苦活了几十年，以为自己已是地道新疆人的时候，新疆的
原住民却依然将他们视为"口里"人，也就是异乡人；当他们的孩
子出生在这里，他们最终埋骨天山，被称为疆二代或疆三代的新疆
人，仍在故乡的问题上苦苦纠结，那种来自父辈的漂泊感，已深深
根植于内心，故乡是断然回不去的，之于故乡，你是异乡人，之于
新疆，你还是异乡客，故乡只是停留在意念中的一个词，是身份证
上籍贯的所在地，而真正意义上的故乡，早已面目全非了，漂泊感
让每一个新疆人都有了一种特殊的敏感，他们会很在乎你的眼神，
哪怕有一丝的排斥或质疑，都会引发他们锥心的痛。

在多数中国人眼里，新疆人与我们熟知的广东人、河南人、上海人有着完全不同的概念，在他们看来，新疆人基本等同于少数民族，而生于斯、长于斯或已在新疆混迹了若干年的地道新疆人，却有着自己的解读，新疆人就是新疆人，而不仅仅也不应该是某几个少数民族的别称，不管是这里的少数民族还是汉族，只要认定这里是故乡（不管地下是否埋葬着亲人的骨殖，亦不管脐血是否滴落在这里），只要敢于把身家性命交付给这里，只要热爱这块土地并坦然而诗意地栖居，只要舍得把一生中最重要或最漫长的时间都抛掷在这里，都是新疆人这个大的概念里的一员，即使新疆的汉族人，从严格意义上说也与内地的汉族人有着较大的区别，新疆人的心理、言行、观念、准则甚至人生观有着较明显的地域特征，属于这个地方所有人群独有的共性。

多年来新疆孤悬关外，是一个远荒遐塞之地，所谓心远地自偏，不仅仅是指一个远离主流社会的遥远带给人的空间隔膜，也是说对人心理上造成的疏离感。有个新疆吉木萨尔县的老新疆人平生第一次出远门去了北京，回来后羡慕不已的乡亲们问他北京怎么样，他想都没想就回答说：北京好是好，就是太偏僻了。显然这个吉木萨尔人说的不是我们通常理解的关乎空间距离的偏僻，而是在说他在那个完全陌生的情境下一种心理的感受，每个人都是以自己生活的地方为圆心为参照，进而来衡量他与这个世界的距离，北京的繁盛，恰恰反证了新疆人内心的荒僻，而说北京偏僻则是一种新疆式的悖论。

新疆占到了中国六分之一的国土面积，那里动辄几百公里荒无人烟的沙漠戈壁，常常让那些第一次来新疆的人张大了嘴，新疆有不少可以号称世界、中国之最的东西，生活在这样一个雄山大水的地方，眼睛能装得下多少，心胸自然也能盛得下多少。据说作家周涛某次在中国现代文学馆演讲，就曾说：我看北京人、上海人未必都见过世面，也不都是大地方的人，连新疆那样的大地方都没去过，怎么能算见过世面呢？

每一个新疆人都应该感谢新疆，是它赋予了我们不同凡响的气质。新疆已在不同的时间，用不同的方式，用大大小小的事情，用一切可以感受到的气息，用所有不可捉摸的预兆，用潜移默化的影响，用大美不言的缄默撞入我们的眼瞳，侵入我们的肌肤，进入到我们的血液，植入我们的骨头，我们的呼吸是新疆式的呼吸，我们的心跳是新疆式的心跳，我们的思维是新疆式的思维，我们的行动是新疆式的行动，我们的心胸是被新疆的广袤无际拉扯开的，我们的激情是被新疆的骄阳点燃的，我们的想象是被新疆的瑰丽诱发的，我们的豪迈是被新疆的大山大水激发的，我们的粗犷是被新疆的淳朴民风铸造的，我们的铁血柔情是被新疆的物候所培育的。

我们是新疆人，作为一名新疆人难道有什么错吗？相信有不少人不止一次经历过这样的遭遇：问：你是哪里人？答：新疆。问者除满眼诧异，眼眸里更有许多丰富而复杂的内容，我完全明白你们还没有说出或者还想探问的是什么，在新疆人看来那也算问题吗？简直就是无知甚至是白痴。

我在新疆似乎是一个意外。经常有人从我的外表判断我是哪个民族的人，我让他们去猜，给三次机会，如果猜对了，我喝一大杯酒，但是无一例外，结果百分之百都是错的。谁也不会把一个广西壮族人和新疆联系在一起。但事实是我的血脉里流的是壮族的血，我父母是优秀的壮族儿女，他们是解放新疆的解放军，而我自然是生在新疆，长在新疆，被人称为疆二代的那一类人。我的身份其实在新疆挺奇怪的，我不是新疆的主体少数民族，又不是汉族，两头都不靠，在新疆只能属于"少少数民族"。

其实我只需要中国人这个身份就行了，能用中国的汉字来表述我的情感，表达我对新疆的理解和热爱就是我最大的幸福，在新疆时间里写作，本身就是一种大幸，至于我来自哪里，属于哪个民族，这个真的不重要。

我们一定要自卑吗？是的，我们有许多不如人的地方，比如楼没有别人高，灯没有别人亮，钱没有别人多，车没有别人靓，可我们有占到中国六分之一版图的辽阔大地，有最长的山脉，有最大的沙漠，有最抒情的草原，有最美丽的森林，有最迷人的湖泊，有最奔放的河流，有最多的民族，有最多的传奇，有最丰富的物产……难道我们需要自卑吗？当他们的大奔宝马喝着我们的石油恣意纵横的时候，我们有必要自卑我们的迟缓吗？当他们穿着用我们的棉花织成的流行时装时，我们为什么要自卑我们土得掉渣呢？当他们用我们的天然气烧出粤菜、湘菜、杭帮菜，吃饱了打出满足的嗝时，我们一定要自卑我们的饮食文化吗？

我不是一个极端的人，但我是一个认真的人。生活在边地的人似乎都有些委屈，而这些委屈多了，时间长了，往往就让人变得坚韧。一个人生在哪儿长在哪儿，既是宿命也是必然，我一向不认为一个美国钉皮鞋的修鞋匠，比新疆沙漠中的和田玉鉴定家更尊贵，更幸运。

一个人对大的偏爱是在不知不觉中渐渐养成的，比如新疆人在餐桌上的以大盘鸡为代表的大盘系列，表现出的就是对大的追捧，某种程度上是对阔大土地的一种回应，以餐桌上的大昭示那块土地对新疆人性格形成的巨大影响；而新疆人对小的回避，也是一种内心矛盾的外化，新疆人阳光且阳刚、慷慨而大方、干脆而感性，同时极好面子，也有那么一点点虚荣，在看不起一切猥琐屑小的同时，也最怕别人小瞧，用大来掩饰某一方面的小，甚至有用大来吓唬人的嫌疑，所谓的以大壮胆，正是这种写照。

我们是新疆人，新疆人是有理由也可以自豪的。

不要以为发生了一些特别的事，就对新疆，对新疆人产生误解，面对大多数中国人都不可想象的艰困局面，新疆人表现出的气度与坚韧与他们对应的这块土地一样，从容而坚定，一个种棉花的农民和山里放牧的牧民，他们同样拥有自己的梦想，他们的梦想可能更加真切实在，再宏大的梦想之塔不都是经由这一个个小小的梦想堆垒而成的吗？

生为新疆人，不少时候的确有些郁闷，有些尴尬。不知道澳大利亚人，或美国西部的人是否有和我们相近的际遇，欲把他乡当故乡，他乡何曾是故乡，欲将故乡来相望，故乡只能在梦乡。

落叶归根，根在何处？当满眼落叶随秋风起舞时，有人选择离开，有人注定固守，离开成为新的异乡人，固守只是老旧客居的延续，找不回的故乡，离不开的新土，只有时间收留我们。

2020 年 3 月 14 日

乌市红山

疼痛史

跋　天生我痛必有用

通过这本书的写作，再一次证明我不是一个高产的作家。

上一本书写完，用了将近十年的时间，当时就想，如果还有下一本书要写，不会耗时这么久吧？孰料，这本书伴随着我病痛的时有时无，断断续续地又进行了十年，若不是此次疫情突发，必须宅在家中，哪来近两个月的"大好时光"？不用上班，无人打扰，取消应酬，让我得以从容地完成这部历经磨难的书。

我三十几岁时不慎运动扭伤，得了较为严重的椎间盘突出症，虽然不是癌症、艾滋病之类的不治之症，但也耗费了我不少精力。为了摆脱椎间盘带来的疼痛，我用了十几年的时间去修理这几节不争气的骨头，可谓历经人间沧桑，有朋友调侃我说，关键是我的第一部散文集名字没有取好，《骨头的妙响》泄露了骨头的秘密，得罪了骨头，所以才让我与骨病相伴。其实，这哪儿与哪儿啊，《骨头的妙响》写的是帕米尔高原的塔吉克族人用金雕的腿骨制作鹰笛的故事。

而不管咋样，反正写到了骨头，甭管谁的骨头，骨头真的就跟我干上了。这真是一个难缠的病，它带来了肉体巨大的疼痛，每次从满怀希望的治疗到后来劳而无功的沮丧，都让我陷入无比的苦恼，进而也让我思考，疼痛时思维是紊乱的，在疼痛减轻的间歇处，思考却是异常清晰，这些持续不断的疼痛，对我意味着什么？
上帝在我身上制造了这么多疼痛，一定有他的道理，疼痛对一个写
作者来说，难道不是一种恩赐？一种财富？对疼痛切身的体验，不
正是踏破铁鞋难觅的素材？既然让我疼痛了，那我就用我的写作来
报答他，正所谓天生我痛必有用。

　　伴随着疼痛，我开始了关于疼痛的写作。在写了十几篇以后，
我忽然觉得仅仅写我肉体的疼痛，完全不足以表达我对疼痛的理
解，而且会越写越窄，最终走到死胡同中。其实，人生在世，更多
的疼痛来自精神与灵魂，特别是生为中国人，与生俱来的疼痛与后
天必然的疼痛更是无法尽数。我所要写的疼痛应该是肉体与精神交
融的疼痛，诸如失去亲人、朋友之痛，艰难岁月之痛，面对复杂社
会的人性之痛，凡此等等，应该均是可以涵盖所有人类的疼痛，是
具有普世价值的疼痛。有了这些思路，我的写作豁然开阔，无论从
空间的拓展，还是思想的抵达，都有了极大的余地，写作也似乎顺
手起来。

　　在经历了十几年的椎间盘带来的疼痛后，终于通过手术解除了
伤病，而没有过上几天无痛的日子，我又罹患了严重的痛风，正像
常言所说的那样，摁倒了葫芦又起瓢，谁让我写疼痛来着？看来疼
痛注定要伴随我终生，这是一种警告，更是一种宿命。

　　就像我在开篇写到的那样，许多时候不知道是活在梦中，还是
活在现实，太多虚假构成了不真实的人生，以至于分不清魔幻与现
实，有人说疼痛是生命的表征之一，因为疼痛，所以我知道我是活
在当下。

　　而现在，我用我的文字记录下我的疼痛，也是实证了我曾经活
过，曾经活在当下的铁的事实。

2020 年 4 月 1 日

乌鲁木齐红山

疼痛史

图书在版编目（CIP）数据

疼痛史 / 黄毅著 . —北京：作家出版社，2022.5
ISBN 978-7-5212-1824-4

Ⅰ.①疼⋯ Ⅱ.①黄⋯ Ⅲ.①散文集－中国－当代
Ⅳ.① I267

中国版本图书馆 CIP 数据核字（2022）第 045070 号

疼痛史

作　　者：黄　毅
插图作者：张永和
责任编辑：田小爽
装帧设计：留白文化
出版发行：作家出版社有限公司
社　　址：北京农展馆南里 10 号　　**邮　　编：**100125
电话传真：86-10-65067186（发行中心及邮购部）
　　　　　　86-10-65004079（总编室）
E-mail:zuojia @ zuojia.net.cn
http://www.zuojiachubanshe.com
印　　刷：河北鹏润印刷有限公司
成品尺寸：140×203
字　　数：188 千
印　　张：7.625
版　　次：2022 年 5 月第 1 版
印　　次：2022 年 5 月第 1 次印刷
**ISBN　**978-7-5212-1824-4
定　　价：58.00 元